W0461883

rororo

Hinter dem Pseudonym Lia Norden verbergen sich die Hamburger Autorinnen Katja Reider, Sylvia Heinlein und Cornelia Franz.

Katja Reider, geboren 1960, arbeitete nach ihrem Germanistik- und Publizistik-Studium als Pressesprecherin. Heute schreibt sie für Kinder, Jugendliche und Erwachsene. Ihre Liebesgeschichte «Rosalie und Trüffel» ist ein Bestseller und wurde in über zwanzig Länder verkauft.

Sylvia Heinlein wurde 1962 in Hamburg geboren. Sie studierte Kunstgeschichte, ist ausgebildete Hörfunkjournalistin und war Reporterin und Redakteurin beim Radio und in Printmedien. Seit 2000 schreibt sie Kinderbücher und arbeitet als freie Journalistin.

Cornelia Franz, geboren 1956 in Hamburg, studierte Germanistik und Amerikanistik, machte eine Ausbildung zur Verlagsbuchhändlerin und arbeitete als Lektorin. Seit 1993 schreibt sie Bücher für Kinder, Jugendliche und Erwachsene.

«Die Schatten eines Sommers» ist nach «Vier Wahrheiten und ein Todesfall» (rororo 25524) die zweite Gemeinschaftsarbeit der Autorinnen.

LIA NORDEN

Die Schatten eines Sommers

ROMAN

ROWOHLT
TASCHENBUCH
VERLAG

Originalausgabe
Veröffentlicht im Rowohlt Taschenbuch Verlag,
Reinbek bei Hamburg, Mai 2013
Copyright © 2013 by Rowohlt Verlag GmbH,
Reinbek bei Hamburg
Umschlaggestaltung any.way, Cathrin Günther / Cordula Schmidt
(Foto: mauritius images / Trigger Image)
Autorenfoto auf Seite 2 © Eva Häberle
Satz aus der Adobe Garamond Pro
bei Pinkuin Satz und Datentechnik, Berlin
Druck und Bindung CPI – Clausen & Bosse, Leck
Printed in Germany
ISBN 978 3 499 25352 2

FABIENNE «Sommer der Sünde» … Da hatte Hanna mit ihrem neuen Buch offensichtlich voll ins Schwarze getroffen. Ihr Roman war in den letzten Wochen auf den Bestsellerlisten so weit nach oben geklettert, dass es mich einige Mühe gekostet hatte, ihn zu ignorieren. Normalerweise beachte ich solche Bücher nicht. Ich gehöre zu den Menschen, die sich nichts aus Romanen machen. Ich lese gerne Biographien, vor allem von Menschen, die etwas bewegt haben. Und wenn es mich nach Sex and Crime gelüstet, dann blättere ich in der Bibel, im Alten Testament. Tatsächlich. Doch das Interview mit Hanna füllte eine halbe Seite im *Hamburger Abendblatt*, und obwohl der Titel mehr nach einem schlechten Parfüm als nach einem guten Buch klang, war meine Neugier geweckt worden.

«Hanna Nielsen über ihren neuen Roman, eine vielschichtige Sommerlektüre, die sich zu einem erotischen Thriller entwickelt.» So die Bildunterschrift zu einem Foto, auf dem Hanna mindestens zehn Jahre jünger wirkte, als sie wohl tatsächlich aussah, wie ich vermutete. Ich hatte sie seit über fünfundzwanzig Jahren nicht gesehen.

«In einem Roman ist alles möglich. Das ist ja das Großartige am Schreiben – ich erfinde die Wirklichkeit. Ich muss keine Rücksicht nehmen auf all diese Zwänge: Vorsicht, Mäßigung, Umsicht … Schreiben heißt Hemmungslosigkeit ohne Konsequenzen. Ich bin frei, einfach frei!»

«Einfach frei sein …» Ja, das war typisch Hanna! Ich konnte mir gut vorstellen, dass Vorsicht und Rücksicht für Hanna Fremdwörter waren. Sie schien sich moralisch nicht grundlegend geändert zu haben.

Ich hatte die Zeitung zur Seite geworfen, mir einen Eistee gemacht und mich damit aufs Korbsofa in den Wintergarten gesetzt, den schönsten Platz in diesem alten Kasten, in dem ich nun seit fast einem Jahrzehnt wohnte. Ein dreihundert Jahre altes Fachwerkhaus, das ich von oben bis unten saniert hätte, wenn es mein eigenes gewesen wäre. Aber in ein Pfarrhaus steckt man kein Geld, nach ein paar Jahren wird man womöglich versetzt und zieht in einen anderen alten Kasten. Ich hätte es gerne wirklich besessen, dieses Haus.

Mit dem Blick hinaus in meinen üppig blühenden Garten hatte ich versucht, mich auf die Predigt zu konzentrieren, die ich am nächsten Sonntag halten wollte. Es sollte etwas werden über Sommer, Sonne, *Geh aus, mein Herz, und suche Freud.* Schließlich hatten wir Mitte Juni, den dritten Sonntag nach Trinitatis. Aber meine Gedanken hatten sich nicht zwingen lassen. Hannas hochtrabende Sätze waren mächtiger gewesen. Sie hatte mich am Haken gehabt, genau wie früher, selbst nach all den Jahren.

«Hemmungslosigkeit ohne Konsequenzen» … Sie war also immer noch naiv wie ein Schulmädchen. Alles hat Konsequenzen, da braucht sich niemand etwas vorzumachen, liebe Hanna. Du zahlst immer einen Preis, Auge um Auge, Zahn um Zahn. Und wenn du nicht selbst bezahlst, muss ein anderer für dich die Rechnung übernehmen.

Es war heiß gewesen an diesem Freitagnachmittag. Ich hatte nur ein dünnes Baumwollkleid an, das ich in einer indischen Boutique gekauft hatte, aber der Schweiß rann mir trotzdem zwischen den Schulterblättern hinunter. Ich nahm meinen Predigttext, um mich damit in den Garten zu setzen. Doch das Zeitungsinterview ließ mich nicht los. Was hatte Hanna gemeint? Welchen Sommer beschrieb sie mit ihrem abgeschmackten, allzu platten Titel? «Sommer der Sünde»! Als ob ausgerechnet Hanna begreifen könnte, was der tiefe Stachel der Sünde wirklich bedeutet.

Ich hatte den Predigttext auf dem Gartentisch liegen lassen, war zum Schuppen gegangen und hatte mein Fahrrad herausgeholt. Bis zu unserem Buchladen waren es nur ein paar Minuten. Ich konnte ja wohl davon ausgehen, dass ich Hannas Buch selbst in unserem kulturell unterversorgten Hamburger Vorort bekam. Immerhin war es ein Verkaufsschlager.

«Was zählt, ist die Story, das Buch, aber natürlich freue ich mich über den Erfolg: fünfzigtausend Exemplare in den ersten drei Monaten. Hammerhart, oder?» Wortwörtlich war bei mir hängengeblieben, was sie dem Interviewer in die Feder diktiert hatte.

Ja, hammerhart. So hart wie Hanna. Ein paar Stunden später hatte ich mit schmerzenden Nackenmuskeln in meinem Korbsessel gesessen. Es dämmerte schon, die blaue Stunde, durch die offenen Fenster kam kühler Abendwind, der Duft der Lavendelbeete vor meinem Wintergarten füllte die Luft. Ich hielt das Buch in den Händen, und ich fror. Hanna Nielsen, «Sommer der Sünde». Im Halbdunkel schien der Umschlag immer noch das Sonnenlicht zu reflektieren. Unter einem strahlend blauen Himmel ein gelbes Kornfeld, vier braungebrannte Mädchen, die darin Verstecken zu spielen scheinen, ein harmloses Landidyll, wenn da nicht dieses vieldeutige Lächeln auf den jungen schönen Gesichtern gewesen wäre. Der Fotograf hatte sein Metier verstanden. Wie hatte er die Mädchen dazu gebracht, so unschuldig und gleichzeitig so durchtrieben zu wirken? Oder hatte er sich gar nicht viel Mühe geben müssen? Vielleicht sehen sie alle so aus, die Mädchen mit sechzehn, siebzehn.

Ich weiß nicht mehr, wie lange ich regungslos dagesessen hatte, meinen Erinnerungen ausgeliefert, Hanna ausgeliefert, in ihrem Netz gefangen, genau wie damals.

Ich musste eingeschlafen sein. Es war früher Morgen, als ich endlich aufstand, mit steifen Gliedern ins Haus ging und mir einen Kaffee kochte. Der Tag begann, und er brachte genügend Aufgaben mit sich, die mich forderten. Ich durfte mich nicht von einer längst vergangenen Geschichte lähmen lassen.

Mein Leben war gut, wie es war. Es war ausgefüllt. Manchmal sogar so sehr, dass ich nachts nicht abschalten konnte, weil die Ereignisse des Tages noch immer hinter meinen Schläfen ratterten. Seit ein paar Jahren beriet ich eine Fernsehredaktion zu einer Serie über das Alltagsleben einer Pfarrerin. Ich las die Drehbücher, um die gröbsten Schnitzer auszumerzen, die den Autoren unterliefen, und war auch hin und wieder mit am Set, weil die Szenenbildnerin nicht in der Lage war, ein protestantisches Pfarrhaus von einem katholischen zu unterscheiden. Dazu kam meine monatliche Kolumne in einem evangelischen Magazin, einem Blatt, das immerhin eine Auflage von einer halben Million hat.

Und dann noch die Vorbereitungen für meine erste Talkshow. Auf 3sat, Sonntagabend, zwanzig Uhr fünfzehn, zur besten Sendezeit also. «Im Dialog mit Menschen». Ein zugegebenermaßen idiotischer Titel, denn dass sich eine Pfarrerin im Fernsehen nicht mit Hund und Katze unterhält, sollte zumindest bei einem Sender der öffentlich-rechtlichen Anstalten eine Selbstverständlichkeit sein. Die Gäste für die erste Show standen schon fest. Es wurden eine ehemalige Bischöfin, der Chefredakteur eines Obdachlosenmagazins und ein provokanter SPD-Politiker erwartet. Mit dieser hochkarätigen Talkrunde würde ich mehr noch als durch meine Kolumne ein Millionenpublikum erreichen. Ein Publikum, dem etwas daran lag, Menschen zuzuhören, die tatsächlich etwas zu sagen hatten. Es sollte um die moralisch-geistige Wende gehen, die Deutschland so dringend nötig hat, um Themen wie Ehrlichkeit, Verantwortung und Solidarität.

Die Mitarbeit bei der Pfarrhausserie und beim Sender war wie eine Energiespritze, wie ein Aufputschmittel, das mich aus meinem Alltagsleben herauskatapultierte. Niemand warnt einen vor Beginn des Theologiestudiums, dass ein Großteil des Lebens einer Pfarrerin aus Bürokram, Sitzungen und Telefonaten besteht. Dass man blasierte Teenager maßregeln muss, die im Konfirmationsunterricht simsen oder sich im Flirten üben. Und dass man umso inbrünstiger predigen muss, je leerer die Kirche am Sonntag ist, damit einem nicht auch noch die letzten Schäflein abspringen und die Kirche verkauft und zum Coffeeshop umgewandelt wird. Aber trotz aller Routine: Mein Beruf verschaffte mir Befriedigung, das Predigen genauso wie die seelsorgerischen Gespräche, in denen mir die Menschen ihre Nöte und Sünden anvertrauten. Ich hatte die Fäden in der Hand. Ich war Herrin über mein eigenes Reich.

Bis zu dem Moment, als ich in meiner Küche stand und Hannas Buch in den Mülleimer warf, hatte ich mein Leben im Griff gehabt. Ich sah den Tag in lichtem, von rosafarbenen Streifen durchzogenem Blau herandämmern. Es würde wieder ein heißer Sommertag mit einem wolkenlosen Himmel werden. Einem trügerischen Himmel, der der Welt so etwas wie Unschuld vorgaukelte.

HANNA Jawohl, das lief alles ganz prächtig! Ich hatte allerdings auch lange genug darauf gewartet, nach all meinen Backbüchern. Sie waren Backbücher, weil ich sie schrieb, wie man Kuchen backt: ein Pfund Humor, 500 Gramm «sympathische Chaos-Frau in der Krise», 250 Gramm Erotik, 100 Gramm Sehnsucht, eine Handvoll origineller Nebenfiguren, alles schön locker verquirlt, mit Zuckerguss überzogen und obendrauf noch ein paar Cocktailkirschen. Fertig waren «Himbeersommer», «Montagsträume», «Julichaos» und so weiter und so weiter.

Unter uns: Ich hätte keines meiner Bücher gekauft. Ich schrieb sie, weil es das war, was ich am besten konnte, und hin und wieder schämte ich mich ein bisschen dafür. Aber ich war nicht dumm: Ich wusste, dass ich keine große Literatur schreiben konnte. Hätte ich gerne gekonnt, aber so funktionierte das nicht. Man schreibt keine anspruchsvollen Bücher, weil man es will. Man schreibt sie, weil man es kann. Ich wäre auch gerne Leadsängerin in einer schrägen Band gewesen oder Pilotin oder Herzchirurgin. Konnte ich aber auch alles nicht. Also tat ich, wozu ich in der Lage war, und produzierte unterhaltsame Frauenromane. Aber dann kamen die «Katzenpfoten». Eine Geschichte aus der Sicht eines Katers, der ein neues Herrchen für sein Frauchen sucht. Ich hasste dieses ganze Gewese um

Katzen, dieses Gerede um ihren angeblichen Stolz und Freiheitsdrang. Es ist nicht stolz, ein bisschen herumzustromern und dann brav zu seinem Fressnapf zurückzukehren. Aber das tun Katzen, wenn sie nicht zufällig überfahren werden. Frauen lieben Katzen, weil sie es mögen, wenn jemand Kuscheliges von ihnen abhängig ist. So viel zum Thema Katzen. Aber ich war klug. Ich wusste, was Katzenbesitzerinnen lesen wollen, also schrieb ich ein Katzenbuch.

«Ein nettes Stückchen Frauenliteratur» stand anschließend in der *Morgenpost*. Meine Bücher wurden nicht in der *ZEIT* oder der *Süddeutschen Zeitung* besprochen. Ich hatte schon vor Jahren aufgehört, die Rezensionen aus dem *Hamburger Abendblatt*, der *WAZ* oder dem *Münchner Kurier* zu sammeln. «… charmante Geschichte über eine Liebe auf Umwegen», «Munteres Chaos um ein Mauerblümchen …», «Sommerlich heiterer Roman, mit amüsanten Seitenhieben auf die Herren der Schöpfung …» – das war so meine Klasse. Ich hatte mich damit abgefunden. Nur manchmal noch, wenn ich ein richtig gutes Buch las, wurde ich wehmütig und dachte, dass ich vielleicht doch einmal etwas Anspruchsvolles schreiben sollte. Ich könnte mich anstrengen, es zumindest einmal versuchen … Ja, so etwas dachte ich und ließ es dann.

Ich war noch nie leicht zu erschüttern gewesen. Aber als ich an jenem Tag die Zeitung aufschlug und über mein «Stückchen Frauenliteratur» las, warf es mich aus der Bahn. «Stückchen». Es traf mich wie ein Steinwurf aus dem Hinterhalt. Es verletzte mich, warum auch immer. Ich dachte, es würde vorübergehen, aber das ging es nicht, und ich bekam die erste Schreibkrise meines Lebens. Ein halbes Jahr lang hatte ich danach zu Hause gesessen, von meinem Ersparten gezehrt und darauf gewartet, dass alles wieder so werden würde wie zuvor. Ich versuchte mich zu zwingen, trieb mich jeden Tag an den Computer, sah alte Ideen und Entwürfe durch und versuchte, etwas Leichtes, Humorvolles zu entwerfen. Komm, dachte ich, schreib noch so ein Stückchen, tut dir nicht weh, tut niemandem weh. Irgendwann hatte ich aufgegeben, meine Tage in Cafés, die Nächte mit Rotwein vor dem Fernseher verbracht und zwei wirklich schlechte One-Night-Stands gehabt. Es wäre Zeit, die Liebe zu suchen, wenn ich schon nicht mehr über sie schreiben kann, hatte ich gedacht.

Es war einer der vielen Nachmittage gewesen, die ich im Schatten vor meinem Stammcafé verbracht hatte. Außer Haus zu trinken kam mir weniger gefährlich vor. Ich beobachtete die Studenten und Kreativen um mich herum, und dann sah ich sie: Sie war etwa sechzehn, schlaksig und setzte sich mit ihrer Freundin an den Nebentisch. Fabienne!, dachte ich, das ist Fabienne! Aber natürlich war sie es nicht. Fabienne war heute dreiundvierzig, so alt wie ich.

Ich hatte Glück gehabt, das Mädchen saß mit dem Gesicht zu mir, und ich konnte sie genau beobachten. Die intensiven Blicke, mit denen sie ihre Freundin fixierte, die unterdrückte Kraft, die aus jeder ihrer Bewegungen sprach … alles an ihr erinnerte mich an Fabienne. Als sie sich mit der Hand durch die kurzen Haare fuhr, war alles wieder da. Sogar die Hitze jenes Sommers, damals vor mehr als fünfundzwanzig Jahren in Beerenbök. Tag für Tag hatten Fabienne, ich und die beiden anderen in den Schulferien auf der Bürgersteigkante unseres verschlafenen Dorfes in Schleswig-Holstein gesessen, mit Ästchen Löcher in den weichen Asphalt gebohrt und uns gelangweilt. Wir waren so unterschiedlich gewesen, wie es nur ging.

Fabienne, immer darauf bedacht, alles zu vermeiden, was sie hätte mädchenhaft erscheinen lassen können. Marie, so unauffällig, dass ich nicht viel mehr von ihr erinnerte als ihre Fähigkeit, sich mit Lippenstift, Lidschatten und Wimperntusche in eine Frau zu verwandeln. Dorit, klein, schmal und bleich, wie ein Gespenst. Und ich. The Leader of the Gang. Unzufrieden mit allem und jedem. Hart gegen mich und alle anderen.

An jenem Tag im Café hatte ich das Mädchen so intensiv angesehen, dass sie schließlich die Augenbrauen gerunzelt und mir einen genervten Blick zugeworfen hatte. Ich hatte ihr entschuldigend zugelächelt, dann war ich aufgestanden, war nach Hause gegangen und hatte mich an die Arbeit gemacht. Ich schrieb zwei Monate am Stück, rauchte Kette, trank ab zwölf Uhr mittags und verließ das Haus nur, um Zigaretten und Wein zu kaufen. Ich aß wenig, ignorierte das Telefon und den Sommer draußen vor der Tür. Ich ignorierte auch die leise Stimme, die mich warnen wollte. Ich schrieb mein erstes gutes Buch.

Fabienne, Marie und Dorit standen in meinem Zimmer, während ich schrieb, blickten mir morgens aus dem Badezimmerspiegel entgegen, huschten am Fenster vorbei und kicherten hinter den Mülltonnen.

Diesmal ging es nicht um eine nette Chaos-Frau auf der Suche nach dem Mann fürs Leben. Diesmal gab es keine amüsanten Freundinnen und witzigen Wortplänkeleien. Diesmal ging es um die Wahrheit. Um das echte Leben.

Nun lag das Buch seit einigen Wochen in den Läden, und endlich war alles so, wie es sein sollte. Ich gab Interviews. Ich war in der Zeitung. Morgen würde ein Radioreporter kommen, und heute Vormittag hatte meine Agentin angerufen, mit jeder Menge Anfragen für Lesereisen. Ich hasste Lesereisen. Jedenfalls so, wie sie bisher zwischen Bielefeld, Braunschweig und Karlsruhe abgelaufen waren: Mittelklassehotels, kleine Buchhandlungen, zweite Klasse Bahnfahrt … aber auch das würde sich nun ändern. Die Maschinerie lief.

«Sommer der Sünde» – den Titel hatte sich der Verlag ausgedacht, ich fand ihn grauenvoll, aber niemand außer mir störte sich an ihm.

Es war ein guter Tag. Ich vertändelte die Zeit, kaufte mir ein Paar sehr teure Schuhe und eine Flasche Champagner. Am späten Nachmittag setzte ich mich mit meinem Laptop auf den schattigen Balkon, suchte nach neuen Kritiken und beantwortete ein paar Mails. Alles war perfekt. Als der Champagner leer und ich betrunken genug war, um ins Bett zu gehen, bekam ich noch eine Freundschaftsanfrage über Facebook:

> Hallo, Hanna! Hab mir heute Dein Buch gekauft. Bin gespannt! Falls Du nicht mehr weißt, wer ich bin: Mathe, 10. Klasse. Du hast immer von mir abgeschrieben :-)
> Wohne noch immer in Beerenbök.
> Gruß, Annkathrin.
>
> PS. Weißt Du, dass Dorit tot ist? Tragische Umstände. Ihr wart doch so eng, damals, Du, sie, Fabienne und Marie.

Ich las das PS ein zweites Mal und konnte es immer noch nicht glauben. Es war zu absurd. Dorit konnte nicht tot sein. Sie hatte mich doch angerufen. Das war doch erst … Wie lange war das her? Eine Woche? Zwei? Ich versuchte, mich daran zu erinnern, was sie gesagt hatte und was ich. Sie hatte gedrängt und gefleht, es war schrecklich gewesen. Auch meine Härte ihr gegenüber war schrecklich gewesen, aber es war, wie es war: Ich hatte abgeschlossen mit der Vergangenheit, ich war durch damit, ich hatte alles aufgeschrieben und verstanden. Auch als Dorit zu weinen begann, war ich hart geblieben. «Du bist noch viel hartherziger, als ich je geglaubt hatte!», hatte sie schließlich geschrien. «Aber man kann nicht weglaufen, man kann es einfach nicht! Du wirst schon sehen! Eines Tages wirst du das sehen müssen!» Sie hatte aufgelegt, ohne meine Antwort abzuwarten. Ich hätte ohnehin keine gehabt.

Es gab tausend Dinge, an denen Menschen plötzlich und unerwartet starben. Sie starben ständig und überall, aber sie brachten sich nicht um wegen eines unguten Telefonats. Niemand erhofft sich Rettung von einem Gespräch mit jemandem, den er jahrzehntelang nicht gesehen hatte. Niemand, der auch nur ansatzweise bei Sinnen ist. Aber war Dorit das gewesen? War sie jemals bei Sinnen gewesen?

Ohne nachzudenken, mailte ich Annkathrin zurück:

«Was für ‹tragische Umstände›?»

Ich saß bis weit nach Mitternacht auf dem Balkon und wartete vergeblich auf eine Antwort.

MARIE Himmel, warum hatte ich nicht auf das Display geguckt? Oder zumindest auf die Uhr! Schließlich hätte ich mir doch denken können, wer mich zu dieser denkbar ungünstigen Zeit – eine halbe Stunde vor dem Mittagessen – anrief! Warum hatte ich das Klingeln nicht einfach ignoriert und meine Mutter auf den Anrufbeantworter quasseln lassen? Dann hätte ich mich zum hundertsten Mal darüber aufregen können, dass sie sich nicht mal da kurzfassen konnte, sondern die ganze Mailbox vollredete, bis nichts mehr drauf ging. Manchmal hatte ich ohnehin das Gefühl, Mama redete lieber mit dem AB als mit mir persönlich. Da gab's wenigstens keine unliebsamen Unterbrechungen, nicht mal ein halblaut gemurmeltes «Jaja» konnte hier ihren unermüdlichen Redefluss stoppen.

Aber leider war ich automatisch drangegangen, als das Telefon geläutet hatte, und dann gab es kein Entrinnen mehr – vor meiner Mutter und ihrem Redefluss. Ihren «wahnsinnig wichtigen» Neuigkeiten, die zumeist niemanden interessierten als sie selbst und vielleicht die Damen in ihrem Bridge-Club.

«Na, hast du ein Minütchen, Marie?»

Die übliche Eingangsfrage. Mama stellte sie nur pro forma. Sie erwartete keine Antwort und schon gar keine Gegenwehr. Sie erwartete, dass ich ihr zuhörte, und das tat ich dann auch stets, zumindest mit halbem Ohr.

«Du glaubst es nicht, Marie!»

Auch dieser Satz gehörte zu Mamas Standardrepertoire. In den seltensten Fällen war tatsächlich mit weltbewegenden Neuigkeiten zu rechnen. Eher mit Mitteilungen über eine ihrer Bridge-Schwestern, die zum dritten Mal geheiratet hatte.

Zumeist interessierte mich der Klatsch aus meinem in der Erinnerung immer blasser werdenden Heimatort nicht im Geringsten. Aber das sagte ich natürlich nicht. Dazu war ich viel zu höflich und viel zu gut erzogen. DAS hatte Mama wirklich gut hingekriegt. Deswegen sagte ich auch jetzt, was von mir erwartet wurde: «Was gibt's denn, Mama?»

Ich hörte meine Mutter Luft holen. Sie bereitete sich darauf vor, mir ihre Neuigkeit zu präsentieren, und kostete dabei jede Sekunde aus. Ich spürte es genau, aber ich tat ihr nicht den Gefallen, noch einmal nachzuhaken. Ich wartete einfach. Sie sagte ja doch, was sie sagen wollte.

«Du, die Katharina ist wieder schwanger!», platzte Mama endlich heraus. «Deine große Schwester bekommt ihr viertes Kind! Mit vierundvierzig! – Was sagst du jetzt?»

Ich schnappte unwillkürlich nach Luft, spürte den kleinen Stich in der Herzgegend, nicht stark, nicht lähmend, aber doch schmerzhaft. Schmerzhaft vertraut.

«Na, so was», sagte ich lahm und ließ mich auf einen Küchenstuhl sinken. Meine Hände glitten fahrig über die verrutschte Tischdecke. Sie musste gewaschen werden. Die Ketchup-Flecken waren nicht richtig rausgegangen.

«Nicht wahr?» Meine Mutter war jetzt in ihrem Element. Sie brannte darauf, weitere Details loszuwerden. «Natürlich war das Baby nicht geplant.» Sie lachte glucksend, verschwörerisch, in diesem Ganz-unter-uns-Frauen-Ton, den ich nicht ausstehen konnte. Wenn ich jetzt nicht dazwischengrätschte, würde sie mir etwas über die ungebrochen hohe Beischlaffrequenz meiner Schwester und meines Schwagers erzählen. Das musste ich unbedingt verhindern.

«Freut sie sich denn?», fragte ich deshalb.

Mama nahm sich ein wenig zusammen. «Na ja, zuerst war es natürlich ein Schock. Ich meine, in Katharinas Alter wird man ja nicht mehr so mir nichts dir nichts schwanger, oder? Da geht es bei anderen ja schon auf die Wechseljahre zu.»

Ich zuckte zusammen. Blitzschnell durchforstete ich mein Gedächtnis. Hatte ich meiner Mutter etwa in einem Anfall geistiger Umnachtung von meinen unregelmäßig werdenden Regelblutungen erzählt? Kaum denkbar!

«… aber jetzt freuen sich Frank und sie wie verrückt», jubelte Mama ins Telefon. «Und die Kinder sind sowieso ganz begeistert. Besonders Julchen. Endlich ist sie nicht mehr die Kleinste. Sie hat Katharina schon versprochen, das kleine Brüderchen ganz oft spazieren zu fahren.»

«Brüderchen? Wissen sie denn schon, dass es ein Junge wird?»

Für einen Moment hatte ich Mutter aus der Fassung gebracht. «Was? Ja, also, ich weiß nicht. Aber ich denke schon, Katharina hat so etwas gesagt. Würde doch auch schön passen, oder? Zwei Jungs, zwei Mädchen – ein richtiges Quartett! Absolut perfekt!»

Ja, in der Tat, perfekt … Mit dem Fingernagel malte ich möglichst exakte Kreise um die Flecken auf der Tischdecke, absolut perfekt. Wie alles bei Katharina perfekt war: Das Haus am Stadtrand, ihr gutaussehender, charmanter Ehemann, aufstrebender Oberarzt an der Uniklinik, sie selber ebenfalls promovierte Medizinerin, drei süße Kinderlein, die Katharina tagein, tagaus fröhlich lachend zwischen Hockey, Tennis und Klavierunterricht hin- und herchauffierte … Es war nicht zum Aushalten! Und jetzt, quasi als i-Tüpfelchen, noch ein viertes Kind der Liebe. Willkommene Frucht einer Leidenschaft, die auch nach siebzehn Ehejahren angeblich noch so ungeheuer hell loderte, dass man – ups! – im Rausch der Lust vergessen hatte, zu verhüten …!

Undenkbar bei Katharina! Ich wusste genau, dass meine große Schwester nichts ohne Kalkül und ihren allgegenwärtigen Timer tat. Wahrscheinlich hatte sie ihren Eisprung monatelang exakt am Computer berechnet und ihren Frank vom

OP-Tisch direkt ins Bett zitiert. Katharina war Strategin und Perfektionistin durch und durch. Das war sie immer gewesen. Neben ihr konnte man nicht bestehen. Ich jedenfalls hatte es nie gekonnt. Bis heute nicht. Obwohl auch ich die gängigen Kriterien eines zumindest halbwegs erfolgreichen Lebens vorzuweisen hatte: Einen sicheren Job als Bibliothekarin in der hiesigen Stadtbücherei, einen vorzeigbaren Ehemann, mit dem mich mehr verband als der *Tatort* am Sonntagabend, und Lea, unsere halbwüchsige Tochter, die mit etwas Glück in ein paar Jahren ihr Abi schaffen würde. Alles in allem war ich also auch nicht gerade eine verkrachte Existenz.

Wäre da nicht der ewige Vergleich mit Katharina gewesen. Mit den Jahren hatte ich gelernt, mich dem deprimierenden Wettbewerb zu entziehen, indem ich Familienfeste nach Möglichkeit mied und Erzählungen über Katharina kommentarlos an mir vorbeiplätschern ließ. Früher aber, da hatte es kein Entrinnen gegeben. Katharina, die Unerreichbare … Wie ein Dackel dem Wurstzipfel war ich ihrem leuchtenden Vorbild hinterhergehechelt, ohne jede Chance, auch nur in ihren Windschatten zu gelangen. Belächelt und bedauert. Letzteres war schlimmer.

Nie werde ich vergessen, wie es war, wenn andere Zeugen meiner Demütigung wurden. So wie Hanna, Fabienne und Dorit. Die Unzertrennlichen, wie wir uns selber genannt hatten. Den Namen hatten wir in irgendeinem alten Mädchenschmöker von Dorits Mutter gefunden – und begeistert übernommen. Lange hatte diese vielbeschworene Unzertrennlichkeit nicht gedauert. Im Grunde nur ein Jahr und einen Sommer. Aber es war eben nicht irgendein Sommer gewesen, sondern *der* Sommer.

Zu viert hatten wir bei uns im Garten gesessen und Limonade mit dünnen Zitronenscheiben aus überlangen Strohhalmen geschlürft. Wir waren uns sehr mondän vorgekommen, wie wir da saßen, sehr erwachsen, dabei hatte Fabienne, die älteste von uns, gerade erst ihren sechzehnten Geburtstag gefeiert. Worum wir anderen sie glühend beneideten.

Irgendwann war ich ins Haus gegangen, um Eiswürfel und ein paar Knabbereien zu holen, als meine Mutter, die oben am offenen Fenster saß, einen Anruf bekam. Anscheinend hatte Mama überlaut gesprochen, wie immer. Und anscheinend hatte sie mal wieder keinerlei Hemmungen gehabt, familiäre Interna herauszuposaunen.

«Wir haben nicht gelauscht, Marie!», hatte Dorit beteuert, als ich mit frischer Limo und Knabberkram zurückkam. «Es blieb uns gar nichts anderes übrig, als das Gequassel deiner Mutter zu hören.»

Sofort beschlich mich ein ungutes Gefühl. Aber ich ließ mir nichts anmerken.

«Und?», fragte ich leichthin. «War's wenigstens spannend?»

Dorit senkte den Blick. «Na ja, sie hat über Katharina gesprochen. Wie gut sie in der Schule ist und so …»

Ich tat unbeteiligt. «Das ist normal. Mama redet immer über Katharina.»

Hanna beugte sich vor. «Hat deine Schwester wirklich mal die Jugend-Kreismeisterschaften im Tennis gewonnen?»

Ich nickte gleichgültig. «Ist aber schon eine Weile her. Jetzt spielt sie nur noch ab und zu.»

Hanna kicherte. «Stimmt, das hat deine Mutter auch gesagt. Ich meine, dass sich Katharina jetzt für andere Sachen interessiert …»

«Für Jungs», ergänzte Dorit mit leuchtenden Augen. «Deine Mutter hat auch gesagt, dass deine Schwester jede Menge Verehrer hat …»

Ich schloss die Augen und nahm einen Schluck Limonade. Na, wenn schon.

Hanna senkte ihre Stimme. «… und dass es schade ist, dass du damit Probleme hast.»

Ruckartig wandte ich den Kopf. «Womit soll ich Probleme haben?»

Betont ahnungslos zuckte Hanna die Schultern. «Weiß nicht, vielleicht damit, dass Katharina immer so gut bei allen ankommt. Weil … Na ja, sie sieht eben echt super aus und so.» Hanna verstummte, als wäre ihr die Situation unangenehm, als wolle sie ihre Worte am liebsten zurücknehmen. Aber ich sah ihren Blick, die dunkle Iris unter halb geschlossenen Lidern. Katzenaugen. Hanna lauerte so gespannt auf meine Reaktion, als wäre ich ein interessantes Versuchstier, dem man soeben eine winzige Nadel in den Rücken gepikst hatte und jetzt abwartete, wie, wann und wo genau der Schmerz einsetzte.

Um die Sache noch schlimmer zu machen, hatte Fabienne versucht, die Situation auf ihre Gutmensch-Tour, die sie manchmal an den Tag legte, zu retten. «Wieso? Marie sieht doch auch nett aus!»

«Nee, also das finde ich auch!» Das war Dorit gewesen, eifrig wie immer.

«Ja, klar, aber im Vergleich zu Katharina …» Hanna ließ nicht locker. «Das ist bestimmt nicht leicht für dich, oder, Marie?»

Nein, leicht war es ganz bestimmt nicht gewesen für mich.

Aber irgendwann wusste ich mich zu wehren.

FABIENNE Dieser Sommer war unerbittlich. Der Rasen in meinem Garten war mittlerweile verdorrt wie nach einem Steppenbrand. Die Erde grau und steinhart, und überall dort, wo der Strahl des Gartenschlauches nicht mehr hinreichte, waren die Blumen verblüht und die Sträucher schon fast entlaubt. Ich liebte meinen Garten, aber ich hatte nicht die Zeit, mit der Gießkanne herumzulaufen, um die Natur an ihrem frühen Sterben zu hindern.

Als das Telefon klingelte, war ich gerade dabei, die Markise zu reparieren, die schon seit Tagen klemmte und sich nicht mehr ausrollen ließ. Auf meiner Terrasse stand die Hitze wie eine Wand.

Es war meine Tante, die anrief, was sie sonst nie tat. Das letzte Mal hatte ich mit ihr vor drei Monaten gesprochen, anlässlich meines Pflichttelefonats an ihrem Geburtstag. Ich hörte ihre Stimme, und ich wusste im selben Moment, dass sie Unheil verkünden würde.

«Fabienne», sagte sie, wobei sie meinen Namen so betonte, dass er sich auf «Henne» reimte, etwas, das sie seit über vierzig Jahren machte, um zu demonstrieren, wie überkandidelt sie den französischen Namen fand, den meine Eltern für ihr norddeutsches Kind ausgesucht hatten. «Fabienne, ich weiß, dass ich störe. Du hast sicher jede Menge um die Ohren.»

«Ich bringe nur ein paar Sachen am Haus in Ordnung. Seit gestern hab ich Urlaub.»

«Urlaub? Sehr gut.» Ich hörte, wie Tante Hiltrud mit leicht asthmatischem Pfeifen Luft holte. «Weshalb ich anrufe: Die arme Dorit ist gestorben, du wirst dich noch an sie erinnern.»

Da war es, das Unheil. Ich legte die Zange, die ich noch immer in der Hand gehalten hatte, auf den Tisch und ließ mich auf den glühend heißen Gartenstuhl sinken. Mir war schwindelig, als hätte mich die Hitze ganz plötzlich überwältigt. Dorit war tot. Die arme Dorit. Ertrunken. Niemand wusste genau, was eigentlich passiert war. Warum erzählte meine Tante mir das alles? Warum rief sie mich deshalb an? Dorit war ein Schatten aus meiner Vergangenheit. Mehr nicht. Beerenbök spielte in meinem Leben schon längst keine Rolle mehr – bis vor zwei Wochen, als ich Hannas unsäglichen Roman gelesen hatte. Ich hatte das Buch in den Müll geworfen, doch das war kindisch und sinnlos gewesen.

Ich wusste, dass ich Dorit nie wieder loswerden würde. Egal, wie tot sie war. Tote können auf eine grausame, unerbittliche Art mächtiger sein als wir Lebenden.

«Fabienne? Hörst du mir überhaupt zu?»

Es dauerte eine Weile, bis ich verstand, was meine Tante von mir wollte. Sie hatte mich nicht nur angerufen, um mir zu erzählen, dass meine alte Schulfreundin ertrunken war. Ich sollte die Trauerrede halten. Ausgerechnet ich. Es fehlte nicht viel, und ich hätte hysterisch losgekichert.

«Das geht nicht, Tante Hiltrud.» Ich versuchte, ruhig zu bleiben und die Panik zu ignorieren, die in mir aufstieg. «Für Beerenbök ist eine andere Pfarrerin zuständig oder ein Pfarrer.»

«Aber Dorit war gar nicht mehr in der Kirche. Du sollst einfach nur eine schöne und würdige Feier gestalten, Fabienne. Das kannst du doch, das ist doch dein Beruf.»

Eine schöne und würdige Feier. Ich holte tief Luft. «Das ist *nicht* mein Beruf», antwortete ich. «Wie du weißt, bin ich evangelische Pfarrerin und keine Eventmanagerin für Todesfälle. Wieso kümmerst du dich eigentlich darum? Was hast du mit Dorit zu tun?»

«Ich habe lediglich versprochen, mit dir zu reden. Wir alle im Dorf packen mit an.» Tante Hiltrud machte eine kleine bedeutungsvolle Pause. «Du weißt doch, dass Dorits Mutter sich nicht selber darum kümmern kann, oder?»

Ich antwortete nicht auf diese Frage. Natürlich wusste ich es, und meine Tante wusste genau, dass ich es wusste.

Dorit und ich, wir waren Freundinnen gewesen, damals in diesem ebenfalls so schrecklich heißen Sommer, als das mit ihrer Mutter passierte. Dorits Mutter, diese lebenslustige, immer leicht überdrehte Frau mit den hellen lockigen Haaren. Merkwürdigerweise konnte ich mich nach all den Jahren noch daran erinnern, wie sie ausgesehen hatte, als sie uns an Dorits sechzehntem Geburtstag kalten Früchtetee in den Garten gebracht hatte. Dorit hatte keine große Feier gewollt, nur wir vier Freundinnen waren da gewesen und hatten auf einer Decke im Gras gelegen. Dorit hatte ihre Mutter mit einem teilnahmslosen Blick gemustert und sie rüde unterbrochen, als sie mit uns Mädchen ein paar Worte wechseln wollte. Dorit konnte böse sein. Das sah man ihrem harmlosen Äußeren nicht an. Nur wer sie besser kannte, durchschaute ihre Fassade.

«Also, Fabienne, Freitag in einer Woche um elf Uhr. Man könnte es auch noch auf zwölf verschieben.» Die drängende Stimme meiner Tante riss mich aus meinen Erinnerungen und holte mich in die Gegenwart zurück. «Ich finde, das bist du der armen Dorit schuldig, mein Kind.»

Die arme Dorit – in all den Jahren seit dem Unfall hatte Tante Hiltrud Dorits Namen immer mit diesem Attribut versehen. Ich musste geradezu aufpassen, diesen peinlichen Ausdruck nicht von ihr zu übernehmen. Denn so einfach geht es im Leben nicht zu. Hier die Opfer, da die Täter. Auch Dorit war damals nicht das arme Ding gewesen, das von den Ereignissen überrollt wurde – nicht einmal ihre Mutter war das gewesen. Wir hatten alle unseren Anteil gehabt, waren alle miteinander verstrickt gewesen in diese Geschichte. Wir, Hanna, Marie, Dorit und ich, die Unzertrennlichen. Aneinander gebunden, bis über das Grab hinaus. War es denn nicht möglich, dieses unsägliche Band zu zerschneiden?

«Ich kann nicht …» Schon während ich diese Worte aussprach, spürte ich, dass sie nur halbherzig klangen. Und meine Tante spürte das auch.

«Du hast doch Urlaub, Fabienne. Nun sag schon ja. Aus alter Freundschaft zu Dorit wirst du doch wohl kommen, oder nicht?»

Ich sagte zu, aus alter Freundschaft. Ich versprach, die Grabrede zu halten. Ich versprach es wie unter Zwang, ohne über die Konsequenzen nachzudenken. Vielleicht sollte es so sein. Ich würde die Rede zu Dorits Begräbnis halten.

HANNA Am Tag, nachdem ich von Dorits Tod erfahren hatte, kam ein Redakteur vom NDR, um ein Interview mit mir zu machen. Ein langes Interview. Ich hatte daran gedacht, ihm mit einer Ausrede abzusagen, aber dann ließ ich es doch. Hinterher ärgerte ich mich. Meine Antworten auf seine Fragen kamen nicht ansatzweise so souverän und leicht rüber, wie ich es geübt hatte. Tatsächlich stand ich völlig neben mir. Als er mich fragte, inwieweit meine eigene Jugend mit meinem Buch zu tun hatte, sagte ich meine Standardantwort auf. «Natürlich habe ich meine Vergangenheit durchforstet. Und ja, natürlich bietet so ein kleines Dorf jede Menge erschreckendes Material.» Noch während ich sprach, merkte ich, dass es anders klang als sonst: kein bisschen abgeklärt und tough, sondern bedrückt und schwer. Als der Redakteur nachfragte, wich ich in Philosophisches aus, über dörfliche Idylle und die Geheimnisse, die sie birgt. Aber an seinen Blicken merkte ich, dass er hinter meinen Antworten etwas anderes erahnte. Ich war froh, als er endlich ging.

Schon seit Tagen ließ die Sommerhitze den Asphalt schmelzen, und durch das offene Fenster drangen der Autolärm und das Lachen auf den Straßen Berlins zu mir herauf. Sommer in der Stadt. Es gab nichts Besseres.

In jenem Juli war nichts zu hören gewesen, außer dem einschläfernden Brummen der Bienen. Die Kornfelder wogten, und die Stille war groß gewesen in Beerenbök. Der Sommer schien nicht enden zu wollen, die heißen Tage hatten sich aneinandergereiht, bis zu jenem, an dem die Zeit stehengeblieben war. Ich war unendlich erleichtert gewesen, als meiner Mutter kurz darauf eine Stelle als Oberärztin in Berlin angeboten wurde. Es ging dann alles sehr schnell. Innerhalb weniger Wochen ließ meine Familie das Dorf für immer hinter sich, und ich schwor mir, nie wieder dorthin zurückzukehren. Dorthin, wo die Mittagsstunden nach Mist und Braten rochen und sich hinter nahezu jeder weißen Spitzengardine ein Drama zu verbergen schien. Wie hatte Dorit es da nur ausgehalten, all diese Jahre seitdem?

Am Nachmittag lag der Trauerbrief im Briefkasten. Noch im Hausflur riss ich ihn auf.

«Mein Liebstes wurde mir genommen. Unerklärlich. Unvorstellbar.»

Mein Liebstes? Wahrscheinlich hatte den Text jemand anderes verfasst. Eine der wohlmeinenden Nachbarinnen. Man kümmerte sich umeinander in Beerenbök. Im Guten wie im Schlechten. Ich ging aus dem Haus und setzte mich in mein Stammcafé auf der gegenüberliegenden Straßenseite. Ich brauchte Menschen um mich herum. Ich musste nachdenken. Ich trank einen eiskalten Crémant und gleich noch einen zweiten. Dorit war nicht krank gewesen. Jedenfalls hatte sie mir nichts davon erzählt, bei unserem Telefonat.

Ich hatte damit gerechnet, dass Dorit sich nach Erscheinen des Buchs melden würde. Es hatte mich nur gewundert, dass nicht auch Marie von sich hatte hören lassen. «Sommer der Sünde», das hätte eigentlich ein Titel sein müssen, der sie reizen sollte. Damals hatte sie einen Groschenroman nach dem anderen verschlungen, und wir hatten uns darüber lustig gemacht. Besonders Fabienne, die immer einen Band von Sartre, Camus oder Adorno mit sich herumtrug. Ich war erstaunt, als ich im vergangenen Jahr ihre Kolumne in diesem evangelischen Magazin entdeckte. Pfarrerin war sie also geworden. Höchst moralisch, das alles.

Es galt, eine Entscheidung zu treffen. Nach dem dritten Crémant war ich so weit. Ein Mal noch Beerenbök. Natürlich, mich traf keine Schuld. Es musste ein Unfall gewesen sein. Oder eben doch eine Krankheit. Ich hatte Dorit sterben lassen, in meinem Roman, aber kein Mensch würde sich wegen eines Buches umbringen. Dorit schon gar nicht. Ihre Spezialität war es gewesen, alles auf die Spitze zu treiben, so sehr, dass wir es nie ernst nehmen konnten. Keine von uns. So blass und unscheinbar und zurückhaltend sie ansonsten auftrat – sobald Dorit die Chance sah, sich in Gefühlen zu suhlen, tat sie es. Unvermittelt, laut und mit Hingabe. Eine scheinbar ungerecht benotete Klassenarbeit, ein kleiner Streit mit einer Schulkameradin, manchmal reichte schon ein rührseliger Kinofilm wie *Flash Dance*. Sie brauchte das Drama, sie spielte damit und sobald eine Tragödie beendet war, fand sie die nächste. Auch darüber hatten wir uns lustig gemacht.

Nur dieses eine Mal, in jenem Sommer, hatten wir mitgespielt, weil uns Dorits Kummer um ihre zerbrochene Familie wahrhaftig erschienen war. Wir hatten uns gegenseitig hochgepusht, immer höher, Dorits Spiel weitergetrieben, es inszeniert wie ein Theaterstück.

Und dennoch, selbst wenn Dorit aufrichtig bekümmert schien – ihre Gefühle hatten mich niemals wirklich berührt. Auch nicht in unserem letzten Telefonat, dem ersten nach fünfundzwanzig Jahren. Ihre Verzweiflung war zu hysterisch gewesen, als dass ich sie ihr abgenommen hätte. «Du wirst schon sehen!», hatte sie geschrien. «Eines Tages wirst du sehen müssen!»

Ich würde nach Beerenbök fahren, zu Dorits Beerdigung, und es herausfinden. Herausfinden, dass Dorit durch irgendein Unglück ums Leben gekommen war. Ein Unglück, mit dem ich nichts zu tun hatte.

Ein paar Tage später fuhr ich mit dem Wagen durch die Holsteinische Schweiz. Ich hatte mir ein Hotel in Malente genommen, der Kreisstadt am See. Es war das einzige annehmbare Hotel in der Gegend, das ich im Internet gefunden hatte. In Beerenbök gab es keine Unterkunft, natürlich nicht, bei knapp über zweihundert Einwohnern. Unser Dorf war eines der vielen hier, die so versteckt lagen, dass der Tourismus um die Plöner Seenplatte herum es niemals berührt hatte.

Eigentlich hätte ich die Bundesstraße nach Malente nehmen können, stattdessen hatte ich eine umständliche Route über die Dörfer gewählt. Wenn ich schon einmal hier war, hatte ich gedacht. Es hatte sich nichts geändert. Die Straßen gesäumt von sattgrünen Wiesen mit schwarz-weißen Kühen, über die Hügel schwangen sich Kornfelder, durchbrochen von grünen Hecken, hin und wieder ein lichter Laubwald. Von Zeit zu Zeit wurde die Straße zur Allee, dicke Eichen bildeten dunkle Tunnel.

Die Dörfer, die ich durchfuhr, schliefen in der Mittagshitze, wie sie es schon immer getan hatten. Hinter den Vorgärten mit ihren exakten Rasenkanten lagen die gleichen Backsteinhäuser wie damals, nur die Dächer waren frisch gedeckt. So funktionierte es in Amselsang, Buhrenbek, Kleinkuhlen, Schluppel und all den anderen Orten der Gemeinde. Schon immer. Wenn der Nachbar ein neues Dach hatte, musste man nachziehen. Nicht dass es noch Gerede gab. Einmal sah ich eine Frau auf der Straße, die eine alte Klassenkameradin hätte sein können. Wie viele von damals mochten niemals hier rausgekommen sein? Und was um Himmels willen hatte sie hier gehalten?

Ich hatte Dorit gesagt, dass die Geschichte für mich abgeschlossen war. Ich hatte sie aufgeschrieben. Fortgeschrieben. Aber nun, während der Wagen in den Schatten einer alten Eichenallee eintauchte, ergriff es mich wieder. Die unerträgliche Enge. Der Hass auf alle und alles. Und das Gefühl, die Dinge in die Hand nehmen zu müssen, damit etwas geschah, irgendetwas, damit *es*, was auch immer es war, endlich ein Ende nehmen würde.

Ich konzentrierte mich auf den Hunger, den ich langsam spürte. Ich war bereits am Morgen aufgebrochen, auf der Autobahn jedoch in einen Stau geraten und mittlerweile seit fünf Stunden unterwegs. Früher hatte es in einigen der Dörfer einen Schlachter gegeben oder einen Bäcker, manchmal sogar einen kleinen Lebensmittelladen. Keines der Geschäfte existierte noch. Aber als ich um die nächste Kurve bog, sah ich in der Ferne ein großes Supermarktschild. Einer der Bauern musste viel Geld damit gemacht haben, seinen Acker zu verkaufen. Ich beschloss kurz anzuhalten, um mir ein Sandwich zu holen. Und einen Kaffee. Wenn sie überhaupt welchen hatten. Ich bog auf den Parkplatz und stellte den Motor aus. Als ich die Wagentür öffnete, schlug mir die Mittagshitze entgegen. Ich beeilte mich, in den Laden zu kommen, und atmete erleichtert auf, als ich den kühlen Eingangsbereich betrat. Vor den Drehkreuzen gab es tatsächlich einen Bäcker, der auch Kaffee verkaufte. Ich stellte mich in der Schlange von Kunden an, die geduldig warteten. Die rundliche Verkäuferin nahm sich Zeit für jeden, auch die Wartenden plauderten miteinander, alle hier kannten sich. Gegenüber, an den Supermarktkassen, schwatzten die Kassiererinnen mit ihren Kundinnen, zu Hause warteten nur die Wäschekörbe und Bügeleisen, kein Grund zur Eile also. Die Schlange vor mir rückte etwas voran, ich warf einen Blick auf die Kuchenauslage und überlegte, wie viele Kalorien der mächtige, puddinggefüllte Streuselkuchen haben mochte. Ich hatte moppelig ausgesehen auf dem Bild neulich in der Zeitung. Als ich wieder zu den Kassen schaute, sah ich eine alte Frau im Rollstuhl. Sie war klein und dürr und kramte mit gesenktem Kopf umständlich in ihrem Portemonnaie herum. Es war falsch, ich hätte mich abwenden sollen, unbedingt, aber ich starrte zu ihr hin, bis sie zur Kassiererin aufsah, ihr mit zitternden Händen das Geld reichte und ich erkennen konnte, dass sie es nicht war.

«Bitte, was kann ich für Sie tun?»

Als die Verkäuferin mich ansprach, rief ich es fast vor Erleichterung: «Einen Kaffee, bitte. Und Streuselkuchen! Zwei Stück Streuselkuchen!»

Ich nahm auch noch Sahne. Viel, viel Sahne. Wie damals.

MARIE Natürlich war der Tag nach Mamas Anruf und den «wunderbaren Neuigkeiten» über Katharinas erneute Schwangerschaft für mich gelaufen. Manchmal bildete ich mir ein, dass die ewigen Vergleiche mit meiner perfekten Schwester mich nicht mehr tangieren konnten, sondern wie Wasser an mir abglitten. Aber so war es nicht. Es tat weh. Immer noch, immer wieder. Wahrscheinlich bis in alle Ewigkeit.

Als Lea nach Hause kam, war mein eilig zubereitetes Mittagessen angebrannt und meine Laune auf dem Tiefpunkt. Ihre schien auch nicht besser. Warum auch? Seit Wochen hatte meine Tochter eine Art Abonnement auf schlechte Laune. Pubertät eben … Eine knappe Begrüßung murmelnd, warf sie ihre Tasche auf einen Stuhl, um dann sogleich zum Herd zu stürzen und misstrauisch in den Backofen zu gucken. Ihre Mundwinkel verzogen sich.

«Broccoliauflauf!! Voll eklig!»

Mit fünfzehn findet man im Grunde alles eklig, außer vielleicht Salat, Obst, Nudeln, Pommes und Schokolade. Lea griff sich einen Apfel und verschwand in ihrem Zimmer. Also nahm ich nur für mich einen Teller aus dem Schrank, füllte den angebrannten Broccoli auf und begann lustlos zu essen. Warum war Lea nur so schnell groß geworden? Wann war sie von der kleinen Kuschelmaus zum dauergenervten Teenie mutiert? Früher hatte Lea mir jeden Tag, manchmal drei- oder viermal gesagt, wie lieb sie mich hat. «Guck mal, Mama, soooo lieb!» Dazu hatte sie jedes Mal ihre Arme ausgebreitet, so weit sie nur konnte, und ich hatte sie an mich gezogen, glücklich, sicher, dass diese starken Bande zwischen uns jede künftige Krise überstehen würden, selbst die Pubertät. Natürlich, diese Schwierigkeiten mit Lea würden in ein paar Jahren überstanden sein, das war mir durchaus klar. Wenn Thomas und ich uns mit anderen pubertätsgeplagten Eltern austauschten, konnten wir über das Verhalten unserer Sprösslinge sogar lachen, indem wir uns gegenseitig übertrumpften mit Horror-Geschichten. Aber heute konnte ich nicht lachen. Heute fühlte ich mich einfach zum Heulen. Zu meinem Entsetzen spürte ich, dass mir tatsächlich Tränen in die Augen schossen. Ich schob meinen Teller weg und stand auf. Was für ein Tag! Hoffentlich kam wenigstens Thomas nicht so spät aus dem Büro wie in den vorangegangenen Tagen. Ich hatte seinen Trost und seinen unerschütterlichen Optimismus heute wirklich bitter nötig.

Während ich meinen Teller in die Spülmaschine räumte, klingelte das Telefon. Ich reagierte nicht. Um diese Zeit waren ohnehin alle Anrufe für Lea. «Jetzt geh doch endlich dran, Mama!», hörte ich Lea brüllen.

Anscheinend war sie im Bad. Seufzend griff ich zum Telefon.

«Marie, hast du noch mal eben kurz Zeit?»

Meine Mutter, zum zweiten Mal an diesem Tag.

Nein, ich hatte keine Zeit. Vor allem hatte ich keine Lust, mir ihr Gerede heute noch mal anzutun. Mein Bedarf an Verletzungen war mehr als gedeckt. Ich zögerte. Was würde Mama wohl tun, wenn ich jetzt einfach den Hörer auflegte? Ohne ein Wort, ganz still. Kein Zweifel, sie würde natürlich sofort erneut anrufen, ganz klar. Vor Mamas Telefonterror gab es kein Entrinnen, jetzt nicht, heute nicht und überhaupt nie. Was redete sie da eigentlich?

«Weißt du, Marie, ich muss dir etwas sagen. Und ... na ja, es ist nicht ganz leicht ...»

Ich seufzte innerlich. «Nun sag schon, Mama. Ich hab nämlich wirklich keine Zeit. Ich muss ...»

«Kind, die Dorit ist tot!»

Tot.

Dorit?

Ich musste mich verhört haben. Ich wartete darauf, dass meine Mutter weitersprechen würde, sich berichtigte, erklärte. Irgendwas. Aber am anderen Ende der Leitung blieb es still.

«Mama?»

«Ach, Marie, ich hätte es dir wohl schonender beibringen sollen. Aber ich wusste nicht, wie.»

«Dorit ist ... tot?!»

Meine Stimme klang, als ob sie nicht zu mir gehörte. Blechern, gedämpft. Emotionslos. Die Nachricht war noch nicht zu mir durchgedrungen. Doch allmählich bahnte sie sich ihren Weg in mein Gehirn. Dorit war tot. Genau wie in Hannas Buch. Hatte sie etwa Schlaftabletten genommen, so wie im Roman? Das konnte, das durfte nicht wahr sein! Ich schnappte nach Luft. Ich hatte das Buch mit wachsendem Entsetzen gelesen. Nackt hatte ich mich gefühlt und verletzlich. Ich verstand es einfach nicht: Wie konnte Hanna die schrecklichen Ereignisse von damals derart hemmungslos für ihre Zwecke missbrauchen? Egoistisch war sie immer gewesen, aber nicht so kaltherzig. Hatte sie denn gar nicht an die eventuellen Folgen gedacht? War es ihr völlig gleichgültig, dass man uns vier vielleicht erkennen würde? – Und nun sollte Dorit tot sein, genau wie ihr Pendant in «Sommer der Sünde» … Ich konnte es nicht fassen.

«Was … was ist denn passiert?» Nur mühsam gelang es mir, die richtigen Worte zu formen und auszusprechen. Meine Mutter hingegen schien sich schon wieder gefangen zu haben. In ihrer Stimme vibrierte bereits eine gehörige Prise Sensationslust.

«Das weiß man noch nicht genau, Marie! Man hat sie im See gefunden, wahrscheinlich ertrunken! Die Polizei war auch in ihrem Haus und hat nach Indizien gesucht.»

«Die Polizei? … nach Indizien …» Meine Stimme, wie ein Echo.

Unwillkürlich sah ich Dorits Haus vor mir. Das Haus, in dem sie fast ihr ganzes Leben verbracht hatte. In dem ich selber so oft ein- und ausgegangen war. In dem wir alle ein- und ausgegangen waren, damals, vor gefühlten hundert Jahren: Hanna, Fabienne und ich. Und nun sollte Dorit tot sein. Blass, kalt, leblos. Vorstellen konnte ich mir das nicht.

War es wirklich erst zwei Wochen her, dass ich mit ihr telefoniert hatte? Ich kramte in meinem Gedächtnis, rechnete nach, als hätte es irgendeine Bedeutung, wann genau wir miteinander gesprochen hatten. Im Grunde spielte es keine Rolle. Jetzt sowieso nicht mehr.

«Marie?»

Meine Mutter schien eine Antwort zu erwarten. Auf was? Ich hatte kein Wort von dem verstanden, was sie zuletzt gesagt hatte.

«Ich habe dich gefragt, ob du zur Beerdigung kommst, Marie! – Ach, Unsinn, natürlich kommst du! Ihr seid doch Freundinnen gewesen, Dorit und du.»

Waren wir das? Früher vielleicht. Da hatten wir uns gegenseitig gebraucht, um gegen Hanna und Fabienne zu bestehen, um eine Chance zu haben, gegen die Schöne und die Kluge.

Die ständig zur Schau getragene Überlegenheit von Hanna und Fabienne war manchmal nur zu zweit zu ertragen gewesen. Oh, ich erinnerte mich genau: Hatte Hanna wieder einmal mit einer neuen Eroberung geprahlt, einem weiteren Jungen, der angeblich hinter ihr her war – chancenlos natürlich, denn Hanna beachtete Gleichaltrige gar nicht –, dann war es unglaublich wohltuend gewesen, später mit Dorit nach Hause zu radeln und dabei Hannas Geschichte noch einmal durchzuhecheln. Während Dorit und ich anfangs immer noch vorsichtig waren («Sag mal ehrlich, glaubst du wirklich, dass XY sich an Hanna rangemacht hat? Ich kann mir das irgendwie gar nicht vorstellen ...»), verloren wir – je länger unsere Fahrt dauerte – zumeist alle Hemmungen. Und wenn ich mein Fahrrad zu Hause in unseren Schuppen schob, fühlte ich mich schon ein bisschen befreiter: So toll war Hanna nun auch wieder nicht! Die Hälfte ihrer Geschichten war sicher erlogen, auf jeden Fall aber stark übertrieben. Und auch Fabienne las vermutlich nicht nur Sartre und Camus, wie sie uns gerne weiszumachen versuchte. Aber es war merkwürdig: Sooft Dorit und ich auch darüber sprachen, dass uns Hannas und Fabiennes Allüren nervten, erwogen wir doch nie wirklich, uns zurückzuziehen. Immer wieder ließen wir uns auf die Verabredungen ein, beschworen die ewige Freundschaft der «Unzertrennlichen», um dann erneut Hannas Geschichten zu lauschen, Fabienne in allem, was sie sagte, zuzustimmen und das amüsierte Publikum zu geben. Es war wie ein Zwang gewesen.

Aber das alles war lange her, sehr lange. Kein Wunder also, dass mein Telefonat mit Dorit vor wenigen Wochen alles andere als eine lockere Plauderei gewesen war, auch wenn wir uns anfangs bemüht hatten, es so klingen zu lassen. Wir waren uns fremd geworden, und dennoch hatte ich durchs Telefon Dorits Erregung gespürt, als ich mich gemeldet hatte. Das Zittern ihrer Stimme war mir selbst nach all den Jahren noch so vertraut, dass ich sie genau vor mir gesehen hatte: zart, blass, das farblose feine Elfenhaar ungekämmt und unscheinbar – bis auf ihre Augen, die immer schon hellblau und groß gewesen waren. Die Dorits starken Willen verrieten, den man auf dem ersten Blick so leicht übersah und der einen später umso heftiger und unvermittelter treffen konnte. Ich erinnerte mich genau an den Hass in Dorits Augen, als sie uns damals von der Affäre ihrer Mutter erzählt hatte. Geradezu hysterisch war sie gewesen, weil ihre Mutter «wissentlich die Familie zerstörte». In Dorits Augen war bis dahin alles ganz wunderbar gewesen, die Familie intakt, die Beziehung ihrer Eltern gut, ja glücklich! Bis quasi aus dem Nichts dieser Arne auftauchte und ihre Mutter wegen ihm alles zerstört hatte, was Dorit bis dahin perfekt erschienen war. Einfach so.

Schon eine Woche, nachdem die Affäre aufgeflogen war, hatte Dorits Vater seine Sachen gepackt und war ausgezogen. Kurz danach hatte sich Arne im Bett von Dorits Mutter breitgemacht. Während Dorit sich im angrenzenden Zimmer das Getuschel, Gekicher und Gestöhne anhören musste, das Quietschen der Matratze, die «Geräusche der Geilheit», wie Dorit es nannte … einfach widerlich! – Das durfte nicht ungesühnt bleiben. Fand Dorit. Und keine von uns hatte ihr widersprochen. So waren die Dinge ins Rollen gekommen.

Nach dem schrecklichen Unfall waren wir Mädchen uns so gut wie möglich aus dem Weg gegangen. Es hatte ohnehin mehr als ein Jahr gedauert, bis Dorits Mutter aus der Reha entlassen worden war. Die ersten Monate hatte Dorit bei ihrem Vater und dessen neuer Freundin in Lübeck verbracht. Aber über den Dorftratsch war regelmäßig zu hören gewesen, dass dieses Zusammenleben ein einziges Desaster war: Angeblich hatte Dorit die neue Beziehung ihres Vaters massiv torpediert und den beiden das Leben schwergemacht. Als die Freundin des Vaters schwanger wurde, hatte sie ihn vor die Wahl gestellt: entweder Dorit. Oder sie und das Baby. Und Dorits Vater hatte sich für die neue Familie entschieden.

Dorit war in eine Jugendwohnung gezogen, um anschließend eine Ausbildung bei einem Beerenböker Futtermittelhändler zu beginnen. So konnte sie sich zu Hause um ihre Mutter kümmern. Als Dorit in unser Dorf zurückkam, war ich als Einzige noch da. Hanna war inzwischen mit ihren Eltern nach Berlin gezogen, Fabienne hatte ihr Abitur auf einem Internat in Süddeutschland gemacht. Dorit und ich, wir begegneten uns zum Glück kaum. Dorit vergrub sich zu Hause, und ich mied nach Möglichkeit alle Orte, an denen wir uns über den Weg laufen konnten, bis auch ich Beerenbök den Rücken kehrte.

Wenn Dorit und ich uns später, bei einem meiner seltenen

Besuche bei meiner Mutter, zufällig auf der Straße trafen, winkten wir uns zumeist nur kurz zu, manchmal wurden auch ein paar oberflächliche knappe Worte gewechselt, dann Eile vorgeschützt. Oft hatten wir beide auch einfach so getan, als hätten wir uns nicht gesehen, waren schnell weitergelaufen, den Blick starr geradeaus. Jahrelang war es so gegangen. Bis zu meinem Anruf.

Dorit war überrascht gewesen, als ich mich nach all den Jahren bei ihr meldete. Aber nicht sehr. Vermutlich hatte sie den Grund meines Anrufs sofort geahnt. Ja, wahrscheinlich hätte ich direkt zum Punkt kommen können, ohne lange Vorrede. Aber das war noch nie meine Art gewesen. Ich hatte Konversation gemacht, Dorit höflich nach Haus, Job und Befinden gefragt, danach scheinbar unbefangen von meinem eigenen Leben erzählt, von Thomas und von Lea, von unserem kleinen Reihenhaus und meiner Arbeit in der Bibliothek. Sogar ein paar harmlose Begebenheiten aus unserem Familienleben hatte ich ausgeplaudert, Anekdoten, die Dorit zeigen sollten, dass ich ihr noch immer vertraute, dass ich die «Alte» geblieben war. Schon immer war ich eine Meisterin darin gewesen, anderen das Gefühl zu vermitteln, ihnen zu vertrauen, ihnen ganz allein, und dabei doch nichts von mir persönlich preiszugeben. Während andere mir ihr Innerstes offenbarten, blieb ich selber stets vorsichtig.

Bei unserem Telefonat hatte sich Dorit anfangs tatsächlich auf mein Spiel eingelassen, hatte an den richtigen Stellen freundlich gelacht und das Passende geantwortet, aber irgendwann hatte ich ihre wachsende Ungeduld gespürt. Immer stärker, immer unverhohlener. Bis sie mich schließlich mitten im Satz unterbrochen hatte.

«Lass uns bitte aufhören, Marie! Ich weiß doch, warum du wirklich anrufst. – Es geht um Hanna, stimmt's? Um das Buch, das sie geschrieben hat.»

FABIENNE Natürlich zog ich manchmal eine Predigt aus dem Internet, wandelte sie ein bisschen ab, schmückte sie mit einigen aktuellen Bezügen und war froh, Zeit und Mühe gespart zu haben. Man kann nicht Sonntag für Sonntag das Rad neu erfinden. Vor allem, seitdem ich mich auf meine Talkshow vorbereiten musste, blieb mir nichts anderes übrig, als Prioritäten zu setzen.

Aber eine Trauerrede, die kann man nicht einfach runterladen. Die kopiert man nicht. Das muss ein Original sein, erst recht natürlich, wenn man die Tote gekannt hat. Erst recht, wenn es um Dorit ging.

Dorit, die an uns allen gehangen hatte wie eine Klette. Immer gab es irgendein Drama, mit dem wir uns zu beschäftigen hatten. Und sei es nur, dass sie in der Schule neben jemandem sitzen musste, den sie nicht mochte. Für Dorit war so etwas Anlass zu stundenlangem Palaver gewesen.

Manchmal war sie nach der Schule bei uns zu Hause aufgetaucht, weil sie meinen Rat brauchte. Schon am Klingeln erkannte ich, dass sie es war. «Fabienne», hatte sie mit ihrer eindringlichen, fast flehenden Stimme gesagt, «du musst mir helfen!» Sie hatte bei mir auf dem Schlafsofa gesessen und mich mit einer Intensität angeschaut, als wollte sie jedes meiner Worte aufsaugen. Sie hatte sich mir anvertraut, als sie sich das erste Mal unglücklich verliebte. Sie hatte mir von ihrer Angst erzählt, nicht so klug und selbstsicher sein zu können wie andere. Und sie war zu mir gekommen, als ihre Mutter anfing, sich mit einem anderen Mann zu treffen. Ich hatte ihr geduldig zugehört, auch wenn ich sie manchmal hätte schütteln können, aber allein mein Zuhören schien ihr tatsächlich schon zu helfen. Vielleicht war es Dorit, die den Keim für mein Interesse legte, Pfarrerin zu werden, Seelsorgerin. Ein schönes Wort.

Auch Marie hatte mich manchmal um Hilfe gebeten, vor allem, wenn es um die Schule ging. Aber sie war anders. Sie bewunderte mich, weil mir all das zufiel, wofür sie hart arbeiten musste. Aber sie war zurückhaltender als Dorit, schüchterner. Auch wenn sie nach Anerkennung hungerte, musste man nicht gleich befürchten, sie könnte einen verschlingen. Obwohl ich mit Marie am wenigsten Zeit verbrachte, fühlte ich mich in ihrer Gegenwart auf eine entspannte Weise wohler als mit Hanna oder Dorit, die beide etwas ungemein Forderndes hatten.

Hanna war die Anführerin unserer Clique, daran gab es keinen Zweifel. Sie war wortgewandt, witzig und klug. Die meisten Jungs aus unserer Klasse waren vernarrt in sie. Jungs mit Pickeln im Gesicht und ungelenken Bewegungen, die sie genauso lächerlich fand wie ich. Aber ich glaube, sie konnte gar nicht anders als ihre Reize auszuspielen, sobald einer in unserer Nähe auftauchte. Es reichte schon, mit ihr an der Bushaltestelle auf den Schulbus zu warten, und sie machte mich kirre mit der Art, wie sie ihre rotbraunen Haare nach hinten warf und plötzlich lauter und aufgedrehter redete. Sie sah gut aus, aber das war es nicht allein. Es war ihre manipulative Raffinesse, die die Leute in den Bann zog, vor allem Jungs, aber auch Männer.

Selbst unser Deutschlehrer war damals scharf auf sie gewesen, wovon sie eine Zeitlang ganz gut profitierte. Ich weiß noch, wie er einen mittelmäßigen Vortrag, den sie gelangweilt vor der Klasse gehalten hatte, mit einer Eins benotet hatte. Sie hatte ihn eine Sekunde zu lange aus ihren leicht schräg stehenden Katzenaugen angesehen und dann wissend gelächelt. «Vielen Dank, Herr Wolff, vielleicht kann ich mich ja mal revanchieren!», hatte sie gesäuselt, und er war rot geworden, obwohl er eigentlich nicht der Typ war, der leicht die Fassung verlor. In der Pause, auf unserer Bank neben den Hagebuttensträuchern, hatten wir uns geschüttelt vor Lachen über seinen gequälten Gesichtsausdruck. Hanna, Marie, Dorit und ich.

Ich rieb mir mit den Händen übers Gesicht. Mein Gott, wollte ich eine Rede über Hanna halten? Warum schweiften meine Gedanken immer wieder zu ihr ab, anstatt bei Dorit zu bleiben? Seit zwei Stunden saß ich jetzt schon am Schreibtisch und versuchte mich auf meine Aufgabe zu konzentrieren. Die Rede für Dorit. Aber es ging nicht. Außer einer allgemeinen Ansprache an die Trauergemeinde war ich noch nicht weit gekommen.

Ich schloss die Datei und schaltete meinen Laptop aus. Ich musste zu Bett, ich war erschöpft von der Hitze und von der halben Flasche Chianti, die ich während meiner vergeblichen Anläufe geleert hatte. Und dennoch wusste ich, dass ich auch diese Nacht wieder keinen Schlaf finden würde. Nachdem ich zwei Tabletten genommen hatte, schlüpfte ich unter das Laken, stopfte mir mein Kissen in den Rücken und nahm die Bibel zur Hand, so wie ich es fast jeden Abend tat. Nicht um Trost darin zu finden – ich bin kein Mensch, den man trösten muss –, sondern Weisheit. Mein Blick fiel auf einen Satz aus dem Brief des Apostels Paulus an die Römer: *Denn der Tod ist der Sünde Sold.*

HANNA Ich begann, den Kuchen zu verschlingen, während ich vom Parkplatz des Supermarkts auf die Landstraße bog und in die nächste schattige Allee eintauchte. Der Pappteller verrutschte auf meinen Knien, und die Sahne landete auf meinem Kleid. Es war mir egal. Aber als ich nach dem Becher in der Ablage zwischen den Vordersitzen griff, schwappte der heiße Kaffee über meine Hand, und ich verriss das Steuer. Ich hatte einen einzigen, sehr klaren Gedanken, während ich auf einen der mächtigen Alleebäume zuschoss: Gäbe es jemanden, der ein Kreuz für mich am Straßenrand errichten und Blumen davor ablegen würde?

In letzter Sekunde gelang es mir, den Wagen wieder auf die Straße zu lenken. Danach schaffte ich es gerade noch, die Allee zu Ende zu fahren und in den nächsten Feldweg einzubiegen. Dort riss ich die Wagentür auf, stolperte ins Freie und ließ mich ins Gras fallen.

Ich lag auf dem Rücken und atmete tief durch, bis sich mein Puls wieder beruhigt hatte. Am leuchtend blauen Himmel zogen ein paar tuffige Wattewölkchen entlang, Bienen summten, ich roch Feldblumen und wusste: Ich muss umkehren, weg hier, weg von dem Grillengezirpe und den Kühen, die auf der Weide gegenüber fettes, grünes Gras rupften und malmten. Dies alles war zu viel für mich.

«Hammerhart», hatte Fabienne früher immer gesagt. «Du bist hammerhart.» Ich hatte es als Kompliment genommen. Es war der Lohn für meine Arbeit.

Ich war zehn Jahre alt gewesen, noch auf der Grundschule, kurz vor dem Übergang aufs Gymnasium. Wir waren frisch ins Dorf gezogen, meine Mutter hatte eine Stelle im Kreiskrankenhaus bekommen. Ich war eine Außenseiterin in der neuen

Klasse, in die ich mitten im Schuljahr geworfen wurde. Kinder riechen es, wenn jemand anders ist und verletzlich. Dass ich ein hässliches, dickes Entlein gewesen war, hatte die Sache nicht einfacher gemacht. Eines Tages hatte irgendein Mädchen mich zutiefst getroffen, zutiefst beschämt. Ich erinnere mich bis heute, was sie sagte: «Niemand mag dich. Du versuchst, dich bei uns einzuschmeicheln. Aber das schaffst du nicht.»

Tage später presste meine Mutter aus mir heraus, warum ich so bedrückt war. Sie hielt mir einen Vortrag, den ich genauso wenig vergaß wie die Worte des Mädchens auf dem Schulhof. Meine Mutter war die straighteste Frau auf Gottes Erdboden gewesen. Nur so hatte sie sich damals als Ärztin ihre Position erkämpfen können.

«Niemals!», schärfte sie mir ein. «Versuche niemals, dich bei irgendjemandem einzuschmeicheln. Das bringt nichts. Niemals. Wenn du Erfolg haben willst: Zeig den anderen, dass du sie nicht brauchst.»

Ich hatte ihren Rat ernst genommen. Wie alles, was meine Mutter sagte. Sie hatte nie besonders viel mit mir gesprochen. Sie war zielstrebig und tough gewesen. Wenn sie sprach, dann saugte ich jedes ihrer Worte auf und bewahrte es sorgfältig in mir auf.

Mit dem Wechsel aufs Gymnasium war alles anders geworden. Anfangs hatte sich niemand an mich herangetraut. Ein, zwei Schuljahre lang war ich sehr einsam gewesen. Aber dann, als ich mich langsam vom hässlichen Entlein zum schönen Schwan wandelte, kamen sie. Ich wusste lange nicht, dass es nicht nur an meiner Unnahbarkeit, sondern auch an meiner Attraktivität lag. Ich empfand mich weiterhin als dickes, unscheinbares Mädchen. Bis sich irgendwann ein Junge an mich herantraute und mir offenbarte, dass er und seine Freunde mich für das schönste Mädchen der Schule hielten. Danach änderte sich vieles. Ich war gefragt und beliebt. Aber ich gestattete mir trotzdem nicht, jemanden wirklich zu brauchen.

Ich schloss die Augen, um dem strahlend blauen Himmel zu entkommen, der so tat, als ob alles in Ordnung wäre. Es war unglaublich dumm gewesen, hierherzukommen. Ich würde nach Hause fahren und ein paar Telefonate führen, um herauszufinden, wie und warum Dorit sich umgebracht hatte. Ich würde klären, dass mich keine Schuld an ihrem Tod traf. Klären, dass mein Buch kein Fehler gewesen war.

Zu Dorits Beerdigung zu gehen, womöglich Fabienne und Marie zu treffen … das war nichts als falsch, falsch, falsch.

Die Frau im Rollstuhl … lächerlich, dass ich so panisch auf sie reagiert hatte. Ich würde Dorits Mutter in Beerenbök begegnen, das hatte ich doch gewusst. Mit Sicherheit hatte sie mein Buch nicht gelesen. Sie war nicht mehr in der Lage zu lesen … oder?

Sie musste besinnungslos gewesen sein vor Verzweiflung, damals, als sie in den Wagen gestiegen war, um ihrem Geliebten nachzufahren. Ich hatte das alles geändert, natürlich, in dem Roman. Hatte aus dem Auto ein Motorrad gemacht, aus dem Platzregen eine schwüle Sommernacht, aus der Kurve einen Alleebaum – und ich hatte Dorits Mutter sterben lassen, noch auf der Straße.

Aber es war nicht ihre Geschichte, die im Mittelpunkt meines Romans stand, sondern die eines seelenwunden Mädchens und ihrer Freundinnen. Dorit hatte mir den Stoff geliefert und sich selbst als beklagenswerte Hauptfigur. Keine von uns dreien war damals auf die Idee gekommen, etwas anzuzweifeln.

Wir hatten der Drama-Queen ihren Kummer geglaubt, er war wahrhaftig gewesen, und wir hatten ihre Geschichte gebraucht – jede von uns aus einem anderem Grund –, vor allem aber aus Dummheit und weil in uns, wie in jedem Menschen, das Böse war. Gemeinsam hatten wir einen Plan ausgeheckt, der vollkommen aus dem Ruder gelaufen war. Nicht mehr und nicht weniger hatte ich niedergeschrieben.

Es war ein Roman mit einer tragischen Protagonistin und drei starken Figuren an ihrer Seite. Um das Innenleben der weiteren Figuren hatte ich mich nicht gekümmert. Meine Story war eine andere. Aber dass ich morgen, auf Dorits Beerdigung, der Frau begegnen würde, deren Geschichte ich weggelassen hatte, rief etwas in mir wach. Etwas, das lange in mir geschlummert hatte: Schuld.

Der Schatten, in dem ich lag, nahm der Hitze nichts von ihrer Wucht. Mein Kleid klebte am Körper fest, und die Kuchensahne und der zuckrige Milchkaffee pappten an meinen Fingern. Ich brauchte Wasser. Irgendwo in der Nähe musste ein See sein, hier waren überall Seen. Auch unser See von damals.

Ich hatte ihn genau beschrieben, bis hin zu der fehlenden Planke des Stegs und dem Felsbrocken auf der kleinen Insel, der aussah wie eine zusammenkauerte Frau. Feenstein hatten wir ihn genannt. Wir hatten Briefe geschrieben, jede einen, jede an sich selbst, an die Frau, die sie einmal sein würde. Keine hatte die anderen lesen lassen, was sie sich erträumte. Nur der Schlusssatz war bei allen der gleiche, wir hatten ihn vorher abgesprochen: «Lebe Deinen Traum!»

Die Briefe hatten wir in eine bunte Keramikdose gelegt und mit den Händen ein tiefes Loch gegraben, in dem wir sie versenkten. Dreißig Jahre später wollten wir gemeinsam zurückkehren, das hatten wir uns geschworen, egal, wo wir leben würden, und die Briefe hervorholen, sie gemeinsam lesen und sehen, was aus unseren Träumen geworden war. Ich wusste noch, was ich damals geschrieben hatte. Jungmädchenträume, von denen ich so fest geglaubt hatte, dass sie sich erfüllen würden. Irgendetwas Kreatives wollte ich werden, etwas, das mich berühmt machen würde und reich. Und geliebt werden wollte ich, von einem schönen, liebevollen, starken Prinzen und mit ihm zwei Kinder bekommen. Glücklich wollte ich sein. Meine Wünsche, dachte ich damals, würden sich erfüllen. Weil ich es so wollte. So funktioniert das Leben, hatte ich gedacht.

«Wenn man sich etwas ganz fest wünscht», hatte ich den anderen dreien gesagt, «wenn man nur fest daran glaubt … dann bekommt man auch, was man will.»

Fabienne hatte spöttisch gelacht und mir einen Satz hingeworfen, in dem es darum ging, dass Wünschen allein nichts wert ist, solange man sein Schicksal nicht selbst in die Hand nimmt. Sie hatte einen ihrer Lieblingsautoren zitiert: «Sartre meint, dass der Mensch sich durch seine Handlungen entwirft. Wirklichkeit gibt es nur in der Tat.»

Es war einer der vielen Momente gewesen, in denen ich sie für ihre überlegene Klugheit hasste. Sie sagte nie etwas Unbedachtes, so schien es mir. Aber ich ließ mir nicht anmerken, wie klein und dumm ich mich ihr gegenüber wieder einmal fühlte. Ich wusste, dass es etwas gab, mit dem ich sie bezwingen konnte. Etwas, das sie nicht unter Kontrolle hatte.

Auf dem Heimweg vom See waren wir auf unseren Fahrrädern in einen Feldweg eingebogen und hatten haltgemacht. Marie und Dorit hatten Kornblumen entdeckt, die sie pflücken wollten. Ich hatte es ihnen gestattet. So war es, wenn wir vier zusammen waren. Ich war es, die Entscheidungen traf. Wir hatten nie ein Wort darüber verloren, ob es eine Anführerin geben sollte, niemals eine ernannt. Und trotzdem war ich es, unausgesprochen. Bis auf jene Tage, an denen Fabienne mir zeigte, wer eigentlich das Sagen hatte. Ein kurzer ironischer Einwand, manchmal nur ein skeptischer Blick von ihr genügte. Wie auf einen geheimen Befehl hin schwenkten Marie und Dorit zu ihr um, und sie hatte die beiden in der Hand. Wirklich gefestigt war meine Position nur, wenn Jungs in der Nähe waren. Die Stunden vor der Eisdiele im Nachbardorf, die Abende in der Jugenddisco der Kirchengemeinde – das waren sichere Tage. Tage, an denen Fabienne keine Chance hatte und ich alle Trümpfe in der Hand. Fabienne war burschikos und tat alles, um diese Wirkung zu verstärken. Sie sah interessant aus mit ihren scharfgeschnittenen Gesichtszügen. Sie hätte hübsch sein können, hätte es sie interessiert. Aber sie verachtete jede Art von Weiblichkeit. Wenn wir drei anderen Stunden brauchten, um uns für die Disco zurechtzumachen, schaute sie uns nur zu und machte bissige Bemerkungen.

«Verzieh dich oder halt endlich die Klappe», sagte ich einmal zu ihr. «Das hier ist Frauensache.»

Sie und ich waren nie zimperlich miteinander umgegangen, und es überraschte mich, wie sehr meine Worte sie trafen. Ich war befriedigt, sie endlich einmal sprachlos zu sehen.

Damals, auf dem Rückweg von unserem See, war ich mit Fabienne zurückgeblieben. Wir sahen Dorit und Marie nach, wie sie am Feldrand herumstrolchten und sich immer weiter von uns entfernten.

«Fünf Minuten!», hatte ich den beiden nachgerufen, aus

purer Lust heraus, etwas anzuordnen. «Dann müssen wir weiter!»

Fabienne hatte sich neben ihrem Rad ins Gras geworfen. Sie lag auf dem Rücken, hatte die Hände hinter dem Kopf verschränkt und betrachtete mich. Eine Zeitlang tat ich, als ob ich es nicht bemerken würde. Aber dann sah ich ihr in die Augen. Ich ahnte, was ich in ihrem Blick finden würde, und wusste, was ich tun wollte. Nicht aus Begierde. Noch nicht einmal aus Neugier. Ich tat es, weil ich berauscht war davon, Macht über sie zu haben. Über sie, die so viel klüger war als ich, so viel belesener, so viel zynischer. So viel unnahbarer. Ich kniete mich über sie, packte ihre Handgelenke und küsste sie. Ich war überrascht, wie weich ihre spöttischen Lippen waren. Wie bereitwillig sie sie öffnete. Wie schüchtern und zugleich hingebungsvoll ihre Zunge mit meiner spielte.

Als ich aufhörte sie zu küssen, öffnete sie die Augen. Und war von einer Sekunde zur anderen wieder die kühle, klare Fabienne.

«Na?», fragte sie spöttisch. «Zufrieden?»

Ich ließ mich nicht irritieren, ich fühlte mich stärker als sie in diesem Moment.

«Ja», sagte ich. «Allerdings, meine Kleine.»

Ich hatte vergessen, wie kräftig sie war. In Sekundenschnelle hatte sie sich befreit und schlug mir mit der flachen Hand ins Gesicht. Sie trug einen auffälligen Ring damals, der meine Oberlippe traf und sie aufplatzen ließ.

«Pass auf!», zischte sie. «Geh nicht zu weit!»

MARIE «Die Dorit ist tot ...» Die Worte meiner Mutter schienen in meinem Kopf dauerhaft ein Echo zu bilden. Wieder und wieder hörte ich den Satz in den nächsten Tagen, wie in einer quälenden Endlosschleife. Und dennoch drang die Nachricht nicht wirklich zu mir durch. Ich konnte mir einfach nicht vorstellen, dass Dorit nicht mehr existierte. Die Umstände ihres Todes schienen noch immer nicht geklärt zu sein. Aber spielte das wirklich noch eine Rolle? Unfall oder Selbstmord – es würde nichts daran ändern, dass ich nie mehr die Gelegenheit haben würde, mich mit Dorit auszusprechen. Zu spät. Aus und vorbei. Für immer. Erst jetzt wurde mir klar, dass ich wohl all die Jahre über in meinem Inneren die nebulöse Hoffnung auf eine Versöhnung, zumindest eine Aussprache mit Dorit und den anderen in mir herumgetragen hatte. Dabei hatte es damals ja gar keinen Streit gegeben zwischen uns vier «Unzertrennlichen», keine dramatische, lautstarke Auseinandersetzung. Wir waren einfach auseinandergegangen, froh, uns nicht mehr in die Augen sehen zu müssen. Dafür wog das, was geschehen war, zu schwer. Aber irgendwie war es mir immer ein Trost gewesen, dass es da zumindest noch eine ferne Möglichkeit gab, Abbitte zu leisten, indem wir die Dinge ein Mal, nur ein einziges Mal, offen aussprachen. Natürlich hätte es nichts an unserer Schuld geändert. Das war ja unmöglich. Aber einen Hauch von Vergebung zu erlangen, irgendwann, später, das schien zumindest nicht völlig ausgeschlossen zu sein. Mit dieser fernen Möglichkeit hatte ich mich all die Jahre begnügt. Doch nie hatte ich auch nur im Ansatz versucht, sie in die Tat umzusetzen. Dass ich es jederzeit tun *könnte*, hatte mir völlig ausgereicht. Ich machte mir nichts vor: Wahrscheinlich wäre es die nächsten zwanzig Jahre so weitergegangen. Aber jetzt war Dorit tot. Und ich plötzlich mit dem «Nie mehr» konfrontiert. Und mit Fragen. Vielen Fragen: Warum war ich so feige gewesen? Wieso waren jahrelang andere Dinge weitaus wichtiger gewesen, dringlicher erschienen? Warum hatte ich mich meiner Vergangenheit nie gestellt?

Um ehrlich zu sein, war ich mir noch nicht einmal jetzt sicher, ob ich mich der Vergangenheit stellen sollte. Ob ich es überhaupt *wollte*. Musste ich wirklich zu Dorits Beerdigung? Wem würde es nutzen? Etwa Dorits Mutter, die die Welt ohnehin nur noch verschwommen wahrnahm? Den Leuten in Beerenbök? Ehemaligen Lehrern, Nachbarn, Bekannten? Die konnten mir egal sein. Sicher, meine Mutter würde sich über meine Absage aufregen. Schließlich waren Dorit und ich doch irgendwann einmal befreundet gewesen, und schließlich «gehörte es sich» doch einfach, einer Verstorbenen Respekt zu erweisen, indem man an der Trauerfeier teilnahm. Meine Schwester Katharina zumindest hätte keine Sekunde gezögert, ihre Freundschaftspflicht zu erfüllen. Vermutlich hätte sie noch am Vorabend der Beerdigung die Schleife am teuren Trauerkranz mit Seidenfarbe selbst bemalt … Ich atmete tief durch. Ein Grund mehr, nicht nach Beerenbök zu fahren. Ich hatte mich entschieden: Ich würde mir diese Farce ersparen.

Als ich abends Thomas meinen Entschluss mitteilte, sah er mich überrascht an. «Bist du dir sicher, Marie? Das würde ich mir wirklich noch mal überlegen.»

«Warum sollte ich?» Ich bemerkte selbst den Trotz in meiner Stimme. Ich wollte keine Einwände hören, keine Argumente oder Bedenken. Ich wollte einfach meine Ruhe haben, nicht mehr nachdenken müssen. Aber den Gefallen tat mir Thomas nicht.

«Die Trauerfeier ist doch eine gute Gelegenheit, Abschied zu nehmen; sie macht das, was uns unbegreiflich scheint, realer, findest du nicht? So eine Beerdigung ist einfach ein wichtiger Schlusspunkt, um den Tod zu verarbeiten.»

«Also wirklich …» Ich zog eine Grimasse. «Das klingt wie aus einem Psychoratgeber.»

«Es stimmt aber trotzdem.» Thomas runzelte die Stirn. «Weißt du noch, mein Freund Jan? Du erinnerst dich: Der Typ, der sich während meines Studiums umgebracht hat?»

Ich nickte widerwillig. Thomas hatte mir die Geschichte bestimmt schon ein Dutzend Mal erzählt. Aber so ist das nun mal in einer langen Ehe: Bestimmte Lebensepisoden hörte man sich wieder und wieder an, und manche entwickeln mit der Zeit interessante Variationen und Schnörkel. Diese hier nicht. Ich hätte den Text mitsprechen können: *Damals sind alle …*

«Damals sind alle nach Lüneburg zu Jans Beerdigung gefahren», begann Thomas. «Nur ich nicht, weil ich gedacht habe, ich brauche das nicht, das zieht mich nur runter, so kurz vor dem Examen und überhaupt. Aber es war ein Fehler. Die anderen haben mit Jans Eltern gesprochen und mit seinem älteren Bruder, sie haben an Jans Grab gestanden und geheult. Und als sie zurückkamen, ging es ihnen besser. Sie hatten gemeinsam getrauert und die Geschichte mit Jan zu Ende gebracht. Während bei mir einfach eine Lücke geblieben ist.»

«Jaja, mag sein, aber bei Dorit ist das etwas ganz anderes als damals bei dir», wandte ich ein. «Meine Freundschaft mit ihr ist seit fast fünfundzwanzig Jahren vorbei …!»

«Glaubst du, dass die anderen beiden zur Beerdigung kommen?»

«Du meinst Fabienne und Hanna?» Ich schüttelte den Kopf.

«Nein, ganz bestimmt nicht! Die sind doch schon vor Jahren weg aus Beerenbök. Da gibt's sicher gar keine Verbindung mehr.» Ich schenkte mir eine Tasse Tee ein. «Muss auch nicht sein …»

«Was?»

Ich verzog das Gesicht. «Ein frohes Wiedersehen, wie du dir das vielleicht vorstellst, gibt's da einfach nicht! Dorit und ich, wir durften doch schon früher nur brav applaudieren, wenn die zwei ihre Auftritte hatten.»

Thomas sah mich erstaunt an. Der Sarkasmus in meiner Stimme war nicht zu überhören gewesen. Waren die Verletzungen von damals noch immer nicht verheilt?

«Egal. Was vorbei ist, ist vorbei», schloss ich energisch.

«Aber du hast ihr Buch gelesen», bemerkte Thomas. «Das neue Buch von dieser Hanna, ich hab's auf deinem Nachttisch liegen sehen.» Er grinste leicht. «‹Sommer der Sünde› … Was für ein Titel! Aber es scheint gut zu laufen. Vielleicht kannst du sie ja mal zu einer Lesung in die Bücherei einladen?»

«Hanna liest ganz bestimmt nicht in irgendeiner popeligen Bücherei! Und ihr Buch ist auch nichts Besonderes. Ich musste nur reinschauen, weil es auf allen Bestsellerlisten steht, rein beruflich also.»

Ich stand auf und begann den Tisch abzuräumen. «Es war keine wirklich gute Beziehung zwischen uns vieren, keine echte Freundschaft. Wir haben uns eine Zeitlang aneinander ausprobiert, unsere Wirkung getestet und uns dabei ständig miteinander verglichen, so wie Mädchen das in dem Alter eben tun. Da liegt oft Konkurrenz in der Luft. Die persönlichen Schwächen, die du deinen Freundinnen an einem Tag offenbarst, werden vielleicht schon am nächsten gegen dich verwendet.»

Thomas nahm mich in den Arm und küsste mein Haar. «Ich weiß, ich weiß: Frauen sind grausam und schrecklich gemein ...»

Ich löste mich von ihm. «Nicht Frauen. Mädchen.»

Er schüttelte den Kopf. «Also, ich kann mir beim besten Willen nicht vorstellen, dass du jemandem mal eine schlechte Freundin warst, Marie. Du bist doch wirklich zu jeder Tages- und Nachtzeit für jede gequälte Seele da, die dir ihr Herz ausschütten will, und dabei bist du auch noch unglaublich geduldig und diskret. Das habe ich immer bewundert.»

Ich sah überrascht auf. «Du hältst mich also für eine Art heilige Mutter Teresa der Einbauküchen? – Danke für die Blumen!»

«Bitte, ist doch nur die Wahrheit!» Er lächelte. «Worüber habt ihr euch eigentlich damals gestritten?»

«Wer?»

«Na, Dorit und du und die beiden anderen? Das hast du noch nie so richtig erzählt. Ging's um Jungs?»

Ich wandte mich ab. «Ach, das ist so lange her. Ich erinnere mich gar nicht mehr genau. Es war wohl irgendeine läppische Streiterei, die einfach eskaliert ist. Wir waren sowieso viel zu verschieden. Jede von uns hatte ihre Rolle. Und ich konnte meine damals nicht mehr ertragen.»

«Und welche war das?»

Ich zögerte einen Moment. Ich hatte schon mehr gesagt, als ich wollte. «Die der unscheinbaren Mitläuferin.» Das auszusprechen tat sogar heute noch weh.

«Aber du bist doch gar nicht unscheinbar!»

Unwillkürlich betrachtete ich mein Spiegelbild in der dunklen Fensterscheibe. Ich vergaß es immer, aber Thomas hatte recht. Die hellen Strähnchen, mit denen ich mein aschblondes Haar seit Jahren aufpeppte, bildeten einen guten Kontrast zu meinen dunkelgrauen Augen. Und meine Figur, die immer viel zu knabenhaft gewesen war, wirkte jetzt, mit Anfang vierzig, zierlich und attraktiv, während die üppigen Schönheiten von damals vermutlich früh verblüht waren, wie meine Mutter das gerne bezeichnete.

«Damals habe ich mich aber so gefühlt», sagte ich, «unscheinbar. Neben Hanna und Fabienne waren Dorit und ich Statistinnen. Sie brauchten uns doch nur, damit ihr eigenes Licht umso heller funkelte. Da wollte ich nicht mehr mitmachen.»

«Und das war alles?»

Fast.

FABIENNE Ich packte ein paar Kleidungsstücke zusammen, alles dezent und in Schwarz. Den Talar, der immer auf einem Bügel an meiner Schlafzimmertür hing, nahm ich nicht mit. Dorits Begräbnis würde kein kirchliches werden, sondern lediglich eine «schöne und würdige Feier», wie meine Tante es ausgedrückt hatte. Die Beerdigung sollte am Freitagmittag stattfinden. Ich hatte mit Tante Hiltrud verabredet, am Donnerstag zu ihr zu kommen, mit ihr zu Abend zu essen und dann die Nacht in ihrem Bügelzimmer unterm Dach zu schlafen, dort, wo früher das Zimmer meines Cousins Norbert gewesen war. In der Ecke stand immer noch sein Jugendbett unter einem vergilbten Poster irgendeines längst vergessenen Stürmers des VfB Lübeck.

Tante Hiltruds winziges Backsteinhäuschen war der einzige Anlaufpunkt, den ich noch in Beerenbök hatte, seit meine Eltern vor fünfzehn Jahren beschlossen hatten, ihr Haus zu verkaufen und sich auf Gran Canaria der ewigen Sonne auszusetzen. Allerdings war ich auch in der Zeit davor so gut wie nie bei ihnen gewesen. Zu mehr als einem oder zwei Pflichtbesuchen pro Jahr war es nie gekommen. Nach dem Abi, das ich auf einem angesehenen Internat gemacht hatte, war ich zum Studium nach Kiel und Edinburgh gegangen, und Beerenbök war weit, weit weg gewesen.

Wir hatten uns nicht viel zu sagen, meine Eltern und ich. Sie waren – auch wenn das hart klingt – Proleten, die zu Geld gekommen waren. Baugewerbe, Immobilien, Spekulationen. Dass ihre Tochter studieren wollte, und dann ausgerechnet Theologie, hatten sie nie begriffen. Der einzige Bezug, den mein Vater zum Glauben hatte, war sein Lebensmotto «Gott ist mit den Tüchtigen». Das erlaubte ihm, relativ skrupellos seinen Geschäften nachzugehen. Und meine Mutter ging nur deshalb an Ostern, Erntedank und Weihnachten zur Kirche, weil man das halt so tat in Beerenbök. Ich hatte manchmal das Gefühl zu verhungern, bei uns zu Hause. Natürlich nicht, was das Essen anging, da wurde reichlich aufgetischt, vor allem Fleisch. So viel, dass ich mit dreizehn, vierzehn für ein ganzes Jahr Vegetarierin gewesen war, zum Entsetzen meiner Mutter. Nein, es war ein geistiges Hungern, vielleicht sogar ein seelisches. Eine Sehnsucht nach Gedanken und Gefühlen und Ideen, nach irgendetwas, das über das Geldverdienen und Geldausgeben hinausging.

Deshalb ging ich gerne zur Schule, ich lernte mit Feuereifer, auch noch in dem Alter, in dem anderen Jugendlichen die

Schule komplett egal war. Ich saugte alles auf, was mir geboten wurde, vor allem im Religions- und Philosophieunterricht, wo es um ebendiese Ideen, Ideale und Erkenntnisse ging, die ich bei meinen Eltern vermisste. Ich war als Streberin verschrien, aber das störte mich nicht, im Gegenteil. Was war denn falsch daran, nach etwas zu streben, nach Höherem?

Dorit war viel zu ichbezogen, um sich für irgendetwas zu interessieren, das jenseits ihrer Gefühlswelt lag. Marie war freundlich, und ich mochte ihre unaufdringliche Art. Aber sie blieb immer mit beiden Füßen auf dem schleswig-holsteinischen Mutterboden, und ihre Fixierung auf den Vergleich mit ihrer Schwester machte sie wenig empfänglich für anderes.

Nein, Hanna war die Einzige, bei der ich etwas Ähnliches spürte: den Wunsch, dem Leben einen Sinn zu geben, jenseits vom Materiellen. Wenn wir uns alleine trafen, ohne die anderen, sprachen wir immer wieder davon, auszubrechen aus der Enge unseres Dorfes, dorthin zu gehen, wo das wirkliche Leben stattfand. Aber sie begriff nicht, dass man sich einsetzen musste für die eigenen Ziele, für den Erfolg. Sie ging einfach davon aus, dass sie etwas Besseres war, eine angehende Künstlerin, die nur darauf zu warten brauchte, dass ihr im richtigen Moment die richtige Eingebung kam.

In jenem Sommer, als wir sechzehn waren, tauchte sie mehr als einmal bei mir auf, um mich von den Schularbeiten abzulenken. Einmal kam sie ganz bewusst an einem Nachmittag, an dem ich für eine wichtige Mathearbeit büffeln musste, da war ich mir sicher. Braungebrannt, die langen Beine in hautengen Shorts, die Badesachen unterm Arm, hatte sie vor meinem Fenster auf der Terrasse gestanden.

«Hey, Fabienne!», hatte sie gerufen. «Kommst du freiwillig runter, oder soll ich dich holen?»

Ich hatte das Fenster aufgemacht und eine Welle heißer, nach Rosen duftender Luft war aus dem Garten in mein Zimmer geflutet.

«Fährst du zum See?», hatte ich gefragt. «Dann komme ich später vielleicht nach.»

«Nein. Du kommst jetzt! Ich warte genau drei Minuten hier unten. Wenn du dann nicht da bist, klettere ich die Regenrinne hoch.» Hanna hatte gelacht, ihre Sachen auf den Boden geworfen und sich lasziv auf dem Liegestuhl geräkelt, so wie sie es sicher in einem Film gesehen hatte. Hanna spielte immer irgendeine Rolle und am liebsten die der Femme fatale. Wahrscheinlich kannte ich diesen Ausdruck damals noch nicht einmal, aber ich spürte, was sie mit dieser Rolle bezwecken wollte. Dass sie mich ködern, ihre Macht über mich austesten wollte. Ich durchschaute das alles ganz genau und leistete trotzdem keine Gegenwehr. Stattdessen klappte ich mein Buch zu, holte mein Badezeug und stand keine drei Minuten später neben Hanna auf der Terrasse.

Bis heute werde ich den triumphierenden Ausdruck auf ihrem Gesicht nicht vergessen, als wir die Mathearbeiten zurückbekamen und ich nur eine Vier hatte. In dem Moment hasste ich sie.

Als ich meinen Laptop vom Schreibtisch nahm und ihn in die Reisetasche packte, weil ich die grässliche Rede immer noch nicht geschrieben hatte, blitzte die Wut in mir auf: Sie hatte es wieder geschafft! Hanna! Anstatt mich auf meine Aufgaben zu konzentrieren, waren meine Gedanken immer wieder abgeschweift und um sie gekreist, um ihre Lust zu verführen und zu manipulieren. Seit ich ihr Buch gelesen hatte, konnte ich mich ihrem Einfluss nicht mehr entziehen, genau wie damals. Keine von uns hatte es geschafft, sich ihr zu entziehen. Weder ich noch Marie noch Dorit.

Ich stellte meine Reisetasche in den Kofferraum und stieg ins Auto. Nun gut, auf dem Weg nach Beerenbök würde ich Zeit genug haben, die Rede für Dorit in Gedanken zu formulieren. Wenn Tante Hiltrud dann im Bett war, würde ich sie aufschreiben. Ausdrucken war nicht nötig. Was ich einmal geschrieben hatte, merkte ich mir auch so. Ich würde mir Mühe geben, und es würde eine gute Rede werden. Das war ich Dorit schuldig. Der armen Dorit.

HANNA Ich hatte in den letzten Jahren einige Freundinnen verloren, durch meine Romane. Eine nach der anderen hatte ich sie in meinen Geschichten verwurstet. Ich tat es aus der Not heraus, ich hatte einfach zu wenig Phantasie, um lebendige Charaktere neu zu erschaffen. Nur für die Hauptfiguren meiner Romane benötigte ich keine Vorbilder aus dem wirklichen Leben. Es waren sympathische Frauen, die nach dem Glück suchten, nette, große Mädchen mit Humor und kleinen Schwächen. Langweilerinnen, aber sie funktionierten. Doch ihre Begleiterinnen waren durchgeknallte Familienmütter, hysterische Singles, Alkoholikerinnen, Fresssüchtige, Workaholics, Esoterikerinnen. Meine Freundinnen eben. Meine Ex-Freundinnen. Jedes Mal hatte ich gedacht, ich hätte sie so übertrieben dargestellt, dass keine von ihnen sich wiedererkennen würde. Ich ließ sie Dinge tun, die sie niemals getan hatten, gab ihnen andere Jobs und zusätzliche Macken. Und niemals hatte ich erzählt, wann ein neues Buch von mir erschien. Sie hatten das Buch und sich selbst dennoch jedes Mal entdeckt, jede Einzelne von ihnen. Zuletzt war es eine alte Schulfreundin gewesen, die ich als manisch-besorgte Mutter in «Katzenpfoten» hatte auftauchen lassen. Ehrlich gesagt, ich hatte es vergessen und war wirklich überrascht gewesen, als sie mir am Telefon eine Szene machte. «Ich hasse dein Buch!», hatte sie gebrüllt. «Du hast mich bloßgestellt! Komplett verzerrt. Weil du neidisch auf mich bist, weil du keine Kinder hast, weil du niemanden hast, um den du dich sorgen kannst!»

Das war natürlich lächerlich. Ich hatte nie Kinder gewollt. Ganz früher einmal vielleicht, aber dann hatte ich anderes zu tun gehabt. Leben. Schreiben. Wie dem auch sei: Rein freundinnentechnisch waren meine Bücher jedenfalls allesamt in die Hose gegangen.

Beim «Sommer der Sünde» war alles anders gewesen. Keine sympathische Heldin, keine Suche nach verschrobenen Randfiguren. Es war alles da gewesen. Sorgfältig verborgen, verwahrt, wie alte Briefbündel in einem Schuhkarton auf dem Dachboden. Ich wollte die Schnur nicht lösen, die Umschläge nicht öffnen, aber ich musste es tun. Ich war wie im Rausch und zugleich wie betäubt. Als das Buch geschrieben war, veränderte ich alles, was verräterisch sein konnte. Ich baute neue Orte und Häuser, erschuf neue Familien, erfand Dorfbewohner und einen Schluss, der das Drama vollständig machte. Ich arbeitete sorgfältig. Und jetzt war Dorit tot. Wie in meinem Roman.

Nachdem ich lange neben meinem Auto in der Hitze am Feldrand gelegen hatte, entschied ich mich, doch nicht nach

Berlin zurückzukehren, sondern weiterzufahren. Es war der Gedanke an Fabienne gewesen, der mich dazu gebracht hatte. Ganz sicher würde sie auch zu Dorits Beerdigung kommen, sie musste es tun. Sie war Pastorin geworden, da tat man so etwas doch, oder? Vielleicht hatte sie sogar in all den Jahren Kontakt zu Dorit gehalten. Vielleicht hatte sie ihr … geholfen. Ich versuchte, sie mir vorzustellen, eine andere, milde Fabienne. Es gelang mir nicht. Ich hatte Angst, sie wiederzusehen. Was, wenn auch sie mein Buch gelesen hatte? Sie würde unbarmherzig sein. Trotzdem, ich musste mich ihr stellen. Mit ihrer Klugheit und ihrem Scharfsinn würde sie mir helfen herauszufinden, dass ich keine Schuld trug.

Mein Hotel in Malente lag am Ufer eines der vielen Seen, und mein Zimmer fühlte sich so falsch an wie alles andere auch. Irgendwann, vor einigen Jahren, war das sehr stylisch gewesen, in London, New York und anderswo – diese schwarzen, gradlinigen Möbel vor weißen Wänden, die steingrauen, schlichten Lampenschirme und die weiße Orchidee auf dem Nachttisch. Heute war es nur ein Zeichen dafür, dass man auch in Malente versuchte, weltstädtisch zu sein, und es leider, leider nicht gelang. Denn so ging das nicht, mit fabrikgefertigten Designerimitaten aus Furnierholz. Vor allem aber ging es nicht, weil vor den Fenstern dieser liebliche See drohte. Umrahmt von sanften, bewaldeten Hügeln verbot er jeden weiten, freien Gedanken.

«Seenphobie!», stellte ich laut fest. «Seen- und Furnierholzmöbelphobie! Das ist ja lächerlich!» Es war Zeit für einen Piccolo aus der Zimmerbar.

Während ich auf den Balkon trat, trank ich mit tiefen Zügen direkt aus der Flasche. Hinter mir lag das schreckliche Zimmer, vor mir der beklemmende See, unter mir die Hotelterrasse. Und die verriet alles: weißes Plastikmobiliar, zwei Zierbrunnen aus kieselsteinbesetztem Beton und eine Reihe verschnörkelter, gusseiserner Standlaternen. Das Elend umklammerte mich von allen Seiten. Alle anderen waren glücklich. Die Terrasse war prall gefüllt, man aß und trank und plauderte und genoss sein kleines Dasein. Vielleicht genoss man auch gar nicht, sondern überspielte sie nur, die dunklen Geheimnisse, die bösen Erinnerungen, die ganze Armseligkeit des Lebens. Im besten Fall waren die da unten zu dumm, um sich an all das Böse zu erinnern, das sie bewusst oder unbewusst getan hatten.

Ich beugte mich über die Brüstung und nahm einen Tisch nach dem anderen ins Visier. Es waren nicht nur Hotelgäste, sondern offensichtlich zog die Terrasse am Wochenende auch die Einheimischen an. Ich erkannte sie an ihrer Haltung, ihrem ganzen Habitus. Sie *gönnten* sich etwas, ein feines Stück Torte, einen großen Eisbecher. Freundinnen und Familien saßen dort und waren sehr zufrieden mit ihrer schönen Heimat.

Zweimal bildete ich mir ein, alte Klassenkameradinnen wiederzuerkennen. Als ich dachte, am hintersten Tisch, mit dem Rücken zu mir, Marie zu entdecken, verließ ich den Balkon fluchtartig. Was hatte ich mir da nur vorgenommen? Wie sollte ich es schaffen, die Beerdigung zu überstehen, wenn ich schon in Panik geriet, sobald ich mir nur einbildete, Maries Rücken zu sehen?

Ich brauchte Ablenkung, dringend, und beschloss, dass es hilfreich wäre, etwas zu kaufen. Etwas Unnützes. In Städten wie Malente brauchten die Menschen Ablenkung und Trost und das Gefühl, mitten in der Welt zu sein. Deshalb gab es in jeder Kleinstadt wenigstens einen Laden, in dem jemand beschlossen hatte, den Bedürftigen ausgesucht schöne Dinge zu verkaufen. Ich wusste das von meinen Lesereisen quer durch die Kleinstädte der Republik.

Als ich an der Rezeption vorbeieilte, um keinesfalls von der Terrasse aus gesehen zu werden, wurde ich aufgehalten.

«Entschuldigung!», rief eine hohe, klare Stimme.

Ich überlegte eine Sekunde lang, sie einfach zu ignorieren, aber es war bereits zu spät. Die junge Rezeptionistin war schon auf dem Weg zu mir. Verlegen lächelnd und in der Hand mein Buch. Den «Sommer der Sünde».

«Bitte entschuldigen Sie vielmals», sagte sie aufgeregt, «aber meine Schicht endet gleich, und ich habe gesehen, dass Sie morgen schon wieder abreisen, und ich habe doch Ihr Buch gelesen, und da wollte ich fragen ...»

«Natürlich», sagte ich schnell, «ich signiere es Ihnen.»

«Das ist so ein tolles Buch», strahlte sie. «So aufregend und traurig und ...»

Sie sprach viel zu laut, und ich versuchte, sie zu stoppen. Die Fenster zur Terrasse standen offen, und ein paar Gäste hatten sich bereits zu uns umgedreht.

«Schön», unterbrach ich sie und schnappte mir das Buch und den Stift, den sie mir hinhielt. «Schön, dass es Ihnen gefällt.»

«Ich finde es so toll, dass die Geschichte hier bei uns spielt. Ich habe auch mal gegoogelt, wo Sie denn damals gelebt haben, aber da steht überall nur Schleswig-Holstein. Woher kommen Sie denn genau? Ich bin aus ...»

Ich drückte ihr das Buch in die Hand und flüchtete.

MARIE Rührte ich nicht schon viel zu lange in meiner Kaffeetasse herum? Fast hätte ich mir noch Zucker in das aufgeschäumte Gebräu geschüttet, nur um irgendetwas zu tun zu haben. Es war lächerlich! *Ich* war lächerlich, war es schlicht und einfach nicht gewohnt, allein in einem Café zu sitzen und mich dabei zu entspannen. Aus unerfindlichen Gründen bildete ich mir ein, sofort wie eine Frau auszusehen, die keine Freundinnen hat, geschweige denn einen Mann. Kurzum: Niemanden, der gewillt ist, den Nachmittag mit ihr zu teilen. Wie idiotisch! Ich nestelte in meiner Handtasche nach der Zigarettenpackung. Schließlich hatte ich hauptsächlich deswegen hier im Hofhotel Malente angehalten: Um in Ruhe eine Zigarette zu rauchen, bevor ich mich der üblichen anstrengenden Begegnung mit meiner Mutter aussetzte. Bei uns zu Hause rauchte ich grundsätzlich nicht, aus pädagogischen Gründen. Ich wollte Lea kein schlechtes Vorbild sein, dabei war das natürlich albern. Wer weiß, vielleicht hätte das Eingeständnis dieser Schwäche Lea sogar imponiert? Ach, Unsinn! Ich schüttelte energisch den Kopf, um mich gleich darauf verstohlen umzublicken. Hatte das etwa jemand mitbekommen? Dieses unmotivierte Kopfschütteln? Ich seufzte. Was ich auch tat – für meine Tochter war ich zurzeit hoffnungslos uncool. Also war es Lea wahrscheinlich auch piepegal, ob ich Kette rauchte oder täglich Marihuana konsumierte.

«Darf ich?» Ein braungebrannter Mann vom Nebentisch hielt mir sein aufgeklapptes Feuerzeug unter die Nase.

«Oh, ja, danke, sehr freundlich!» Ich lächelte ihm kurz zu und beeilte mich, an meiner Zigarette zu ziehen.

Na so was! Ein Mann, der einem unaufgefordert Feuer gab … Solche Exemplare existierten nur noch in der Provinz.

Ich musterte den Feuerspender unauffällig. Er war etwa in meinem Alter, aber kein bisschen attraktiv: vorzeitig ausgedünntes Resthaar über die beginnende Glatze gekämmt, Bauchansatz unter dem zartrosa Hemd, hochglänzende silbergraue Versandhauskrawatte in Verbindung mit zu viel Aftershave … Ich lehnte mich zurück, um deutlich zu machen, dass ich keinen Kontakt suchte. Bis mir ein erschreckender Gedanke kam: Fiel das Urteil des Mannes am Nebentisch über mich in diesem Moment möglicherweise ähnlich vernichtend aus wie meins über ihn? Unwillkürlich strich ich meinen schwarzen Rock glatt, aber davon wurde er auch nicht länger. Der Rock war einer von der engen schmalen Sorte, in denen man im Stehen vor dem Spiegel super aussieht (lange Beine, schmale Silhouette), der aber beim Sitzen sofort nach oben rutscht, um mindestens zehn Zentimeter Oberschenkel zu viel zu präsentieren. Wie war ich nur auf die absurde Idee gekommen, dieses Teil zu Dorits Beerdigung zu tragen? Leider wurde der Rock auch dadurch nicht besser, dass ich ihn bereits heute angezogen hatte, um mich daran zu gewöhnen. Wie viel passender wäre der dunkelgraue Hosenanzug gewesen, den ich normalerweise zu Elternabenden und anderen trübsinnigen Veranstaltungen anzog! Ich hatte den Anzug heute Morgen sogar schon aus dem Schrank genommen und prüfend vor mich gehalten, um ihn dann entschlossen zurückzuhängen. Anschließend war ich wie an unsichtbaren Fäden gezogen ins Zimmer meiner Tochter geschlichen, um ihren Kleiderschrank systematisch nach einem modischeren Outfit zu durchforsten. Mit sicherem Griff hatte ich diesen engen schwarzen Rock zutage gefördert. Er war aus einem dünnen Stretch-Stoff und passte wie angegossen. Lea und ich hatten die gleiche Kleidergröße. Insgeheim war ich stolz, mit dreiundvierzig noch exakt dasselbe Gewicht zu haben wie als Zwanzigjährige, auch wenn sich die Proportionen seit damals zu meinen Ungunsten verschoben hatten. In der Taille war ich ein paar Zentimeter breiter geworden, aber das fiel in diesem Rock kaum auf. Bevor ich es mir anders überlegen konnte, war ich in meine schwarzen Pumps geschlüpft (die auch selten zum Einsatz kamen), hatte meine kleine Reisetasche für eine Nacht fertig gepackt und Lea und Thomas einen kurzen Abschiedsgruß geschrieben.

Vorhin hatte ich es für eine gute Idee gehalten, den Rock schon einen Tag vor seinem eigentlichen Einsatz zu tragen. Schön dumm …! Ich seufzte. Warum machte ich mir überhaupt so viele Gedanken darüber, wie ich auf dieser Beerdigung aussah? Kein Mensch würde mir großartig Beachtung schenken. Niemand, der mir etwas bedeutete, würde dort sein. Oder … vielleicht doch? – Wenn ich ganz ehrlich war, hielt ich es irgendwo in meinem Hinterkopf für möglich, dass Hanna oder Fabienne ebenfalls in Beerenbök auftauchen würden. Hanna, um in dramatischer Pose und super gestylt Abschied von einer «sehr lieben alten Freundin» zu nehmen. Fabienne wiederum könnte die Beerdigung zum Anlass nehmen, sich ihrem Heimatdorf als etablierte Pastorin zu präsentieren, die demnächst zu Medienruhm kam. So hatte ich es jedenfalls in der Zeitung gelesen. Genauer gesagt, hatte Mama es mir bei meinem letzten Besuch in Beerenbök unter die Nase gerieben: «Aus deiner früheren Freundin Fabienne ist ja wirklich was geworden! Schau mal hier: Die kommt bald sogar ins Fernsehen!»

Weder Hanna noch Fabienne hatte ich seit jenem verhängnisvollen Sommer wiedergesehen. Ich hatte auch nicht das Bedürfnis danach verspürt. Viel zu viele Erinnerungen. Und keine einzige davon war wirklich angenehm. Na ja, ein paar vielleicht ... Die Nacht damals im Hochsommer, die wir draußen am See verbracht hatten. Die war wunderschön gewesen, frei von Zwängen, Eifersüchteleien und Vorbehalten. Auch mit Fabienne hatte es ein paar gute Momente gegeben. Wenn ich allein mit ihr war, was selten vorkam, schien sie sich manchmal zu öffnen und ihre überlegene Rolle aufzugeben. Aber es war immer dasselbe gewesen: Bevor wir uns näherkommen konnten, waren Hanna oder Dorit dazwischengegrätscht. Hanna aus Eifersucht (sie bildete sich ein, das alleinige Recht auf Fabiennes Aufmerksamkeit zu haben) und Dorit, weil sie es nicht ertrug, sich allein zu fühlen. Dorit brauchte immer eine Verbündete, bei der sie sich ausheulen konnte, wenn wieder mal etwas schiefgelaufen war. Und Hanna war für die Rolle der Trösterin denkbar ungeeignet.

Natürlich fand man von Hanna inzwischen diverse Pressefotos, die aber allesamt retuschiert wirkten. Immer leuchteten Hannas zugegeben schöne Katzenaugen allzu grün, während der leichte Ansatz zum Doppelkinn, der sich damals bereits erahnen ließ, auf den aktuellen Fotos wie von Zauberhand verschwunden war. Vielleicht hatte Hanna auch etwas machen lassen. Zuzutrauen wäre es ihr. Dass Fabienne Pastorin geworden war, wusste ich schon länger. Vor ein oder zwei Jahren hatte ich sie im Internet gegoogelt. Inzwischen genügte ihr das reine Pastorinnendasein offensichtlich nicht mehr. Es wunderte mich kein bisschen, dass Fabienne ihren scharfen Verstand und ihre rhetorischen Fähigkeiten nicht nur ihrer kleinen Gemeinde zuteilwerden lassen wollte. Sie hatte schon immer nach Höherem gestrebt. Eine Art «moralische Instanz» in den Medien zu werden, passte sicher perfekt in ihr Lebenskonzept. Mit einer gewissen Befriedigung hatte ich festgestellt, dass weder Fabienne noch Hanna Familie zu haben schienen. Zumindest das hatte nur ich geschafft.

Ob Hanna sich wirklich nach Beerenbök trauen würde? Nach dem Buch, das sie geschrieben hatte und das hier vermutlich jeder Zweite verschlungen hatte?! Oder würde Hanna gerade das spannend finden? Das Spiel mit dem Feuer? Mit den Schatten der Vergangenheit? Das Risiko hatte sie ja nie gescheut. Aber wenn sie es auf andere abwälzen konnte, war es ihr auch recht gewesen …

Schluss jetzt! Die beiden würden nicht kommen. Auf keinen Fall! Dennoch hatten sie es mühelos geschafft, mich erneut zu manipulieren: Denn im Grunde trug ich diesen Rock und die hochhackigen Schuhe, dieses schicke, sexy Outfit, das nicht wirklich auf eine Beerdigung passte, nur für sie. Die Erklärung war so schlicht, dass es eigentlich zum Heulen war: Ich wollte damit demonstrieren, dass ich keine graue Maus mehr war. Dass ich mich nicht mehr hinter den beiden verstecken musste: der schönen, selbstbewussten Hanna und der klugen, charismatischen Fabienne. Ich bin jetzt auch wer!, schrie mein Outfit. Wie jämmerlich …

Ich warf einen Blick auf die Uhr. Schon halb fünf! Himmel, warum hatte ich meiner Mutter nur versprochen, zum Kaffee bei ihr zu sein? So blieb doch viel zu viel Zeit bis zum Schlafengehen. Zeit, die Mama wie üblich dazu nutzen würde, mir wieder einmal klarzumachen, wie mittelmäßig mein eigenes Leben war im Vergleich zum Dasein der göttlichen Katharina. Auch deswegen hatte ich diese Kaffeepause eingelegt: Um der Konfrontation mit meiner Mutter noch ein Weilchen zu entgehen. Aber es half ja doch nichts. Ich drückte meine Zigarette aus und erhob mich. Mit den Besuchen in Beerenbök war es wie mit Zahnbehandlungen: Je länger ich sie hinausschob, umso massiver wuchs die Furcht davor. Mit dem Unterschied, dass die Zahnbehandlungen dann meistens gar nicht so schlimm waren wie erwartet.

Ich stieg ins Auto, zog die Tür hinter mir zu – und blieb dann einfach sitzen. Reglos. Starr. Warum hatte ich mich von Thomas nur dazu überreden lassen, doch zu Dorits Beerdigung zu fahren? Hätte ich mir das nicht ersparen können? Wenn ich ehrlich war, scheute ich mich ein bisschen, Thomas' Bild von mir anzukratzen: das Gutmensch-Bild, das Idealbild einer lieben Freundin. Treu bis in den Tod. Fast musste ich lachen. Wenn Thomas die Wahrheit kennen würde …

FABIENNE Bei Tante Hiltrud in der Küche, deren niedriges Fenster nach Norden ging, war es angenehm kühl. Die Hitze des Tages hatte an den dicken, roten Backsteinmauern haltgemacht. Draußen auf dem Asphalthof flimmerte die Luft über dem Grau, und dicke Brummer ploppten gegen die Fensterscheibe, als wollten sie vor der Wärme ins Haus fliehen.

«Ich hab uns Bier kalt gestellt, Fabienne», sagte Tante Hiltrud, während sie den Tisch für das Abendbrot deckte. Es gab Schwarzbrot mit praktischem Scheiblettenkäse, säuerliche Silberzwiebeln, Tomaten und Radieschen aus dem Garten, dazu Bier aus der Bügelflasche. Wir saßen an dem grau gesprenkelten Resopaltisch in der Küche, an dem ich schon vor mehr als drei Jahrzehnten zu Mittag gegessen hatte, wenn meine Eltern auf einer ihrer Geschäftsreisen gewesen waren. Genau wie früher wurde die gute Stube erst bei Mahlzeiten ab vier Personen geöffnet.

Während sie mit kräftigen Kiefern kaute, erzählte mir meine Tante das Neueste aus ihrem Leben, in dem seit Jahren nichts Neues passierte. Aber ich hörte nicht wirklich zu. Ich nickte nur ab und zu bestätigend mit dem Kopf, schüttelte ihn hin und wieder ungläubig und hing den Rest der Zeit meinen eigenen Gedanken nach. Man lernt so etwas in meinem Beruf. Man lernt, so lange den einzelnen Sätzen auszuweichen, bis ein Reizwort kommt, ein Stichwort, eine Geste oder Mimik, die eine konkrete Antwort erfordern.

Nachdem Tante Hiltrud ihre Wehwehchen und ihren Ärger mit der Nachbarin abgehakt hatte, wurde ihre Stimme eine Spur leiser. Denn jetzt ging es um den Tod von Dorit, der armen Dorit. Aber auch davon wollte ich nichts wissen. Ich wollte keine Einzelheiten hören, keinen Tratsch und keine Gerüchte. Die Hälfte davon würde sowieso nicht stimmen. Aber es gelang mir nicht mehr, mich in meine Gedanken zu flüchten. Ich schaffte es nicht. Ich musste mir alles anhören. Jedes Detail, das in und um Beerenbök in den letzten Tagen die Runde gemacht hatte.

Ein Urlauber hatte Dorit gefunden – einer aus dem Osten, wie Tante Hiltrud in einem Tonfall sagte, als wäre der Mann deshalb per se verdächtig. «Am Lupiner See, du weißt schon, wo, Fabienne. Ertrunken. Ach Gott, o Gott. Sie hatte alles noch an, ihr Kleid, ihre Unterwäsche, nur ihre Schuhe nicht.» Tante Hiltrud senkte ihre Stimme noch ein bisschen und legte ihre sehnige, fleckige Hand auf meine. «Vielleicht hat er ihr die Sachen wieder angezogen …»

Ich ließ meine Hand eine knappe halbe Sekunde liegen. «Wen meinst du?», fragte ich und strengte mich an, nicht auch zu flüstern.

«Na, den Mann.»

«Den, der sie gefunden hat?»

«Ja, ich hab ihn gesehen, bei Minners an der Theke, am Vormittag. Der hatte irgendwie was Merkwürdiges.»

«Ich denke, er hat die Polizei gerufen?»

«Schon. Aber vielleicht nur, um sich unverdächtig zu machen.»

«Wie kommst du darauf?»

«Was macht denn so einer, der sich hier nicht auskennt, an dem See, Fabienne? Den finden doch kaum noch die Einheimischen, so versteckt, wie der liegt.» Tante Hiltrud seufzte. «Und außerdem, sie konnte doch schwimmen, die Dorit, das weißt du doch. Ihr wart doch damals zusammen im Schwimmverein. So jemand ertrinkt doch nicht einfach, oder, Fabienne?»

Ich ging auf diese hypothetische Frage nicht ein. Ich wollte auf nichts eingehen, was meine Tante da so von sich gab. Am liebsten wäre ich aufgestanden und hätte mich in das verlassene Kinderzimmer meines Cousins verkrochen. Doch ich blieb sitzen, Tante Hiltrud gegenüber, die mich über die Reste ihres Käsebrots hinweg aus leicht verschwommenen Augen anstarrte.

«Und die Polizei glaubt auch, dass der Mann etwas damit zu tun hat?», fragte ich dann doch, obwohl mich meine Neugier beschämte.

«Der Christian geht natürlich jeder Spur nach.»

«Welcher Christian? Und was für einer Spur?»

Tante Hiltrud biss in ihr Brot, kaute langsam, schluckte,

kaute noch mal und spülte den Rest mit Bier hinunter. «Christian Degner, der in dem alten Postgebäude wohnt. Er hat es davor bewahrt, dass es völlig zerfällt. Der war doch eine Klasse unter dir, so ein hübscher Blonder, weißt du? Er ist zur Polizei gegangen, und jetzt ist er für Beerenbök zuständig. Er hat so eine nette Art, aber er lässt nicht locker. Er hat jeden im Dorf befragt, jeden Einzelnen. Mich auch.»

Bei den letzten Worten hatte meine Tante die Stimme gesenkt. Ich hätte sie schütteln können. Ihre sensationslüsterne und gleichzeitig heimlichtuerische Art machte mich wahnsinnig. «Was hat er denn gefragt?»

«Na, alles. Ob wir was beobachtet haben. Ob Dorit irgendwie anders war als sonst. Ob sie Depressionen hatte, vielleicht Liebeskummer. Eben, ob irgendetwas anders war als sonst, kurz vor ihrem Tod.»

«Und? War etwas anders?»

Tante Hiltrud hob die mageren Schultern und ließ sie wieder sacken. «Seit dem Unglück damals ließ sie ja nicht mehr viel raus. War immer verschlossen. Also, ich sag dir mal, Fabienne, verdenken kann man ihr das nicht, wenn sie nicht mehr leben wollte, auch wenn's vielleicht eine Sünde ist. Ich meine, immer nur für die kranke Mutter da sein ...» Wieder ließ sie einen Seufzer hören. «Aber es soll ja ziemlich schwierig sein, sich selbst zu ertränken, wenn man gut schwimmen kann. Man paddelt wohl automatisch um sein Leben.»

Ich stand abrupt auf. «Danke für das Abendbrot, Tante Hiltrud. Ich muss noch ein wenig an der Grabrede arbeiten. Wir sehen uns dann morgen früh.» Ohne meiner Tante noch einmal in die wässerigen Augen zu schauen, nahm ich mein Holzbrett und meine Bierflasche und stellte beides neben die Spüle.

«Ja, mein Kind, wir sind alle ein wenig geschockt, das ganze Dorf», hörte ich Tante Hiltrud sagen. «Wenn jedenfalls die Polizei was herausgefunden hätte …»

«Gute Nacht, Tantchen. Schlaf trotzdem gut.» Ich nickte ihr beruhigend zu. Doch in der Küchentür drehte ich mich noch einmal um. «Übrigens … Dorits Vater … Weißt du, ob er zur Beerdigung kommen wird?»

Jetzt legte Tante Hiltrud ihr Gesicht in Kummerfalten. «Tsss», machte sie, «das musst du dir mal vorstellen: Ich hab ihm wegen Dorits Tod geschrieben – es war gar nicht so einfach, seine Adresse rauszukriegen –, und er hat mir einen kurzen Beileidsbrief geschickt.» Sie schüttelte immer noch fassungslos die grauen Locken. «*Er* hat *mir* sein Beileid ausgesprochen. Dorits leiblicher Vater! Der Mann ist nicht nur herzlos, seine Tochter einfach so abzuschreiben. Der ist doch verrückt, schlichtweg verrückt.» Sie sagte das mit einem Ernst, der ahnen ließ, dass die Gefühlskälte von Dorits Vater für sie ein schier unlösbares Rätsel darstellte.

«Ach, liebe Tante Hiltrud», sagte ich. «Die Wege und Taten der Menschen sind nicht immer leicht zu verstehen. Manches müssen wir wohl schlichtweg akzeptieren.»

«Da magst du recht haben, Fabienne. Und sicher bist du Expertin auf diesem Gebiet.» Sie seufzte und lächelte mich treuherzig an, gerade so, als fühlte sie sich durch dieses kurze Gespräch getröstet. «Dann schreib du mal deine Rede zu Ende, mein Kind. Das soll ja auch was ordentlich Schönes werden.»

Kurz darauf saß ich an dem Schreibtisch meines Cousins, auf dem knarzenden Drehstuhl, den Laptop vor mir, und schaute aus dem offenen Fenster in die Zweige des Kirschbaums, die mittlerweile fast das Haus berührten. Als wir vier Unzertrennlichen damals in den Baum geklettert waren und zum Ärger meines Onkels sämtliche Kirschen abgepflückt hatten, war der Baum längst nicht so groß gewesen. Wir hatten uns gegenseitig mit den Kernen bespuckt, und Hanna wäre vor Lachen fast vom Ast gefallen. Ich weiß noch, wie blutrot verschmiert ihr Mund war.

Für ein paar Sekunden schloss ich die Augen und atmete den Sommergeruch ein. Nie wieder hatte ich diesen Geruch so intensiv erlebt wie damals in Beerenbök. In dem letzten Juli, in dem die Welt noch in Ordnung gewesen war, hatten wir vier einmal eine ganze Nacht draußen verbracht. Obwohl wir Zelte dabeihatten, blieben wir auf der Wiese unterm Sternenhimmel liegen, und ich konnte mich nicht sattatmen an den Gerüchen, die der Tag hinterlassen hatte. Ich lag zwischen Hanna und Marie, deren Haut Sonne und Delial-Creme aufgesaugt hatte, und vom See her kam frische, noch warme Luft, die man fast schmecken konnte. Marie hatte vierblätterige Kleeblätter gesucht, die sie uns dreien geschenkt hatte, und selbst deren feinen Duft glaubte ich wahrzunehmen. Wie selbstverständlich konnten wir in dieser Nacht miteinander reden, ohne Konkurrenzkämpfe und Eifersüchteleien. Natürlich sprachen wir über die große Liebe, an die wir alle vier glaubten und auf die wir uns freuten wie auf ein gutes Buch, das noch ungelesen auf unserem Nachttisch lag. Nur wenige Wochen später entdeckte Dorit, dass es ihre Mutter war, die dieses Wunder erleben durfte. Von da an gab es kein anderes Thema mehr für Dorit. Und sie schaffte es, dass auch wir anderen drei uns immer mehr in diese Geschichte verstrickten, die uns eigentlich nichts anging.

Der fahle, säuerliche Geschmack des Biers, das ich zu kalt und zu schnell getrunken hatte, stieg in mir auf. Verdammt noch mal, warum konnte ich nicht endlich bei dem Schönen und Guten bleiben? Alles andere hatte in einer Grabrede nichts zu suchen. Ich schloss das Fenster, zog die Vorhänge zu und sah auf die Tasten meines Laptops.

Nun also, wenn ich mich konzentrierte, dann schaffte ich alles, was ich wollte. Ich würde jetzt etwas Erbauliches schreiben. Etwas, in dem ich unsere Jugendjahre wieder aufleben lassen würde, das Kirschenstibitzen und die Schulausflüge, unsere Radtouren durch die Holsteinische Schweiz und unser gemeinsames Büffeln für die Lateinarbeiten. Alles das, was wir Mädchen einst an Freud und Leid erlebt hatten. Natürlich würde ich erwähnen, dass Dorits Dasein nicht immer leicht gewesen ist; es gab ja niemanden im Dorf, der das nicht wusste. Doch auch diese Prüfungen, die uns der Herr auferlegte, gehörten dazu, und die gute Dorit hatte ihre Pflichten ohne Klagen erfüllt. In Dorits Namen würde ich die Trauergemeinde bitten, ihrer Mutter etwas von der Fürsorge zukommen zu lassen, die ihr die Tochter nun nicht mehr geben konnte. Ruhe du nur in Frieden, Dorit, wo immer du jetzt sein magst, in Ewigkeit.

Endlich glitten meine Finger wie gewohnt über die Tasten, und ich wusste, es würde eine gute Rede werden, eine segensreiche, trostspendende Ansprache. Vielleicht würde sie ein bisschen dazu beitragen, dass Tante Hiltrud und ganz Beerenbök nach diesem tragischen Vorfall zur Ruhe kommen würden. Das Leben ging weiter, und wir Menschen konnten nicht alle Rätsel lösen. Doch so unbegreiflich uns manches auch scheinen mochte, so gab es doch letztlich für alles eine Erklärung. Niemand weiß, was der Tod ist, ob er nicht für den Menschen das größte ist unter den Gütern. Das hatte Platon einst geschrieben, und immer wieder bin ich geneigt, ihm recht zu geben.

Noch bevor ich den letzten Satz meiner Rede getippt hatte, sah ich mich vor Dorits Sarg stehen und die Beerenböker hörten mit ernsten, aber ruhigen Gesichtern den letzten Worten für Dorit zu. Ja, ich wollte ihr einen friedlichen, einen würdevollen Abschied bereiten. Das war ich ihr schuldig.

HANNA Ich war überpünktlich, ausnahmsweise. Noch nie in meinem Leben war ich irgendwo vor der vereinbarten Zeit gewesen. Wenn wir uns damals zu viert verabredet hatten, war ich immer die Letzte gewesen, die eintraf. Manchmal kam ich zeitgleich mit Fabienne oder Sekunden nach ihr bei der Eisdiele oder am See an. Aber niemals als Erste, so wie Dorit und Marie. Ich fand das uncool. Bohemiens sind nicht pünktlich, dachte ich und pflegte mein Zuspätkommen. Später hatte ich es mir dann einfach nicht mehr abgewöhnen können. Abgesehen davon gab es zu wenige Veranstaltungen auf dieser Welt, zu denen rechtzeitiges Kommen lohnte.

Ich hatte alles sorgfältig durchgerechnet. Dorits Begräbnis war für zwölf Uhr angesetzt. Wenn ich um fünf nach zwölf da sein würde, hatte ich gedacht, würden die Türen der Kirche eben gerade geschlossen werden, und ich könnte unauffällig in eine der hinteren Reihen schlüpfen.

Für den Weg von Malente nach Beerenbök hatte ich zwanzig Minuten einkalkuliert. Das neue Navi, das ich mir vor Wochen gekauft hatte, lag immer noch verpackt im Handschuhfach, also hatte ich die Zeit schätzen müssen. Zudem war ich überstürzt und zu früh losgefahren, nachdem beim Auschecken der Hoteldirektor herbeigerufen wurde, um sich ein Exemplar meines Buches signieren zu lassen. Ob ich noch eine Sekunde warten könne, hatte er gefragt, weil auch die Hausdame mir gerne einmal die Hand geschüttelt hätte, und ob wir nicht schnell noch ein gemeinsames Foto machen könnten. Ich war so schnell aus dem Hotel gesprintet, dass ich sogar vergessen hatte, meine Rechnung mitzunehmen.

Ich brauchte keine zehn Minuten bis nach Beerenbök. Schon von weitem lugte der Rundturm der mittelalterlichen Kirche durch die Bäume. Die Kirche war wohl das Schönste an Beerenbök. Mit ihrem trutzigen Turm und den buckeligen Felssteinwänden sah sie aus wie eine kleine Märchenburg. Der eichenbestandene Friedhof, der sie umgab, grenzte direkt an Beerenböks kurvige Hauptstraße. Trotz der offenen Wagenfenster und des Fahrtwindes waren meine Hände schweißnass, als ich die letzte Kurve vor der Kirche nahm.

Es musste ganz Beerenbök sein, das dort – ganz in Schwarz – vor dem Friedhofstor in kleinen Grüppchen stand. Ich war in der Kurve langsamer gefahren, aber nun trat ich hastig aufs Gaspedal und schoss an der Trauergemeinde vorbei. Gleich nach dem Ortsausgangsschild bog ich in die schmale Landstraße ein, die ins Nachbarkaff führte, bremste am Straßenrand, stellte den Motor ab und wühlte in meiner Handtasche nach den Zigaretten. Den protzigen, schneeweißen Geländewagen, der sich auf der gegenüberliegenden Straßenseite näherte, bemerkte ich zunächst gar nicht. Erst als er dicht neben meiner Tür stehen blieb, sah ich auf.

Ich habe ein sagenhaft schlechtes Gesichtergedächtnis. Und

auch Namen kann ich mir nur sehr schwer merken. Aber den korpulenten Mann, der nun eilig seine Scheibe herunterfuhr, erkannte ich sofort. Es war Mirko.

Es war das erste Mal seit der Schulzeit, dass ich ihn wiedersah. Damals war er ein kräftiger Bauernsohn gewesen, nicht unattraktiv, aber immer viel zu laut, provokativ und darauf bedacht, im Mittelpunkt zu stehen. Er war weder intelligent noch witzig gewesen, nicht unser Niveau, in keiner Hinsicht. Nur im Geheimen stellte ich mir manchmal vor, dass er mich packen und küssen würde. Denn keiner der anderen Jungs hatte, was Mirko besaß: eine männliche, animalische Ausstrahlung. Er überdeckte sie durch seine lärmende, nervige Art. Aber dennoch: Wenn er wieder mal ein Mädchen durch leicht zusammengekniffene Augen taxierte, war sie früher oder später an seiner Seite. Immer nur für kurze Zeit. Er war zu unsensibel, zu grobschlächtig, um sie länger zu halten. Einmal war eine von ihnen mit einem blauen Auge zur Schule gekommen. Aber die Sache wurde schnell begraben. Ich hatte damals viele geküsst und war furchtlos, aber von Mirko hatte ich mich ferngehalten.

Er war dick geworden, und die Haare waren ihm ausgegangen – aber immer noch hatte er diesen Blick, immer noch war er hungrig.

«Was für eine reizende Überraschung! Auch auf dem Weg zu Dorits Party?» Eine von Mirkos Spezialitäten waren schon immer seine unsäglichen Sprüche gewesen.

Ich wedelte mit meinem Päckchen Zigaretten. «Danke, aber ich rauche erst noch eine.»

Mirko fuhr sich mit der Zunge über die Lippen.

«Rauchen! Gut! Hast du eine für mich?» Ich reichte ihm

eine Zigarette durchs Fenster und gab ihm Feuer. Nach dem ersten gierigen Zug blies er den Rauch in meine Richtung.

«Davon hab ich immer schon geträumt. Mit dir allein mal eine rauchen. Haben wir nie gemacht, oder?»

Ich schüttelte den Kopf.

Ich hätte jeden lieber gefragt als ihn, aber er war der Erste, den ich hier traf, und ich musste es endlich erfahren. «Was ist denn eigentlich passiert? Wieso ist Dorit tot?»

«Ertrunken», antwortete er lapidar.

«Ertrunken? Wieso ertrunken? Sie konnte doch schwimmen. Also, ich meine: gut schwimmen.»

«Tja», sagte Mirko. «So ist das. Manche ertrinken, manche nicht. Deshalb geh ich auf Nummer sicher und geh überhaupt nicht schwimmen.»

«Du bist widerlich, Mirko», sagte ich entsetzt.

«Ich bin überhaupt nicht widerlich», protestierte er. «Ich hab mich um sie gekümmert. Also, vorher.»

«Gekümmert? Was meinst du damit?»

«Was soll ich schon meinen?» Mirko grinste anzüglich.

Feinfühligkeit war auch noch nie seine Sache gewesen. Ich atmete tief durch. «Nun sag schon: Was war los mit ihr? Wie ging's ihr?»

Statt einer Antwort warf Mirko einen Blick auf seine Armbanduhr.

«Drei vor zwölf», stellte er fest und ließ den Motor seines hässlichen Gefährts aufheulen. «Auf geht's.»

Auf der kurzen Fahrt zum Friedhof fragte ich mich, warum er log. Dorit hatte ihn sich keineswegs um sie «kümmern» lassen. Oder hatten die Eintönigkeit des Dorflebens und die Einsamkeit sie tatsächlich so bedürftig gemacht? Früher war sie extrem sensibel gewesen, und abgestoßen von jeder Art von Plumpheit. Ich hatte es schon immer geliebt, andere durch rüde Sprüche zu verschrecken, aber bei Dorit hatte ich mich zurückgehalten. Sie reagierte auf Gewöhnlichkeit wie ein angeschossenes Reh und hatte es tatsächlich immer wieder geschafft, mich durch ihre leidvollen Blicke zu beschämen.

Der kleine Parkplatz vor dem Friedhof war vollbesetzt und die Trauergemeinde verschwunden. Ich parkte hinter Mirkos Wagen am Straßenrand und betrat den Friedhof. Mirko stampfte kurzatmig neben mir her. Als ich mich der Kirche zuwandte, zog er mich nach links.

«Nicht zur Kirche», schnaufte er. «Die Atheisten kommen in die Trauerhalle.»

Die Halle am Rande des Friedhofs war ein schlichter Backsteinbau, der die Formen der alten Kirche aufnahm. Als ich noch in Beerenbök lebte, hatte sie nur zur Aufbewahrung der Toten gedient.

«Wie?», fragte ich erstaunt, während wir den Kiesweg entlangeilten. «Dorit war doch konfirmiert.»

Die Sonne brannte ebenso unbarmherzig wie die Tage zuvor, und Mirko schien in seinem schwarzen Anzug einem Herzinfarkt nahe. «Ist ausgetreten», ächzte er. «Aber sie kriegt trotzdem 'ne Extra-Show. Fabienne wird das Ding schon wuppen.»

Fabienne?! Doch es war keine Zeit mehr für Fragen. Durch das geschlossene Flügeltor der Trauerhalle drang bereits Orgelmusik. Mirko zog das schwere Eisentor mit seinen Pranken auf, und wir schlüpften hindurch.

Drinnen blieb ich erstarrt stehen. Mein Plan, mich unauffällig auf Dorits Beerdigung zu schmuggeln, war grandios gescheitert. Die Bänke waren nicht von vorne nach hinten, sondern seitlich in zwei Halbkreisen angeordnet, in deren Mitte Dorits Sarg stand. Hilflos stand ich da, wie auf einer Theaterbühne. Alle Blicke ruhten auf mir. Mirko packte mich am Arm, zog mich nach rechts, zur hintersten Reihe, und zwängte sich mit mir im Schlepptau an einigen älteren Damen vorbei, zu zwei freien Plätzen. Ich war froh, hinter seinem massigen Körper in Deckung gehen zu können.

Als ich es endlich wagte, den Blick zu heben, entdeckte ich Marie. Sie saß mir direkt gegenüber, auf der anderen Seite der Halle. Unsere Blicke trafen sich über Dorits blumengeschmücktem Sarg. Ich versuchte ein leises Lächeln, das sich auf der Stelle unglaublich falsch anfühlte. Marie biss sich auf die Unterlippe und schaute auf ihren Schoß. Ich war überrascht, wie gut sie aussah. Sie schien kaum gealtert, trug ihr blondgesträhntes, perfekt geschnittenes Haar schulterlang, und ihre wie angegossen sitzende Bluse war von jener Art, die nur zierliche Frauen mit schmalen Schultern und kleinen Brüsten tragen können. Erst als ich die neugierigen Blicke aus der Menge gegenüber wahrnahm, löste ich meinen Blick von Marie und versuchte, mich auf meinem Stuhl so klein wie möglich zu machen.

Während des scheinbar endlosen Orgelspiels blickte ich auf Dorits Sarg und hatte das Gefühl, den größten Fehler meines Lebens gemacht zu haben. Ich hatte Dorit in meinem Roman die Last der Schuld so unerträglich werden lassen, dass ihr der Tod als die einzige Befreiung schien.

Ich kannte das Dröhnen im Kopf und das Herzrasen, das nach einigen Minuten einsetzte. Panikattacken waren seit jenem Sommer meine treuen Begleiter. Sie kamen immer unerwartet und in den unpassendsten Situationen, und nur selten hatte ich meine Tabletten dabei. Denn Tabletten, hatte meine Mutter mich gelehrt, waren etwas für Weicheier. Als ich mich zusammenkrümmte, um tief und ruhig durchzuatmen, fiel Mirkos Pranke auf meinen Rücken und blieb dort liegen wie ein schweres, schlafendes Tier. Ich schloss die Augen, atmete rhythmisch und betete stumm das Ave-Maria, wie jedes Mal, wenn die Angst mich auffraß. Der Glaube ist eine feine Sache, wenn man nicht mehr weiterweiß.

Tatsächlich rettete mich dieses eine Mal etwas anderes. Ich hatte nicht bemerkt, dass die Orgelmusik endlich verstummt war, aber als ich Fabiennes Stimme hörte, verlangsamte sich mein Herzschlag auf der Stelle.

Fabienne stand hinter Dorits Sarg, eine beeindruckende, hochgewachsene Erscheinung. Der Kurzhaarschnitt betonte ihre Gesichtszüge, ihre hohen Wangenknochen und das energische Kinn. Sie hielt sich gerade, eine breitschultrige, schlanke Amazone in schwarzem Kostüm. Das, was sie sagte, hatte ich zuvor schon einmal irgendwo gelesen oder gehört – aber Fabienne trug es auf eine Weise vor, dass es schien, als wären es ihre eigenen Worte.

«Ein jegliches hat seine Zeit, und alles Vorhaben unter dem Himmel hat seine Stunde: Geboren werden hat seine Zeit, sterben hat seine Zeit; töten hat seine Zeit, heilen hat seine Zeit; weinen hat seine Zeit, lachen hat seine Zeit; lieben hat seine Zeit, hassen hat seine Zeit; Streit hat seine Zeit – und Friede seine Zeit.»

Sie sprach klar und laut und wirkte dabei kein bisschen pastoral, sondern ungemein aufrichtig. Ihre Worte gaben mir das Gefühl, dass alles erklärbar war. Unsere Geschichte würde endlich ein Ende finden.

Dass Fabienne uns eine Show lieferte, merkte ich erst nach der kleinen, wirkungsvollen Pause, die sie danach setzte, und an dem mitfühlenden Blick, den sie über uns schweifen ließ.

«In meinem Leben als Pfarrerin ist dies die erste Trauerrede, die ich kaum vorbereitet habe. Dass Dorit von uns gehen musste, erfüllt mich mit großem Schmerz.»

Fabienne war an diesem Tag innerhalb kurzer Zeit der zweite Mensch, der mich anlog. Sie hatte mein Buch gelesen, ich war mir sicher. Und sie hatte sich mehr denn je darauf vorbereitet, alles zu tun, um sich reinzuwaschen vom Verdacht. Pastorin hin oder her – so sehr konnte sie sich nicht geändert haben. Sie war klug und voller Kalkül. Hier waren wir vier: sie, ich, Marie und Dorit im Sarg. Wir vier, die Protagonistinnen meines Romans über Freundschaft und Schuld. Einige Reihen vor mir saß Dorits Mutter zusammengesunken im Rollstuhl. Unser Werk.

Hatte Fabienne sich freiwillig dafür entschieden, über Dorits angeblich unbeschwerte Jugendtage zu sprechen und über die Hingabe, mit der sie sich später um ihre Mutter gekümmert hatte? Waren sich Fabienne und Dorit in den letzten Jahren nähergekommen? War dieser Auftritt ein christlicher Liebesdienst? Oder nur der Versuch, den Teil einer alten Schuld abzutragen?

Egal, was es war: Fabienne machte ihre Sache grandios. Sie war eine ebenso gute Geschichtenerzählerin wie ich. Ich war mir sicher, dass keiner außer mir bemerkte, wie sorgfältig sie das Ganze aufgebaut hatte. Sie brachte uns zum Weinen, streute kleine muntere Erinnerungen an Dorit ein, die alle versonnen lächeln ließen, und zum Schluss gab es ein angedeutetes Happy End.

«Wir sind aufgewühlt, wir suchen Trost und Halt. Wir stellen uns die Frage nach dem Warum. Aber wir sollten, auch wenn wir keinen Sinn in Dorits Tod entdecken können, versuchen, einen Punkt zu setzen. Wir sollten Dorit in Frieden gehen lassen und für uns einen neuen Anfang suchen. Wer von uns glaubt, der kann in den Worten Dietrich Bonhoeffers Trost finden: ‹In mir ist es finster, aber bei Dir ist das Licht … In mir ist Bitterkeit, aber bei Dir ist die Geduld … Ich verstehe Deine Wege nicht, aber Du weißt den Weg für mich.›»

Es war ein irritierender Moment, als Fabienne abschließend die Hände vor der Brust faltete, um sie sogleich wieder voneinander zu lösen und dann doch wieder zusammenzulegen. Und eine ganz kurze Unsicherheit lag auch in ihrer Stimme, als sie die letzten Worte über Dorits Sarg sprach:

«Wer nach Trost sucht oder Vergebung, der mag nun mit den Worten beten, die der Herr selbst uns gegeben hat: Vater unser im Himmel …»

MARIE Die Orgel war nicht laut genug, um Hannas Ankunft zu übertönen. In dem Moment, als sich die schweren Flügeltüren der Trauerhalle öffneten, wusste ich, wer da kam. Zu spät natürlich, wie üblich. Wieder einmal hatte Hanna ihren eigenen Auftritt. Wieder einmal erreichte sie, dass sich alle Augen auf sie richteten. Dabei ging es ihr gar nicht um die Aufmerksamkeit, die sie auf diese Weise unweigerlich auf sich zog. Das hatte sie jedenfalls früher immer behauptet. Nein, Hanna kam notorisch zu spät, weil sie schlicht keine Lust hatte, ihre Zeit mit langweiligem Kram zu verplempern. Und mit hundert füßescharrenden, hüstelnden Landpomeranzen in einer schmucklosen Trauerhalle herumzuhocken und darauf zu warten, dass die Beerdigungszeremonie begann, zählte ganz sicher zu den besonders langweiligen Momenten. Das musste sich eine Hanna Nielsen nicht antun, während irgendwo auf der Welt gerade weitaus aufregendere Dinge auf sie warteten.

So war es schon früher gewesen, bei den Verabredungen der vier «Unzertrennlichen»: Immer kamen Dorit und ich zuerst. Fabienne erschien stets genau eine Minute nach der vereinbarten Zeit (was mich ebenfalls ärgerte, weil es schon damals den Eindruck erweckte, als hake sie unsere Treffen in einem exakten, übervollen Terminplan ab). Und Hanna kam eben, wann sie wollte, Hauptsache zu spät. Es hatte mich rasend gemacht.

«Warum ist deine Zeit immer kostbarer als unsere Zeit?», hatte ich sie irgendwann angeschrien, nachdem wir anderen drei den halben Nachmittag an einer staubigen Straßenecke auf sie gewartet hatten, anstatt am See zu liegen. Hanna hatte nur den Kopf geschüttelt und lässig mit den Achseln gezuckt, auf diese spezielle Weise, die mir das Gefühl gab, eine hoffnungslose Spießerin zu sein, eine, die auf die Stoppuhr guckt, anstatt das Leben zu genießen und es zu nehmen, wie es eben kommt. Eine, die alles andere als cool ist. Bis heute hasse ich es, wenn Menschen sich verspäten. Bis heute fühle ich mich dadurch gedemütigt und degradiert. Und es war durchaus vorgekommen, dass ich vor Wut in Tränen ausbrach, wenn mich jemand zu lange warten ließ.

Hanna hatte in der letzten Reihe mir gegenüber Platz genommen, zwischen uns der weiße, blumengeschmückte Sarg. Ich sah, wie ihr Blick schnell über die Trauergemeinde glitt, um schließlich an mir hängenzubleiben. Für eine Sekunde schien sie verwirrt, irritiert, dann lächelte sie mir leicht zu. Es sah angestrengt aus und irgendwie verunglückt. Jetzt blickte auch Hannas Begleiter zu mir herüber. Mirko Basmeier. Was machte der denn an Hannas Seite?! In den letzten Jahren hatte ich ihn einige Male von weitem gesehen. Er war dick geworden, schien aber lüstern wie eh und je. Nur dass seine Lüsternheit damals nie mir gegolten hatte. Er stand auf deutlich üppigere Mädchen, Mädchen wie Hanna, die ihn aber nie an sich herangelassen hatte. Unwillkürlich schlug ich die Beine übereinander und richtete mich auf, mein schwarzer Rock rutschte ein Stück höher, die weiße Bluse spannte leicht über meinen Brüsten. Ich spürte mehr, als dass ich es sah, wie sich Mirkos Augen an mir festsaugten. Ich erschauderte, aber ein klein wenig genoss ich es auch, Objekt seiner Begierde zu sein. Zumindest für einen Moment hatte ich Hanna ausgestochen. Obwohl ich zugeben musste, dass sie gut aussah, wenn auch nicht so gut wie auf den Pressefotos. Ein wenig gehetzt, der Lippenstift zu rot für den Anlass und leicht verschmiert, die Haare etwas zu aufgebauscht. Aber zweifellos war Hanna nach wie vor eine Frau, die man nicht übersehen konnte. Manche Dinge änderten sich eben nie.

Als die Orgel endlich verstummte und Fabienne ans Rednerpult trat, hörte das Hüsteln und Füßescharren schlagartig auf. Alle Augen wandten sich nach vorn, um die künftige Fernsehpfarrerin zu mustern, die aus Beerenbök stammte. Für mich war es keine Überraschung, dass Fabienne die Trauerrede hielt. Meine Mutter hatte es mir gestern direkt nach meiner Ankunft brühwarm aufgetischt: «Stell dir vor, die Fabienne kommt morgen extra aus Hamburg, um die Trauerrede für

Dorit zu halten. Hiltrud hat sie darum gebeten. Dorits Mutter hätte das allein ja alles gar nicht geregelt gekriegt in ihrem Zustand. Und Fabienne hat keine Sekunde gezögert, sagt Hiltrud. Und das, obwohl die Fabienne ja eigentlich keine große Verbindung mehr nach Beerenbök hat und sicher jede Menge um die Ohren, jetzt, wo sie bald im Fernsehen ist.» Mama hatte eine kleine bedeutungsvolle Pause gemacht. «Das nenne ich pflichtbewusst …!» Dann hatte sie mir einen prüfenden Blick zugeworfen, um sich zu vergewissern, dass ihre Botschaft auch angekommen war: Die gestresste, erfolgreiche Fabienne, die zukünftige Fernsehpfarrerin, die hatte nicht gezögert, zur Beerdigung ihrer alten Jugendfreundin Dorit zu kommen! Während ich, die ich auch in Hamburg wohnte und die Beisetzung mit einem netten Kurzbesuch bei meiner reizenden Mutter verbinden konnte, mich erst im allerletzten Moment entschlossen hatte, Dorit die letzte Ehre zu erweisen … Wie hätte mein Fernbleiben wohl im Dorf ausgesehen?

Nun, Mama hatte bekommen, was sie wollte. In ihrem besten dunklen Kostüm saß sie hoch aufgerichtet neben mir und lauschte aufmerksam Fabiennes Worten. Ich merkte, dass ich selbst Fabienne überhaupt nicht zuhörte. Ich nahm den Klang ihrer Stimme wahr, ohne zu begreifen, was sie sagte. Ich war viel zu sehr damit beschäftigt, die damalige Fabienne mit der heutigen zu vergleichen. Wie souverän sie wirkte, selbstbewusst, ruhig und doch voller Anteilnahme. Angemessen emotional – schließlich hatte sie Dorit einmal gut gekannt –, aber nicht aufgelöst, sondern beherrscht und trostspendend. Fabienne hatte die Situation im Griff. Etwas anderes hatte ich auch nicht von ihr erwartet.

Während die Orgel ein weiteres Lied anstimmte, ein langsames, getragenes, das mit Sicherheit auch Fabiennes unsägliche Tante Hiltrud ausgewählt hatte, erlaubte ich mir endlich einen längeren Blick auf den Sarg. Ich versuchte mir vorzustellen, wie Dorit darin lag. Klein und schmal, den Kopf auf ein Kissen gebettet, die Hände über der Brust gefaltet. Oder war das so nur üblich, wenn jemand im offenen Sarg aufgebahrt wurde? – Im Grunde war es doch egal, wie ein Mensch im geschlossenen Sarg dalag. Ob man Dorit die Haare gebürstet hatte? Auf die war sie immer so stolz gewesen, bloß weil Hanna sie einmal als «Feenhaar» bezeichnet hatte. Dorits Haar war lang, aber nicht dick und üppig gewesen wie das von Fabienne, sondern hell und durchscheinend, fast wie Flaum. In Hannas Roman war die Figur der Dorit nicht blond, sondern rothaarig, die dünnen Arme mit Sommersprossen übersät. Und natürlich hatte Hanna den Ausdruck «Feenhaar» vermieden, wie sie alles vermieden hatte, was allzu deutlich auf uns vier hingedeutet hätte. Und doch war es für mich so eindeutig gewesen. Ich erinnerte mich genau: Nachdem ich in einer Fachzeitschrift für Bibliotheken die groß aufgemachte Ankündigung von Hannas neuem Roman gelesen hatte, war ich voller böser Vorahnung in die nächste Buchhandlung geeilt und hatte noch dort begonnen zu lesen, hatte hektisch Seite um Seite überflogen, abgestoßen und fasziniert zugleich von Hannas unglaublicher Unverfrorenheit, all das aufzuschreiben und hunderttausendfach zu veröffentlichen, was wir anderen seit Jahrzehnten mühsam verdrängt hatten. Und selbst nach über fünfundzwanzig Jahren hatte mich noch verletzt zu lesen, wie Hanna damals über mich gedacht hatte. Komprimiert klang das ungefähr so: *Sie war der Typ Mädchen, der immer übersehen wird, nett, aber hoffnungslos langweilig, eine Mitläuferin, eine, von der später niemand mehr mit Sicherheit sagen konnte, ob sie überhaupt dabei gewesen war. Kein Wunder, dass sie danach lechzte zu beweisen, dass mehr in ihr steckte, dass sie durchaus imstande war, über Grenzen zu gehen und alle zu überraschen. Und schon bald sollte sie die Gelegenheit dazu bekommen …*

Dabei hatte Hanna die literarischen Regeln eingehalten. Sogar die übliche Anmerkung hatte sie vorweg geschrieben: «Dieses Buch ist ein Roman. Ähnlichkeiten mit lebenden oder verstorbenen Personen oder Begebenheiten sind rein zufällig und von mir nicht beabsichtigt …»

O nein, natürlich nicht! Hanna hatte unser Aussehen verändert, unsere Eigenheiten verfremdet, die Familienkonstellationen umgestellt – und dennoch entsprachen die vier Protagonistinnen in ihrem Buch doch eindeutig uns vier Mädchen von damals. Hatte Hanna das nicht gesehen? Verrannte ich mich etwa total? War der Zusammenhang für Außenstehende vielleicht gar nicht so leicht erkennbar, wie ich annahm? Wie auch immer: Hanna war es schlichtweg gleichgültig gewesen, was sie mit ihrem Buch auslöste, so viel war sicher. Sie hatte die Tür zur Vergangenheit geöffnet und damit die Büchse der Pandora. Ich spürte immer deutlicher, dass Dorits Tod zum jetzigen Zeitpunkt kein Zufall gewesen war. Nein, Dorit war direkt oder indirekt Hannas Opfer geworden. Nicht nur in ihrem unseligen Roman, sondern auch in Wirklichkeit. Wie konnte Hanna nur mit diesem Wissen leben?

FABIENNE Mit der Trauergesellschaft Kaffee trinken zu gehen ist sicherlich nicht die angenehmste aller Aufgaben in meinem Beruf. Doch ich drückte mich nur selten um diese Gepflogenheit. Immerhin strahlt man als Pfarrerin eine gewisse Autorität aus, sodass einem Anbiederungsversuche und Vertraulichkeiten erspart bleiben. Meist kann ich in Ruhe im Kreise der Hinterbliebenen sitzen, meinen Tee trinken und den Gesprächen zuhören. Für mich ist es tatsächlich immer wieder tröstlich – und genau das ist ja der Sinn dieser Feiern –, dass das Leben in all seiner Banalität weitergeht. Mit den netten Anekdoten über die Verstorbenen, mit den unterschwellig brodelnden Familienfehden, mit den kleinen Gehässigkeiten, die mit zuckersüßer Miene zum Kaffee serviert werden. Denn genau so ist das Leben. Es ist nicht einfach nur schwarz und weiß, niemals.

Als Teenager hatte ich noch in solchen Kategorien gedacht. Es gab die Guten und die Bösen, die Weltverbesserer und diejenigen, die ihrer Mitwelt Schaden zufügten. Und natürlich wollte ich zu den Guten gehören. Ich wollte die Welt retten, so, wie ich einmal einen Igel vor dem Erfrieren gerettet hatte. Vielleicht ahnte ich schon damals, wie mühsam und vergeblich diese Versuche meistens ablaufen. Ehrlich gestanden hatte ich das Interesse an dem Igelchen schon verloren, bevor es in seiner Überwinterungskiste verstarb.

Inzwischen weiß ich, dass sich die Welt nicht so leicht retten lässt. Man kann Denkanstöße geben, was ich mit meinen Predigten und meiner Kolumne versuche und demnächst auch mit meiner Fernsehsendung. Nicht mehr, aber auch nicht weniger. Manchmal glaube ich, dass die Welt sich nicht retten lassen will, sondern geradezu todessehnsüchtig auf ihren Untergang zulebt.

Auch Dorit hatte diesen Hang zum Desaster. Als ihre Mutter sich in einen anderen Mann verliebte, grub sie sich in die Geschichte hinein wie ein Maulwurf. Sie wollte leiden. Stundenlang erzählte sie uns bis ins Detail, was sie alles erlauscht und beobachtet hatte. Sie litt mit ihrem Vater, doch als der sich ungewöhnlich schnell mit dem Ende seiner Ehe abfand und sich ebenfalls verliebte, litt sie noch viel mehr. Sie hasste alle und jeden. Ihre Mutter und den neuen Freund ihrer Mutter, ihren Vater und die Frau, mit der er schon kurz nach der Trennung zusammenzog. Es hatte wirklich etwas Selbstzerstörerisches, wie sich Dorits Gedanken monatelang um das Zerbrechen der Ehe ihrer Eltern drehten.

Als dann der Unfall passierte, war es fast, als hätten sich ihre düstersten Wünsche erfüllt.

Natürlich hatte ich diese Überlegungen für mich behalten, als ich vor dem Sarg stand und über Dorit und ihr Leben sprach. Auch das mag ich an meinem Beruf. Ich bin keine Therapeutin, die den Finger in die Wunde legen muss. Ich darf trösten und Hoffnung geben und mich auf das Gute beschränken.

Die Trauergesellschaft war vom Friedhof aus in Grüppchen zum Gasthaus aufgebrochen, das am anderen Ende des Dorfes lag. Ich hatte mich an die Seite der Nachbarin gesellt, die den Rollstuhl von Dorits Mutter schob, und da wir nur langsam vorankamen, waren wir die Letzten, die die niedrige Gaststube betraten. Eine Mischung aus Kaffeeduft, dem Geruch von buttergetränkten Kuchen, billigen Aftershaves, Parfüms und überhitzten Körpern schlug mir entgegen. Selbst das Bier und die Brathähnchen, die hier Abend für Abend konsumiert wurden, waren noch zu riechen. Mein Magen rebellierte sofort, und ich atmete flach. Warum nur tat ich mir das an? Dieses Mal hatte ich mich überschätzt. Ich hätte einen Vorwand finden müssen, um all dem fernzubleiben. Längst schon hätte ich im Wagen sitzen können, auf der Landstraße Richtung Autobahn, weg von Beerenbök und seinen Scheußlichkeiten.

Ich entdeckte Hanna und Marie sofort. Sie saßen an einem der kleineren Tische, eleganter, großstädtischer als die anderen Gäste, und obwohl noch zwei Stühle frei waren, hatte sich niemand zu ihnen gesetzt. Sie redeten leise miteinander, wie zwei Schulmädchen, die Geheimnisse austauschten. Ich schaute weg.

Natürlich hatte ich sie in der Kirche wahrgenommen. Aber ich hatte sie ausgeblendet. Ich wollte sie nicht sehen, nicht an sie denken, mir nicht vorstellen, was sie dachten und fühlten. Und es war mir gelungen. Weder Hanna noch Marie noch Dorit in ihrem Sarg noch deren Mutter im Rollstuhl hatte ich erlaubt, mich zu irritieren. Eine Trauerrede ist wie der nervenaufreibende Monolog eines Schauspielers in einem Solostück. Ohne die Fähigkeit, sich zu konzentrieren, kann man nicht gut sein.

Man hatte für mich einen Platz an der Stirnseite eines langen Tisches freigehalten, und Dorits Mutter wurde über Eck platziert. Jetzt, zum ersten Mal, konnte ich nicht umhin, ihr fahles, abwesendes Gesicht zu betrachten. Ich konnte es nicht verhindern, in ihren Gesichtszügen, ihrem zusammengesunkenen Körper der Frau von damals nachzuspüren. Dorits Mutter, die immer etwas Suchendes, Lebenshungriges gehabt hatte. Manchmal hatte sie fast jünger gewirkt als ihre Tochter. Ich erinnere mich seltsamerweise sogar noch an ihre Stimme, die die eines jungen Mädchens gewesen war. Wenn wir vier uns damals bei Dorit trafen, hatte sie uns oft auf eine fröhliche, naive Weise ausgefragt, die wir uns von keiner anderen Mutter hätten gefallen lassen.

Jetzt saß sie stumm da, und die Welt um sie herum schien sie nicht zu interessieren. Sie hatte die Augen weit geöffnet, aber ob sie etwas anderes wahrnahm als den kleingeschnittenen Butterkuchen, den man vor sie hinstellte, war nicht zu erkennen. Mit langsamen, gründlichen Bewegungen pikste sie die Kuchenstückchen auf die Gabel, führte sie zum Mund, zerdrückte und schluckte sie. Die Kaffeetasse in ihrer Hand zitterte leicht, doch sie verschüttete keinen Tropfen. Wusste sie, dass sie gerade die Beerdigung ihres einzigen Kindes erlebt hatte? Vermisste sie Dorit? Nein, sie vermisste sie nicht, jedenfalls nicht im eigentlichen Sinne des Wortes. Allenfalls fehlte ihr Dorits Hilfe. Denn niemand vermisste die arme Dorit wirklich, da war ich mir sicher.

Mein Blick wanderte zu Tante Hiltrud, die sich an der Längsseite des Tisches Butterkuchen in den Mund schob und gleichzeitig mit einer Frau redete, in der ich ihre Nachbarin erkannte. Die, mit der sie sich seit Jahren ausgiebig stritt. Ich nickte meiner Tante mit einem herzlichen Lächeln zu, das sie strahlend erwiderte. Sie war stolz auf mich, und es freute mich, dass sie das so offen zeigte.

Sie deutete mit dem Kinn auf einen blonden Mann im kurzen weißen Oberhemd, der an der Theke stand. «Das ist er», formten ihre Lippen fast lautlos. «Der Christian!»

Ich betrachtete diesen Dorfpolizisten genauer. Er hatte einen unübersehbar gut trainierten Körper, aber clever wirkte er nicht gerade, wie er da in sein Bierglas starrte. Doch wenn ich in all den Jahren eines gelernt hatte, dann war es die Tatsache, dass der Schein trügen konnte. Plötzlich schaute er hoch und sah mich mit seinen babyblauen Augen an. Ja, Christian Degner … Jetzt glaubte ich mich zu erinnern.

Ich spürte ein Kribbeln und wandte den Blick ab, schaute hinüber zu Hannas und Maries Tisch. Es ging nicht anders, ich konnte sie nicht länger ignorieren. Sie saßen jetzt nicht mehr alleine da. Ein Mann hatte sich zu ihnen gesetzt, ein Schwergewicht im durchgeschwitzten Oberhemd, das mir die Sicht auf Marie versperrte. Nur Hanna war zu sehen. Hanna mit ihren zerzausten Haaren und dem tiefrot geschminkten Mund, der weicher, verschwommener war als damals. Ihr Lippenstift war verschmiert, und ich registrierte den rötlichen Abdruck auf ihrer Kaffeetasse, die sie zwischen beiden Händen hielt. Sie starrte an dem Dicken vorbei zu mir herüber. Unverhohlen und neugierig. Nicht die Spur eines Lächelns lag auf ihrem Gesicht, und plötzlich wusste ich, was sie vorhatte. Ich reagierte eine Zehntelsekunde zu spät, um dem Spiel zu entkommen.

Wer als Erste wegschaut, hat verloren. Tausendmal hatte sie mich herausgefordert, und tausendmal hatte ich vergeblich versucht, mich nicht auf ihre Spielchen einzulassen. Sie hatte nicht immer gewonnen, manchmal hatte ich es geschafft, sie zu bezwingen. Aber selbst in jenen Augenblicken hatte ich es mehr als eine mühsam errungene Niederlage empfunden denn als Sieg.

Ich spürte, wie mir der Schweiß die Achseln hinunterlief, mein Mund wurde trocken. Ich schaute sie an, und alles war wieder da. Fünfundzwanzig Jahre schmolzen zu einem Nichts zusammen. Ein Vierteljahrhundert, in dem ich studiert, gearbeitet, geheiratet und mich wieder getrennt hatte, reichte nicht aus, um mich vor diesen Augen zu schützen.

Es war Mirko Basmeier, der mich erlöste. Ausgerechnet er. Ich erkannte ihn in der Sekunde, in der er sich umdrehte. Er war offensichtlich Hannas Blick gefolgt und wollte wissen, wen sie musterte. Er war zwanzig Kilo schwerer als damals, aber seine provokative Art, Menschen – vielmehr Frauen – anzuschauen, hatte sich kein bisschen geändert. Ich mochte ihn nicht, so wie ich ihn nie gemocht hatte. Aber für diesen einen Moment war ich ihm dankbar.

HANNA Marie hatte am Eingang des Gasthauses auf mich gewartet. «Setzen wir uns zusammen?»

Ich war überrascht gewesen, wie mutig sie auf mich zuging und wie erleichtert und schnell ich genickt hatte. «Unbedingt!»

Wir hatten einen letzten leeren Tisch für uns gefunden, in der hintersten Ecke des großen Gastraums.

«Puh, alles wie früher.» Marie überspielte perfekt unsere Verlegenheit, sich nach all den Jahren unter diesen Umständen wiederzusehen. «Weißt du noch, meine Konfirmation damals, hier?»

Ich lachte leise. «Mein Gott, ja. Sie haben sich alle dermaßen schnell betrunken, sämtliche Erwachsene, und wir haben uns heimlich verdrückt …»

«Ja, wir sind zum See.» Marie seufzte. «Herrje, dieser See.»

Das Stimmengewirr im Raum war viel zu laut, als dass uns jemand hätte hören können, dennoch beugte ich mich vor und senkte meine Stimme. «Was glaubst du? Was ist da passiert, mit Dorit?»

Marie sah mich auf eine Art an, die ich nicht von ihr kannte. Tadelnd. «Das fragst du jetzt nicht im Ernst!», stellte sie fest. «Warum in aller Welt hast du dieses verdammte Buch geschrieben?» Ihre Frage traf mich wie ein Schlag in den Magen, es verschlug mir die Sprache.

Es war Mirko, der das angespannte Schweigen zwischen uns unterbrach.

«Na, ihr zwei Hübschen!» Ächzend ließ er sich auf den Stuhl neben mir plumpsen und wischte sich den Schweiß von der Stirn. «Mann, ist das heiß hier! Das muss an euch beiden liegen.»

Marie schenkte ihm tatsächlich ein strahlendes Lächeln. «Mirko. Du hast dich … du hast dich gar nicht verändert», sagte sie liebreizend. «Wie geht es dir?»

«Filialleiter», antwortete Mirko selbstgefällig. «Eutiner Sparkasse. Ich mag Geld … und das Geld mag mich.»

Marie bemühte sich, die Fassung zu bewahren. «Schön», meinte sie, jetzt mit einem ziemlich gequälten Lächeln. «Und sonst so, zu Hause? Bist du verheiratet?»

«Heute nicht!», grinste Mirko.

Ich hatte genug und drehte mich um. Am anderen Ende des Raums entdeckte ich Fabienne. Sie hatte einen Ehrenplatz bekommen, am Kopf eines langen Tischs. Über Eck neben ihr saß Dorits Mutter. Fabienne betrachtete sie mit einem milden Lächeln. Es war ein Seelsorgerlächeln, es passte nicht zu ihr, kein bisschen. Hatte sie sich tatsächlich so verändert? Tat man das, wenn man sich spät und bewusst für den Glauben entschied? Oder lernte man so ein Lächeln, wenn man Pastorin wurde? War das ein Studienfach? Ich ertappte mich dabei, Fabienne das fragen zu wollen. «Sag mal, hast du da eigentlich ein

Seminar belegt? *Theologie, Grundkurs A: Gefühlsbekundungen – Von Freude bis Mitleid*?»

Sticheleien und kleine Gehässigkeiten – das war damals unser Spiel gewesen. Aber ich war nicht hier, um es wieder aufleben zu lassen. Falls Fabienne etwas über Dorit wusste und ich es erfahren wollte, musste ich mich ihr gegenüber weich und entgegenkommend zeigen.

Ich beobachtete sie weiter, aus sicherer Entfernung. Als sich unsere Blicke plötzlich trafen, erstarrte ihr Gesicht. Sie erschrak, ganz offensichtlich, aber sie wandte ihre Augen nicht ab. Ich war überrascht zu sehen, wie sie die Fassung verlor, und starrte weiter, als ob ich an einem Verkehrsunfall vorbeifahren und versuchen würde, einen Blick auf die Verletzten zu erhaschen. Dann hatte auch Mirko sie entdeckt. Augenblicklich drehte er sich um, schwenkte die Arme und winkte Fabienne aufmunternd zu uns.

«Die soll herkommen!», frohlockte er. «Ihr drei beisammen, Mann, wie lang ist das her? Fünfundzwanzig Jahre? Plötzlich war keine mehr von euch da. War ruhig danach, im Dorf, nix mehr los, aber das holen wir jetzt alles nach, tschakka-tschakka, was?!»

In dem Moment, als Mirko das Zepter übernahm, legte Fabienne den Schalter um, gewann die Kontrolle über ihr Gesicht zurück und winkte zurück. Marie und ich schwiegen, bis sie sich durch die Tischreihen zu uns vorgearbeitet hatte. Mirko bemerkte es nicht. Er sprach wie ein Wasserfall, bis Fabienne vor uns stand.

«Mirko!», sagte sie freundlich und gab ihm die Hand. «Schön, dich wiederzusehen!» Sie war ein guter Mensch, jedenfalls von Berufs wegen. Danach küsste sie erst Marie, dann mich flüchtig auf beide Wangen und setzte sich. «Wie traurig, dass wir uns unter diesen Umständen wiedersehen.»

«Ja», murmelte Marie. «Schrecklich.»

Es war eine Farce. Ich hoffte nur, dass diese distanzierte Begrüßung dreier ehemals bester Freundinnen nach mehr als zwei Jahrzehnten im Trubel des Saals niemandem auffiel.

«Schrecklich, das mit Dorit. Ganz, ganz schrecklich!», pflichtete Mirko Marie bei. Es klang unaufrichtig.

Bevor das plötzlich eintretende Schweigen zwischen uns noch unangenehmer werden konnte, kam ein graumelierter Mann an unseren Tisch. «Gut gemacht, Fabienne», sagte er und schüttelte ihr die Hand. «Klug und einfühlsam, meine Hochachtung. Ich habe die Berichte über Sie in den Zeitungen verfolgt. Sie haben ja wirklich etwas erreicht.»

Wolff hatte sich gut gehalten, mit seinem vollen, dunklen Haar, und tatsächlich machten die Falten sein markantes Gesicht nur noch attraktiver. Damals war er dreißig und unser Deutschlehrer gewesen. Sehr locker, sehr modern und stets ein wenig auf der Jagd. Es hatte Klatsch um ihn gegeben, immer wieder. Über den Gitarrenunterricht, den er älteren Schülerinnen privat gab. Über die Arbeitsabende mit der jungen Referendarin. Über die Partys in seinem Haus, dessen Fenster als einzige in Beerenbök nicht durch Gardinen verhüllt waren.

«Vielen Dank, Herr Wolff.» Fabienne entzog ihm ihre Hand und wies auf Marie und mich. «Erinnern Sie sich noch?»

Mirko fühlte sich ins Abseits gestellt und versuchte dazwischenzugrätschen. «Na, Bernd? Ging's noch lange, neulich, beim Schützenfest?»

Wolff nickte kurz und wandte sich Marie und mir zu. «Mein

Beileid», meinte er, «Sie waren ja beste Freundinnen damals, wenn ich mich recht erinnere …»

Marie sorgte dafür, dass eine freundliche, mitfühlende Unterhaltung über Dorit in Gang kam, und lenkte dann geschickt über zu unseren alten Lehrern und Schulkameraden. Sie wirkte locker und souverän, und ich war erschüttert über meine mangelnde Menschenkenntnis. In meinem Roman war die mausgraue Marie von damals zu einer trägen Hausfrau mutiert, deren Angst vor Konflikten sie nichts mehr lieben ließ als den Schlaf.

Wolff lächelte sie offensiv an. Während er berichtete, dass er immer noch an unserem alten Gymnasium unterrichtete, ließ er seine Augen nicht von Marie. Er ignorierte mich so vollständig, dass es auffällig war. Ich forschte schnell nach einem Grund dafür in der Vergangenheit, aber mir fiel keiner ein.

Mittlerweile war die Unterhaltung bei unseren Mitschülern von einst gelandet. Wolff sah sich suchend um, winkte einen großen, schlanken Mann mit einem freundlichen Gesicht herbei und stellte ihn vor: «Erinnert ihr euch an Peer? Er lebt jetzt auf Island.»

Peer? Ich erinnerte mich nicht im Geringsten und verfluchte meine Unfähigkeit, mir Namen und Gesichter zu merken. Während Marie und Peer sich herzlich begrüßten, beugte Fabienne sich zu mir rüber.

«Erstens», flüsterte sie mir ins Ohr, «ist dein Buch eine unglaubliche Geschmacklosigkeit. Und zweitens ist das da der kleine Pfadfinder, der mit den kurzen Hosen auch im Winter. Er ist gewachsen, verstehst du?»

Ich war so unglaublich froh, dass Fabienne endlich mit mir

sprach. Wie und was auch immer. Sie würde mir helfen, diese Geschichte zu klären.

Es stellte sich heraus, dass Peer Konditor geworden war und die Isländer Torten liebten. Er besaß eine gutlaufende Konditorei in Reykjavik.

«Aber die Sommer da sind eisig», erklärte er. «Also bin ich jeden Juli und August hier. Meine Eltern haben immer noch diese Hütte am Grotensee. Da wohne ich dann.»

Jetzt erinnerte ich mich. Ein-, zweimal hatten wir bei Peer gefeiert, am Seeufer. Er hatte zwar nicht zur Clique der coolen Jungs gehört, aber die Hütte wog das auf, und außerdem hatte Dorit damals eine Schwäche für ihn gehabt. Er war freundlich und zurückhaltend gewesen und niemals in der Lage, einem Mädchen in die Augen zu sehen. Es war keinerlei Gefahr von ihm ausgegangen, und das Risiko, von ihm abgelehnt zu werden, lag bei unter null.

«Und?», fragte Marie ihn freundlich. «Hattest du noch Kontakt zu Dorit?»

Peer lächelte bedauernd. «Nein, eigentlich nicht. Wir haben uns zwei-, dreimal getroffen, am Grotensee, aber das war Zufall.»

Fabienne wurde aufmerksam. «Ach, wirklich? Und was hat sie so erzählt?»

«Wir haben nicht viel miteinander geredet.» Peer wandte sich an Mirko. «Aber du hast sie doch ab und zu getroffen, oder nicht? Und zwar nicht ganz zufällig.»

«Na und? Ich treffe einige Frauen, ab und zu», meinte Mirko unwirsch.

Marie hob die Augenbrauen und warf mir einen vielsagenden Blick zu. Wolff klatschte aufmunternd in die Hände. «Was halten Sie davon – Ach was, wir sagen jetzt du, oder? Wo wir nach all den Jahren wieder zusammen sind … Wollen wir uns heute Abend nicht noch in gemütlicher Runde versammeln? Bei mir zu Hause? Ein kleines Klassentreffen sozusagen? Mirko, Peer – wir drei geben allen Bescheid, es sind ja viele hier. Neunzehn Uhr, was meint ihr? Und dann …»

«Das ist eine wirklich schöne Idee», fiel Fabienne ihm ins Wort. «Aber leider … ich kann nicht. Ich muss heute noch nach Hamburg zurück.»

«Kommt gar nicht in Frage!», widersprach Mirko. «Sieben Uhr, wir sehen uns! Los, Peer.» Er hatte den kleinen Schlagabtausch von eben scheinbar schon vergessen. Peer sträubte sich kurz, aber dann folgte er Mirko. Wolff verabschiedete sich ebenfalls, nicht ohne Marie noch ein Extralächeln zu schenken.

«Das war ja komisch eben», sagte ich. «Was war denn da los, zwischen den beiden Jungs? Was hatten die denn mit Dorit?»

Marie nickte nachdenklich und wandte sich an Fabienne. «Bitte!», sagte sie. «Bleib noch.»

«Um was zu tun?», fragte Fabienne kühl und hatte die Pastorin von einer Sekunde zur anderen vollständig abgelegt.

«Um zu reden, verdammt!», entfuhr es mir. «Jetzt hör doch auf mit dem ganzen unverbindlichen Scheiß!»

«Hast du noch nicht genug?», entgegnete sie kühl. «Entschuldige mal, du hast doch schon ein ganzes Buch lang geredet!»

«Aber das war doch nur …! Mensch, wir können doch nicht … Wollt ihr nicht wissen, warum Dorit gestorben ist?»

«Das fragst du dich? Ernsthaft? Vielleicht hast du es ihr ja leicht gemacht.»

«Fabienne!» Marie versuchte verzweifelt, die Wogen zu glätten. «Nicht hier! Lasst uns heute Abend sprechen! Wir gehen kurz aufs Klassentreffen und danach zu mir oder sonst wohin. Nur wir drei.»

Fabienne sah zu Boden und schwieg. «Ich muss nicht mehr reden», teilte sie uns schließlich mit. «Ich habe lange genug über diese Geschichte gesprochen. Mit mir und mit Gott.»

«Bist du deshalb Pastorin geworden?», fragte Marie zaghaft. «Wegen unserer Geschichte?»

Fabienne straffte den Rücken und lächelte milde.
«Das würde jetzt etwas zu weit führen, euch das zu erklären. Entschuldigt mich.» Dann stand sie auf und ging.

MARIE Hanna und ich sahen Fabienne sprachlos nach. Das konnte sie doch nicht machen! Sie konnte doch nicht einfach schon wieder verschwinden, nachdem wir drei uns so lange nicht mehr gesehen hatten! Himmel, es war doch klar, dass wir endlich miteinander reden mussten! Es würde uns allen helfen, mit unseren Schuldgefühlen fertigzuwerden. Zumindest hoffte ich das für mich. Während der Trauerfeier hatte ich Dorits Mutter in ihrem Rollstuhl nur von hinten sehen können, aber nun musste ich immer wieder zu ihr hinüberschauen. Es war wie ein Zwang. Was würde jetzt aus ihr werden? Jetzt, da Dorit sie nicht mehr pflegen konnte?

Um ehrlich zu sein: Waren meine Schuldgefühle nicht der eigentliche Grund gewesen, warum ich mich entschlossen hatte, überhaupt hierherzufahren? Mir Dorits Beerdigung anzutun? Das musste Hanna und Fabienne doch ähnlich gehen. Auch wenn sich Hanna hinter ihrer gewohnten Selbstsicherheit zu verstecken suchte und Fabienne hinter einem abgeklärten Pastorinnengehabe. Die beiden konnten mir nicht wirklich weismachen, dass sie in den vergangenen Jahren nicht ebenso häufig an die Ereignisse von damals gedacht hatten wie ich. So leicht ließ ich mich nicht mehr täuschen. Diese Zeiten waren vorbei. Endgültig.

Hanna spielte mit ihrer Marlboro-Packung herum. Sie gierte nach einer Zigarette. Ich konnte es ihr ansehen. Aber natürlich durfte man hier drinnen nicht rauchen. «Wie fandest du Wolff?», fragte Hanna unvermittelt.

«Wolff?» Ich starrte sie an. «Wie meinst du das?»

Sie lächelte. «Ach, komm schon, Marie. Er sieht immer noch gut aus, stimmt's? Diese grauen Schläfen, richtig sexy …»

Ich zuckte die Achseln. «Ja, schon, er hat sich gut gehalten, ist noch immer selbstbewusst und attraktiv, aber das weiß er auch ganz genau. Wusste es damals schon …»

Hanna grinste. «Wie er dich angesehen hat …»

«Hat er das?» Ich versuchte unbeteiligt zu wirken und das kleine zufriedene Lächeln, das sich mit Macht auf meinem Gesicht ausbreiten wollte, zu unterdrücken. Wolff hatte mich angesehen. Mich. Nicht Hanna oder Fabienne, so wie früher. Blitzschnell und routiniert war sein Blick über meinen Körper gewandert, hatte meine Beine in dem kurzen Rock taxiert, meine Brüste. Und ich hatte seinen Blick genossen, diese kleine Genugtuung nach all den Jahren, dass ein Mann sich mehr für mich interessierte als für Hanna oder Fabienne. Ja, Wolffs Aufmerksamkeit hatte mich sogar ein bisschen erregt. Und direkt danach hatte ich mich sofort zutiefst geschämt.

Wie war es möglich, dass ich hier auf Dorits Beerdigung saß, mich schrecklich und traurig fühlte und mir gleichzeitig die flüchtige Anmache meines Ex-Lehrers weiche Knie verursachte? – Aber war es nicht so, dass Menschen, wenn sie mit Tod und Vergänglichkeit konfrontiert wurden, das Leben besonders intensiv spüren wollten? Und das gelang nun mal mit Sex. Ich musste daran denken, wie Thomas und ich vor Jahren, nur einige Stunden, nachdem wir vom plötzlichen Unfalltod einer Kollegin erfahren hatten, regelrecht übereinander hergefallen waren. Danach hatte ich mich seltsam schuldig gefühlt. Aber zugleich auch befreit.

Es war lange her.

Ich wandte mich Hanna zu. «Und? Wie geht es dir so?»

Sie zog spöttisch die Augenbrauen hoch. «Wie? Jetzt gerade?»

Ich seufzte. War Hanna diese Spielchen immer noch nicht leid? War ihr eine normale Unterhaltung immer noch zu langweilig, zu spießig? Musste sie ewig die Unkonventionelle raushängen lassen? «Nein, ich meine natürlich: Wie ist es dir ergangen in all den Jahren? Bist du verheiratet?»

War sie nicht. Schließlich hatte ich diverse Interviews mit ihr gelesen. Aber das musste Hanna ja nicht unbedingt wissen. Sie war auch so schon eitel genug.

Hanna warf ihre Haare nach hinten. «Nein, die Ehe ist nichts für mich. Ich brauche Abwechslung, ein bisschen Spannung.»

Ich nickte.

«Aber du, du bist verheiratet, oder?» Hanna lächelte. «Und Kinder hast du bestimmt auch.»

«Wir haben eine Tochter, Lea. Sie ist fünfzehn.»

«Und du bist bestimmt eine ganz wunderbare Mutter …»

Die Art, wie sie es sagte, gefiel mir nicht. Es klang nach

Langeweile, Eintopf und Gluckendasein. Oder war ich zu empfindlich?

Ich runzelte die Stirn. Wer konnte mir verdenken, dass ich jedes Wort von Hanna auf die Goldwaage legte? So mausgrau und spießig, wie sie mich in ihrem Buch dargestellt hatte! Als hätte sie meine Gedanken gelesen, beugte Hanna sich plötzlich über den Tisch und legte ihre Hand auf meinen Arm. «Marie, es ist nur ein Buch, hörst du? Ich habe einen Roman geschrieben, kein …» Sie schien nach den richtigen Worten zu suchen. «… kein Enthüllungsbuch und schon gar keinen Tatsachenbericht, verstehst du? – Klar, ich habe bestimmte Züge von uns einfließen lassen. Aber doch nur im Ansatz! Ich meine, ich wusste doch gar nicht, wie ihr drei euch in Wirklichkeit entwickelt habt, besonders du, Marie! Ich … Ich habe die Charaktere einfach so zusammengestellt, wie es für die Dramaturgie passte. Rein professionell.»

Ich hob die Hand, um sie zum Schweigen zu bringen. «Lass es, Hanna, bitte! Ich habe verstanden, was du mir sagen willst. Und es spielt ja eigentlich auch keine Rolle mehr …»

Wir schwiegen.

Hanna zupfte an ihrer Serviette herum, sie vermied meinen Blick. «Hattest du eigentlich noch viel Kontakt zu ihr, in den letzten Jahren?» Es war klar, von wem sie sprach. Und zum ersten Mal klang ihre Stimme eine Spur unsicher und verletzlich. «Ich … ich habe nur ein einziges Mal mit ihr telefoniert. Kurz vor ihrem Tod.»

Ich nickte, ohne darüber nachzudenken. «Ich auch.»

Wir tauschten einen Blick, und uns beiden war klar, dass dies nicht der Moment war, in dem wir weiter darüber sprechen wollten.

«Ich habe sie manchmal auf der Straße getroffen», sagte ich schnell, «wenn ich meine Mutter besucht habe. Dann haben wir ein paar Worte gewechselt, mehr wollten wir beide nicht. Aber ich hab zumindest mitgekriegt, dass sie damals nach dem Unfall eine Weile bei ihrem Vater und seiner neuen Freundin gelebt hat. Aber das ging anscheinend nicht gut, zumal die Freundin ruck, zuck schwanger wurde.»

Hanna nickte nachdenklich. «Und dann ist Dorit nach Beerenbök zurückgegangen?»

«Nicht gleich! Sie hat noch ein Jahr in einer Jugendwohnung in Lübeck gelebt. Dann hat sie eine Ausbildung angefangen, hier bei Behrends.»

«Echt? Bei dem Futtermittelhändler?»

«Ja, und sie ist wieder bei ihrer Mutter eingezogen und hat sie gepflegt.»

«… und ist hier hängengeblieben.» Hanna seufzte.

«Zwanzig Jahre Beerenbök, Behrends-Futtermittel, und die Mutter ein Pflegefall. Das ist Höchststrafe, oder?» Sie machte eine Pause, bevor sie leise schloss: «Und dann noch mein Buch …»

Mit einem Mal tat Hanna mir fast leid. Aber nur fast. Ich traute ihrer plötzlichen Demutshaltung einfach nicht. Sie machte eine kleine Pause, bevor sie ein Stück näher zu mir heranrückte.

«Meinst du, Dorit hat was mit Mirko gehabt?»

Ich sah Hanna entsetzt an. «Wie kommst du denn darauf?»

Hanna verschränkte die Arme. «Na ja, er hat so was angedeutet. War vielleicht auch nur Wunschdenken. Ich meine, Mirko war damals schon geil auf alles, was Brüste und einen halbwegs annehmbaren Arsch besaß.»

«Immerhin ist er verheiratet», warf ich ein.

«Wirklich? Ich kann mir nicht vorstellen, dass es eine Frau länger mit ihm aushält. Na, vielleicht bringt er sie ja heute Abend mit zu Wolff.»

Das bevorstehende «Klassentreffen» hatte ich zwischenzeitlich fast vergessen. Und plötzlich hatte ich nicht mehr die geringste Lust dort hinzugehen. Warum mit Wolff, Mirko, Peer und anderen Leuten von damals zusammensitzen und vermeintlich gute alte Zeiten heraufbeschwören, die nie wirklich gut gewesen waren? Jedenfalls fast nie. Okay, Wolffs bewundernde Blicke hatten mir heute durchaus geschmeichelt. Aber trotzdem – oder vielleicht gerade deshalb: War es nicht das Beste, ich kehrte einfach nach Hamburg zurück? Jetzt sofort? In knapp zwei Stunden konnte ich zu Hause sein und mit Thomas und Lea zu Abend essen. Schließlich war Fabienne auch heimgefahren. Ohne eine wirklich glaubwürdige Entschuldigung oder gar Erklärung. Im Grunde sogar, ohne sich richtig zu verabschieden.

«Weißt du, Hanna», setzte ich an. «Am liebsten würde ich …»

«Kommt nicht in Frage!» Hanna schüttelte energisch den Kopf. «Du bleibst hier, und wir gehen heute Abend zusammen zu Wolff!» Als sie meinen Widerstand spürte, wurde ihr Blick weicher. «Bitte, Marie! Lass mich nicht hängen, ja? – Vielleicht kriegen wir ja auf diese Weise raus, was mit Dorit passiert ist. Zumindest im Ansatz!» Sie griff nach ihrer Tasche und erhob sich. «Pass auf, ich frage jetzt Tante Hiltrud nach Fabiennes Handynummer. Und dann schicken wir ihr eine SMS, ja? Fabienne muss zurückkommen und heute Abend dabei sein. Wir drei, wir müssen doch zusammenhalten, so wie damals, ja? Einverstanden, Marie? Komm, sag ja!»

Ich zögerte. Ließ ich mich schon wieder auf Hannas Spielchen ein? Ließ ich mich erneut manipulieren? Ach, und wenn schon …

«Also gut, ich bleibe.»

FABIENNE Als Hannas SMS mich erreichte, hatte ich das Ortsausgangsschild von Beerenbök schon vor Augen. Ich hätte mein Handy in der Jackentasche lassen sollen, aber ich tat es nicht. Ich wusste, dass es Hanna war. Oder vielleicht auch Marie, weil Hanna sie vorgeschoben hatte. Während ich mit dem Wagen durch Beerenbök rollte, hatte ich ein albernes Spiel mit mir gespielt: Wenn ich nichts von ihr hörte, bevor ich aus dem Ort raus bin, dann war es das. Dann würde ich all das hier hinter mir lassen. Als sich das Handy mit leisem Summen meldete, fuhr ich rechts an den Straßenrand. Ich las die SMS – *Komm zurück, Fabienne! Ich will mehr von dir!* – und plötzlich klopfte mir das Herz gegen die Rippen.

Der Schweiß lief mir in dünnen Rinnsalen die Achseln hinunter. Es war unerträglich heiß in dem aufgeheizten Wagen, obwohl ich beide Fenster runtergelassen hatte. Ich zog mir die schwarze Kostümjacke aus, genauso wie die Feinstrumpfhose, die an meinen Beinen klebte. Es war mir egal, ob mich jemand dabei beobachtete. Das ist das Angenehme, wenn man über vierzig ist: Man pfeift von Tag zu Tag mehr darauf, was die Leute so denken. Aber Beerenbök lag eh wie ausgestorben da. Die meisten waren noch beim Leichenschmaus.

Ich will mehr von dir!

Was für eine Anmaßung von Hanna, mir diesen Satz zu schreiben. Wusste sie eigentlich, dass ich verheiratet gewesen war, fünf Jahre lang?

Ich hatte Henning am Ende des Studiums bei einer Demonstration gegen Atommülltransporte kennengelernt, wir hatten uns ineinander verliebt, guten Sex gehabt und genauso gute Gespräche geführt. Als ich erfuhr, dass ich schwanger war, heirateten wir vier Wochen später und richteten uns voller Optimismus eine Dreizimmerwohnung am Rand von Tübingen ein. Weitere fünf Wochen später verlor ich erst das Kind und dann meine Illusionen in Bezug auf Henning. Auch ich war damals traurig. Aber er vergrub sich geradezu in seinen Kummer über den Tod dieses Kindes, das doch erst ein paar Zentimeter groß gewesen war. Er war rührselig und lebensuntüchtig, gerade so, als habe er nur nach einem Vorwand gesucht, sich gehenzulassen. Alle Aktivitäten jenseits seines Studiums reduzierte er von Monat zu Monat mehr. Keine Studienfahrten, keine Demos, kein Engagement – nichts mehr. Henning schwebte ein kleines, zurückgezogenes Leben vor, ein Leben ohne den Anspruch darauf, etwas bewegen zu wollen. Nein, er war absolut nicht der Mensch, mit dem ich bis ans Ende meines Lebens hätte zusammenbleiben können. Ein paar Jahre lang versuchten wir es noch. Wir hatten es uns immerhin versprochen, in guten wie in schlechten Zeiten … Aber es ging nicht.

In den Jahren nach Henning hatte ich immer wieder kurze Liebschaften. Mit Männern. Ich stand nicht auf Frauen, wirklich nicht. Was damals zwischen mir und Hanna gewesen war, war eine Ausnahme gewesen. Und dennoch gelang es ihr immer noch, mich zu verunsichern. Etwas, das ich nicht gewohnt war. Als Pastorin verfügt man über eine gewisse Autorität, die die

Menschen auf Distanz hält. Aber darüber ging Hanna einfach hinweg. So als wären wir noch immer sechzehn Jahre alt.

Ich saß in dem glühend heißen Wagen und hielt das Handy in der Hand. Hanna. Ich würde nicht vor ihr weglaufen. Ich würde umkehren und an Wolffs Klassentreffen teilnehmen. Und ich würde es nicht nötig haben, ihr von Henning und meiner Ehe zu erzählen. Ich würde nett und freundlich zu Hanna sein, genau wie zu Marie und Peer und Wolff und wer immer da noch auftauchen sollte, mehr nicht. Vielleicht würde ich auch herausbekommen, was man so in Beerenbök über Dorit wusste, über sie und ihren plötzlichen Tod. Was man munkelte und vermutete oder gar beobachtet hatte. Es ist immer besser, in Gewissheit zu leben als in Unwissenheit.

Es waren noch ein paar Stunden rumzubringen, bis neunzehn Uhr. Der Leichenschmaus würde sich bestimmt bald auflösen, und es zog mich ganz gewiss nicht dorthin zurück. Ich fühlte mich klebrig, und die Hitze stieg in mir hoch, als wäre ich schon in den Wechseljahren. Mein Blick fiel auf das Verkehrsschild, das den Weg zum See anzeigte. Ja, das war es: Schwimmen! Die Sachen ausziehen, ins Wasser laufen, kraulen, tauchen und sich treiben lassen ... Nein, das *wäre* es – wenn sich die Gedanken an Dorit verbannen lassen würden.

Plötzlich fröstelte es mich. Nein, natürlich würde ich nicht zum See fahren. Weder zum Eutiner See noch zum Lupiner See noch zu irgendeinem anderen. Ich würde zu Tante Hiltrud zurückkehren und mich im Zimmer meines Cousins ins Bett legen. Ein paar Stunden Schlaf, einfach versinken und vergessen und an nichts denken müssen, keine Rede halten, keine Rolle einnehmen, keine Spielchen spielen. Dann würde ich auch wieder die Kraft haben, Hanna und Marie zu begegnen.

Auf dem Weg zurück ins Dorf war ich so müde und erschöpft, dass ich kaum noch die Augen aufhalten konnte. Diese Beerdigung und die Begegnung mit all den Menschen aus der Vergangenheit hatte mich mehr angestrengt, als ich erwartet hatte. Ich fühlte mich so kraftlos wie nach einem Aderlass. Für eine Sekunde mussten mir sogar die Lider zugefallen sein, und ich hätte absolut nicht sagen können, was in dieser Sekunde passierte. Es machte rums!, der Anschnallgurt schnitt mir ruckartig ins Fleisch, als ich nach vorn geworfen wurde, und das Auto stand. Mein Wagen war mit dem rechten Kotflügel gegen einen Feldstein geknallt, zum Glück nicht so heftig, dass der Airbag aufging. Aber immerhin hatte der Schreck meine Müdigkeit verjagt. Ein Unfall – wie überflüssig war das denn!

Ich schnallte mich ab, stieg aus und sah mir die Sache an. Es war kein großer Schaden entstanden, aber der Kotflügel hatte sich so über den Stein geschoben, dass sich der Wagen sicher keinen Zentimeter vor- oder zurückfahren ließ. Hilflos zog ich an dem verbogenen Metall, was natürlich zu gar nichts führte. Das hintere Blech hatte sich geradezu in den Reifen gebohrt. Was für ein Mist. Das war genau das, was ich jetzt überhaupt nicht gebrauchen konnte.

In diesem Moment hielt ein überdimensionierter Geländewagen neben mir, und ich schaute auf. In solchen Wagen sitzen entweder frustrierte Mütter, die ihre Kinder die achthundert Meter zur Schule oder zum Sportplatz kutschieren, oder aber Männer, die gerne zeigen, wie männlich sie sind. Ich hoffte auf Letzteres.

Es war Mirko. Ausgerechnet.

«Na, hallooo, Fabienne!» Er sprach meinen Namen genauso aus, wie Tante Hiltrud es machte. In der nächsten Sekunde ging die Tür auf, und er schwang sich vom Fahrersitz. Er musterte mich auf eine Weise, die mir bewusst werden ließ, dass ich mit nackten Beinen und ohne Schuhe vor ihm stand, die Bluse so durchgeschwitzt, dass sich darunter mein BH allzu deutlich abzeichnete. Dann grinste er und beugte sich leicht ächzend zum demolierten Kotflügel hinunter.

«Ganze Arbeit, meine Liebe», sagte er und zerrte mit seinen Pranken ebenfalls ergebnislos an dem verbeulten Blech herum.

«Ja», antwortete ich. «Ich weiß auch nicht, wie das passieren konnte.»

«Das ist die Hitze», meinte Mirko gutmütig und wischte sich mit dem Unterarm den Schweiß von der Stirn. Er richtete sich wieder auf, wobei er noch ein bisschen lauter ächzte. «Da hilft nix. Der muss in die Werkstatt, und 'nen neuen Reifen brauchst du auch», sagte er.

Ich biss mir vor Ärger auf die Unterlippe. «Jetzt ist Wochenende ...»

Mirko winkte lässig ab. «Ich kenn hier genug Leute, die das wieder hinkriegen. Spätestens morgen Mittag läuft der wieder.»

«Erst morgen?»

Mirko lachte dröhnend. «Passt doch wunderbar», sagte er. «Lad du mal deine Sachen in meinen Wagen. Ich fahr dich zu deiner Tante, du brezelst dich auf, und wir sehen uns bei Wolff auf der Party. Danach kannst du sowieso nicht mehr Auto fahren ...» Er machte eine Handbewegung, als würde er sich einen Schnaps hinter die Binde kippen, und lachte noch einmal. «Schicksal, Fabienne! Heute kommst du nicht mehr weg aus Beerenbök.»

Ich atmete tief durch, holte meine Reisetasche aus dem Wagen, warf sie auf die Rückbank des Geländewagens und nahm neben dem nach Schweiß riechenden Mirko auf dem Beifahrersitz Platz.

Ja, Schicksal. Vielleicht war das alles hier Schicksal, auch wenn das theologisch ein sehr fragwürdiger Begriff ist. Dorits Tod, die Beerdigung, die Begegnung mit Hanna und Marie, selbst Hannas elendes Buch. Vielleicht konnte niemand von uns irgendetwas für das, was hier in Beerenbök passierte, weder Gott noch der Teufel. Vielleicht war all das einfach nur Schicksal, was immer das auch bedeuten mochte.

Mirko rieb sich erfreut die Hände. «Das wird nett, euch drei mal wieder auf einem Haufen zu sehen. Schade nur, dass die gute Dorit nicht dabei sein kann ...»

«Fahr los, Mirko», sagte ich müde, «ehe ich es mir anders überlege und mir ein Taxi nach Hause nehme. Fahr einfach nur los.»

HANNA Nachdem Fabienne losgefahren war, hatten Marie und ich auf der Beerdigungsfeier noch etwas durchgehalten. Aber wir hatten keine Gelegenheit mehr gehabt, alleine miteinander zu sprechen. Wolff nahm Marie so vollkommen in Beschlag, dass ich bald beschloss, ins Hotel zurückzufahren und mich noch ein bisschen hinzulegen. Ich versuchte, mich unauffällig zu verhalten, als ich ging, aber ich hatte keine Chance. Kurz bevor ich den Ausgang erreichte, umzingelten mich vier Frauen, zogen mich zu ihrem Tisch und zwangen mich auf einen Stuhl.

«Du kennst uns nicht mehr», stellte ihre Anführerin sachlich fest, und da hatte sie vollkommen recht. «Wir waren in der Klasse unter dir! Damals warst du nicht gerade nett zu uns.»

«Oh», sagte ich hilflos. «Tut mir leid.»

«Macht nichts», meinte die pummelige Blondine neben mir, kramte in ihrer Handtasche und knallte mein Buch auf den Tisch. «Jetzt wollen wir alles wissen! Die ganze Wahrheit!»

Die Hagere ihr gegenüber kicherte. «Genau! Die nackte Wahrheit!»

Wie immer, wenn ich in Panik geriet, machte sich in meinem Kopf ein Dröhnen breit. Es ließ den unerträglichen Geräuschpegel im Saal in weite Ferne rücken, während die vier mich mit gespannten Blicken durchbohrten und ich wie gelähmt zurückstarrte.

Hatte ich doch nicht sorgfältig genug gearbeitet? Hatte diese Hausfrauen-Gang an langen Nachmittagen mit Kaffee und Likör mein Buch seziert und detektivisch jedes Fundstück auf mögliche Vorbilder der Realität hin geprüft?

Die Pummelige sprach weiter, ich sah sie ihren Mund öffnen und schließen, und ihre hagere Tischnachbarin eifrig dazu nicken. Schließlich packte die Pummelige meinen Arm und zog mich mit einem heftigen Ruck zu sich.

«Jetzt sag schon! Wir haben dich doch gesehen. Das Foto in der Zeitung. Du und dieser Schauspieler, wie hieß der noch gleich? Wie ist der denn so, so privat?»

Das Dröhnen in meinem Kopf wich von einer Sekunde zur nächsten dem Gefühl unendlicher Erleichterung.

«Ich habe nicht mit ihm gesprochen», ächzte ich. «Der hat auch ein Buch geschrieben, beim gleichen Verlag wie ich, und wir haben nur kurz nebeneinandergestanden, fürs Foto.»

Einen kurzen Moment lang waren sie enttäuscht, aber

dann schöpften sie neue Hoffnung. «Trotzdem!», rief die Pummelige. «Du bist berühmt! Genau wie Fabienne. Die kommt sogar ins Fernsehen, demnächst. Hab ich von ihrer Tante gehört.»

Ich erhob mich abrupt und zwang mich zu einem munteren Lächeln.

«Bin gleich wieder da», versicherte ich.

Auf der Flucht nach draußen kam ich an der offen stehenden Tür zu den Herrentoiletten vorbei. Als ich Wolffs sonore Stimme erkannte, blieb ich neugierig stehen.

«Nee, Peer», sagte er entrüstet. «Das ist ein reines Klassentreffen. Da könnte ja jeder …»

«Ach, komm schon!», unterbrach Peer ihn. «Mach dich locker. Das war mein bester Kumpel damals. Hat er dir mal 'nen Strafzettel verpasst, oder wieso hast du was gegen den?»

Wolff lachte gequält auf. «Nein, ich hab nichts gegen ihn. Also gut, dann bring ihn eben mit in Gottes Namen.»

Ich fragte mich, wen Peer heute Abend unbedingt mit dabeihaben wollte. Aber die beiden hatten das Problem offensichtlich auf Männerart gelöst, schnell und zackig, und keinen Bedarf mehr, das Ganze weiter auszudiskutieren. Als ich die Spülung hörte, machte ich mich zügig aus dem Staub.

Auf der Fahrt zum Hotel lag mein Handy auf dem Beifahrersitz. Ich wollte keinesfalls Fabiennes Antwort auf meine SMS verpassen. Aber es kam keine. Im kühlen Hotelzimmer fiel ich auf der Stelle in Schlaf. Ich hatte mir den Wecker auf sechs Uhr gestellt, genügend Zeit, um nach dem Aufwachen noch zu duschen. Das Treffen bei Wolff sollte um neunzehn Uhr beginnen, das war natürlich albern. Erwachsene Menschen empfangen vor zwanzig Uhr keine Gäste.

Es war Marie, die mir öffnete, als ich um halb neun an Wolffs Haustür klingelte.

«Sie ist da», flüsterte sie mir verschwörerisch zu. «Aber nur, weil ihr Auto kaputt ist. Sagt sie jedenfalls.»

Über Maries Schulter hinweg blickte ich durch das weiträumige Wohnzimmer und die offen stehenden Glastüren hinaus auf die große Terrasse hinterm Haus. Es lief Lounge-Musik, auf einem langen Tisch standen unzählige Weinflaschen und ein paar Snacks, man plauderte, lachte, trank und rauchte.

Ich war zuvor ein einziges Mal bei Wolff gewesen, wir hatten mit einer kleinen Schülergruppe bei ihm für eine Theateraufführung geprobt. Sein Haus hatte danach lange für Gesprächsstoff gesorgt, weil es so rein gar nichts mit dem zu tun hatte, was in Beerenbök üblich war. Äußerlich war es ein Backsteinbau, wie alle anderen. Aber drinnen hatten Wolff und seine Frau sämtliche Wände eingerissen, die für die Statik nicht unbedingt notwendig waren. Das Wohnzimmer nahm nahezu das gesamte Erdgeschoss ein, und die angegliederte offene Küche schien uns damals eine Sensation, ebenso wie die puristische Einrichtung: eine großzügige Sitzlandschaft, einige Bücherregale und ein langer Esstisch. An den Wänden hatten damals große gerahmte Kunstdrucke gehangen, ausschließlich sehr freizügige Akte, die uns zu wilden Spekulationen über Wolffs Sexualleben veranlasst hatten. Wolffs Frau war eine blasse, unauffällige Erscheinung gewesen, die sich auf den Schulfesten oder sonstigen Feierlichkeiten still an seiner Seite gehalten hatte und stets frühzeitig verschwunden war. Kaum war sie weg, lief Wolff regelmäßig zu Hochform auf und ließ seinen Charme spielen.

Ich war etwas angespannt, als Marie mich am Arm nahm

und auf die Terrasse führte. Nicht nur wegen Fabienne, sondern vor allem, weil ich weitere Fragen wegen meines Buchs befürchtete. Wolff begrüßte mich kurz und reichte mich dann sogleich an eine Walküre namens Annkathrin weiter. Ich erkannte sie von ihrem Facebook-Foto wieder. Sie war es, die mir von Dorits Tod geschrieben hatte.

«Ihr müsstet euch wunderbar verstehen», sagte Wolff. «Annkathrin arbeitet in einem Verlag.»

Sie war nett, gratulierte mir kurz noch einmal manierlich zu meinem Buch und verlor dann kein weiteres Wort darüber. Auch alle anderen Anwesenden hatten es entweder nicht gelesen oder waren zu höflich, um mich darauf anzusprechen. Es waren rund fünfzehn aus unserem Jahrgang gekommen, und die Stimmung war locker und angenehm. Wir plauderten über alte Zeiten, unsere Jobs und all jene, die nicht da waren. Ich war überrascht, wie entspannt gerade diejenigen waren, die niemals aus Beerenbök weggegangen waren. Es war angenehm, einmal nicht mit hippen, kreativen Großstadtmenschen zusammen zu sein, die vor allem um ihre eigene Wichtigkeit kreisten.

Je mehr ich trank, desto mehr vergaß ich, dass ich eigentlich hier war, um herauszufinden, warum Dorit gestorben war. Ich schlenderte von einem zum anderen und unterhielt mich prächtig. Nur mit Marie und Fabienne sprach ich nicht. Wir trieben aneinander vorbei wie Boote auf verschiedenen Fahrrinnen. Immer wieder sah ich Marie mit Wolff zusammenstehen. Sie schenkte ihm Lady-Diana-Blicke, mit gesenktem Kopf und Augenaufschlag, und spielte mit ihren Haaren.

Einmal trafen wir uns in Wolffs Küche. Sie holte einen Riesling aus dem Kühlschrank, öffnete ihn geschickt, schenkte sich ein Glas ein und leerte es mit einem Zug zur Hälfte.

«Meine Herren!», meinte ich. «Du verträgst ja wirklich einiges.»

Sie lächelte mich bittersüß an. «Anders ertrage ich Beerenbök dieses Mal nicht. Dorits Beerdigung, unser Wiedersehen nach der langen Zeit, das ist doch alles … absurd.»

Als sie mir eine Haarsträhne hinters Ohr zurückstrich und die Hand in meinen Nacken legte, um mich näher an sich heranzuziehen, merkte ich erst, wie betrunken sie bereits war.

«Du brauchst nicht zu trinken», flüsterte sie mir zu. Sie lallte leicht. «Weil du hassen kannst. Du kannst das einfach. Aber ich … ich will nicht hassen, und manchmal tue ich es trotzdem: Ich hasse meine Mutter. Und meine perfekte Schwester. Und dich. Weil du Dorit auf dem Gewissen hast.»

«Das habe ich nicht, verdammt!», unterbrach ich sie leise.

Marie legte mir die Hand auf den Mund und geriet dabei etwas ins Schwanken.

«Schhhht», machte sie. «Wir sind alle dafür verantwortlich, dass Dorits Leben den Bach runtergegangen ist. Und dass ihre Mutter nur noch ein Schatten ihrer selbst ist. Weißt du, dass sie damals, als der Unfall geschah, genauso alt war wie wir heute? Dreiundvierzig! Mit dreiundvierzig war ihr Leben quasi vorbei – durch unsere Schuld! Dorit hat ihren Teil der Schuld abgetragen, sie hat ihre Mutter gepflegt. Und was haben wir getan? Nichts! Im Gegenteil, du hast Dorit auch noch den Todesstoß versetzt. Du hast ihr das Messer ins Herz gebohrt und es gedreht und gedreht! Du hast es doch geschrieben.»

Sie war betrunken. Aber was sie sagte, erschütterte mich trotzdem. Ich musste mit Fabienne sprechen. Sie würde die Dinge wieder ins rechte Licht rücken.

Es war schon ziemlich spät, als ich Fabienne endlich einmal

alleine auf der Terrasse stehen sah. Sie ließ ihren Blick über die Anwesenden schweifen und nippte an ihrem Weinglas. Ich schlich mich von hinten an sie heran und drückte ihr einen Kuss auf den Hals. Augenblicklich versteifte sie sich. Ich war beschwipst genug, um das alte Spielchen neu zu beginnen. «Mach dich locker!», raunte ich ihr ins Ohr. Bevor sie mir antworten konnte, tauchte Annkathrin vor uns auf.

«Hanna, entschuldige bitte, ich muss Fabienne mal schnell entführen. Wir haben da drüben ein Thema am Wickel …» Mit einem Ruck entzog sie mir Fabienne und führte sie fort.

Die Einzigen, mit denen ich – abgesehen von Fabienne und Marie – an diesem Abend noch kein Wort gewechselt hatte, waren Peer und sein unbekannter Freund, den er mitgebracht hatte. Sie lümmelten nebeneinander auf zwei Gartenliegen und hatten eine Batterie leerer Bierflaschen um sich herum stehen. Als ich zu ihnen trat, sprang Peer auf, zog mir einen Stuhl heran und stellte mir seinen Freund vor.

«Christian. Er war in der Klasse unter uns. Aber er hat immer mit uns Jungs rumgehangen.»

Christian sah mein ratloses Gesicht und grinste schief. «Du erinnerst dich nicht an mich. Kein Problem. Ich war zu klein für euch.»

Er und Peer wirkten wie Brüder. Gleich groß, kräftige Statur, breite Schultern, blonde Haare und freundliche, offene Gesichter.

«Und, was machst du so?», fragte ich ihn.

«Polizei», antwortete er. «Kreispolizei. Beerenbök und drum herum.»

«Oh!», sagte ich. «Hast du denn auch etwas mit … also, mit Dorit … ich weiß ja nicht, ob die Polizei da überhaupt …»

Christian nickte. «Doch. Klar. Das sind ungeklärte Todesumstände. Da mache ich mir natürlich Gedanken.»

Ich musste mich unglaublich zusammenreißen, um gelassen zu bleiben.

«Was meinst du mit ‹ungeklärt›?»

«Keine eindeutigen Hinweise auf das eine oder das andere eben. Es kann Selbstmord sein, ein Unfall oder Mord.»

«Mord?! Glaubst du, es war Mord?»

Christian zuckte mit den Schultern. «Ich glaube jedenfalls nicht, dass es ein Unfall oder Selbstmord war.»

«Warum nicht?» Ich keuchte es fast.

«Ein Unfall, bei dem eine gute Schwimmerin auf einem ruhigen See aus einem stabilen Ruderboot fällt? Scheidet aus. Und Selbstmord?» Er zählte an den Fingern seiner Hand ab. «Erstens: kein Abschiedsbrief. Zweitens: ihr voller Terminkalender für die Tage nach ihrem Tod. Drittens: Wer sich in einem stillen See ertränken will, braucht etwas, das ihn unter Wasser zieht. Steine in den Jackentaschen. Einen Anker. Egal was. Da war aber nichts. Na ja, und noch so einiges, was dagegen spricht.»

Ich hätte ihm um den Hals fallen können. Ich war raus aus der Sache! Kein Selbstmord! Mein Buch hatte Dorit nicht in den Tod getrieben.

MARIE Natürlich hatte ich mir fest vorgenommen, nicht als eine der Ersten bei Wolff aufzutauchen. Schließlich wollte ich selbstbewusst und lässig rüberkommen. Nicht umsonst haben die wirklich tollen Frauen in Hollywood-Filmen einen späten, wirkungsvollen Auftritt, während die grauen Mäuse frühzeitig anrücken, um der Gastgeberin beim Belegen der Schnittchen zu helfen. Außerdem sollte es keinesfalls so aussehen, als hätte ich es darauf angelegt, mit Wolff allein zu sein, bevor die Massen einfielen.

Aber wieder einmal machte meine Mutter meine Pläne zunichte. Ich hielt es einfach nicht mehr aus bei ihr. Es klingt vielleicht paradox, aber eigentlich hatte ich mich nach der Beerdigung ganz gut gefühlt. Wolffs Charmeoffensive hatte mir geschmeichelt, und Hanna schien es wirklich wichtig zu sein, dass ich in Beerenbök blieb, um mit ihr zu diesem improvisierten Klassentreffen zu gehen. Oder hatte sie mich nur deshalb zum Bleiben überredet, weil sie hoffte, ich könnte ihr helfen, Fabienne zurückzulocken? Ich seufzte. Offensichtlich hatte sich mein Misstrauen gegenüber Hanna auch nach fünfundzwanzig Jahren nicht verringert.

Als ich meine Mutter nach dem Leichenschmaus endlich in mein Auto lud, schien sie noch gnädig gestimmt. Huldvoll hatte sie nach allen Seiten gewinkt, bevor sie sich auf den Beifahrersitz sinken ließ. Während sie ihre Jacke ordnete und umständlich den Sicherheitsgurt anlegte, ertappte ich mich dabei, wie ich rasch mit der Hand über das Armaturenbrett fuhr, um den Staubfilm zu entfernen. Glücklicherweise war Thomas erst vor zwei Tagen mit dem Wagen durch die Waschanlage gefahren und hatte auch den Innenraum gesaugt. Aber Mutter fand ja immer etwas auszusetzen. Manchmal wusste ich gar nicht mehr, ob sie mich wirklich ständig mit meiner Schwester verglich – wobei ich natürlich immer schlecht abschnitt. Oder ob mir diese ewigen Vergleiche mit Katharina, die kleinen, feinen Demütigungen über die Jahre hinweg so sehr in Fleisch und

Blut übergegangen waren, dass ich Mutters Worte ohnehin hörte, es völlig egal war, ob sie wirklich ausgesprochen wurden oder nicht. Sie waren einfach in meinem Kopf.

Jetzt wurde ich zur Abwechslung mal nicht mit Katharina verglichen, sondern mit Fabienne: Fabienne, die so eine wunderbare Predigt gehalten hatte. Deren Gesicht noch so glatt war wie das eines jungen Mädchens. «Dabei wird sie in ihrem schweren Beruf doch sicher mit viel Leid konfrontiert, meinst du nicht, Marie? Nun, das ist wohl eine Frage der Lebenseinstellung.»

«Oder der Gene», hätte ich mit einem Seitenblick auf die tiefen Falten, die sich bei meiner Mutter rund um Mund und Nase eingegraben hatten, gerne geantwortet. Aber das wäre gehässig gewesen. Und gehässig war ich ja nicht. Leider. Also hatte ich geschwiegen und mir angehört, wie aufmerksam es doch von Fabienne gewesen war, sich nicht gleich neben ihre alten Freundinnen zu setzen, so wie ich, sondern Dorits Mutter beizustehen, wie es sich gehörte. Während ich selbst mit meinem ehemaligen Lehrer herumflirtete, der im ganzen Dorf als Schürzenjäger bekannt sei. Hier endlich hatte ich eingehakt: «Ich habe mit Bernd Wolff nicht geflirtet, Mama, sondern mich unterhalten!»

Meine Mutter hob die Augenbrauen. «Du musst es ja wissen, Marie … Ich hab nur gesehen, wie die Leute getuschelt haben. Kein Wunder, der Wolff schaut nun mal jedem Rock hinterher. Auch wenn er eigentlich nur auf junge Mädchen steht.»

Ich unterdrückte ein hysterisches Kichern. Das hätte ich ja schon fast als Kompliment nehmen können. Ich beschloss, Mutter reden zu lassen und darauf zu hoffen, dass sie mich zu Hause in Ruhe lassen würde. Die Beerdigung, die Begegnung mit Fabienne und Hanna, ja selbst mit Mirko, Peer und Wolff, mit meiner ganzen Vergangenheit eben, hatten mich aufgewühlt. Ich wollte allein sein und meinen Gedanken nachhängen. Aber natürlich gab Mama keine Ruhe. Kaum waren wir bei ihr zu Hause angelangt, kramte sie ihre Steuererklärung und seitenlange Versicherungsunterlagen heraus, die ich für sie ausfüllen sollte. Seit Jahren übernahm ich derartige Aufgaben für sie. Katharina mit ihrer vielköpfigen Brut und ihrer ach so verantwortungsvollen Arbeit als Ärztin hatte für so was natürlich keine Zeit. Endlich konnte ich mich losreißen und im Badezimmer verschwinden, wo ich mich hastig umzog und neu schminkte. Durch die Hitze war mein Make-up fleckig geworden, meine Lippenfarbe längst verblasst. Mitten in der Bewegung hielt ich inne, mein heller Lippenstift erschien mir plötzlich viel zu dezent, zu langweilig. Kurz entschlossen öffnete ich das Badezimmerschränkchen und wühlte in Mutters Kosmetika. Tatsächlich fand ich einen tiefroten, wenn auch bereits etwas bröseligen Lippenstift. Sorgfältig trug ich die Farbe auf … hmm, gar nicht schlecht. Ich kramte weiter, selbst Eyeliner und Lidschatten besaß meine Mutter. Ich malte und tuschte eifrig, um plötzlich innezuhalten und erschrocken mein Gesicht im Spiegel zu betrachten. Was machte ich da eigentlich? Warum brezelte ich mich derartig auf? – Egal, einfach nicht drüber nachdenken! Nur meiner Mutter wollte ich mit dieser Kriegsbemalung nicht begegnen, ich verspürte keinerlei Lust auf ihre bissigen Kommentare.

Wie früher als Teenager schlich ich auf Zehenspitzen die Treppe hinunter, die Wohnzimmertür war geschlossen. Gott sei Dank. Ich rief laut «Tschühüs!» und war draußen, bevor meine Mutter reagieren konnte. Ich musste mich zwingen, nicht zu rennen, als ich auf mein Auto zusteuerte und rasch einstieg. Erst an der nächsten Kreuzung hielt ich an und warf einen Blick auf die Uhr. Himmel, erst Viertel vor sieben. Wenn ich jetzt direkt zu Wolff fuhr, würde ich eine der Ersten sein. Zu blöd! Plötzlich fiel mir ein, dass ich mich seit meiner Abfahrt gestern noch gar nicht bei Thomas und Lea gemeldet hatte. Das war mir noch nie passiert! Wenn Thomas mich nicht nach Beerenbök begleiten konnte, rief ich ihn sonst immer an. Allein schon, um ihm von den neuesten Sticheleien meiner Mutter zu berichten und mich trösten zu lassen. Aber dieses Mal war es anders. Ich verspürte keinerlei Sehnsucht nach Thomas. Wenn ich ehrlich war, hatte ich kaum an ihn und Lea gedacht. Meine Vergangenheit hatte mich aufgesogen mit Haut und Haar. Ich war daher fast erleichtert, als bei meinem Anruf der AB ansprang. Rasch sprach ich meine Nachricht: «Hallo, ihr zwei, ich bin's. Ich wollte euch nur sagen, dass ich noch bis morgen hierbleibe, vielleicht auch bis übermorgen. Macht euch keine Sorgen, mir geht's gut. Ach so, wenn ihr Hunger habt, in der Tiefkühltruhe müsste noch Pizza sein. Tschühüs.» Erledigt. Ich atmete auf, steckte das Handy ein – und blickte erneut auf die Uhr. Immer noch zu früh. Aber hier im Auto herumzuhocken und die Zeit totzuschlagen, war auch nicht besser, fand ich, und gab entschlossen Gas.

Ich parkte extra ein Stück entfernt. Als ich auf Wolffs Haus zuging, klopfte mein Herz vor Aufregung. Also wirklich, was war nur mit mir los? Wolff öffnete die Tür. «Marie, wie schön, dich zu sehen!» Er machte einen Schritt auf mich zu, schien einen Moment lang nicht zu wissen, wie er mich begrüßen sollte, und trat dann einfach zur Seite. «Komm doch rein!»

Seine Unsicherheit tat gut.

«Bin ich die Erste?»

«Nein, bist du nicht!» Peer trat lächelnd auf mich zu, eine Kiste Bier in der Hand. «Christian und ich waren die Ersten.»

«Christian?» Ich durchforstete mein Hirn nach einem Christian in unserer Stufe. Vergeblich.

«Keine Sorge, du leidest nicht unter frühzeitigem Gedächtnisschwund.» Der Typ, der jetzt hinter Peer auftauchte, grinste mich an. «Ich war eine Stufe unter euch, und die ‹Kleinen› nimmt man ja immer nicht wahr. Ich bin Christian.»

Ich reichte ihm die Hand. «Marie. Und du …? Ich meine, äh, warst du ein Freund von Dorit?»

Christian schüttelte den Kopf. «Nein, ich kannte sie nur vom Sehen hier im Dorf. Aber ich, na ja, ich bin Polizist.»

Plötzlich begriff ich, und mir fiel ein, dass ich sein Gesicht schon auf Dorits Beerdigung gesehen hatte, auch beim anschließenden Kaffeetrinken war er dabei gewesen. Ich schluckte. «Du untersuchst ihren Tod, stimmt's?»

Er nickte und lächelte fast entschuldigend. «Das ist bei ungeklärten Todesumständen so üblich. Obwohl die Obduktion eigentlich eindeutig war: Wasser in der Lunge, keinerlei Hinweise auf Drogen oder Gewalteinwirkung … Dorit ist ertrunken, ganz klar. Aber die Umstände sind doch etwas seltsam.»

«Und welche Umstände, wenn man fragen darf?» Plötzlich war Wolff neben mir aufgetaucht und bedachte Christian mit einem wachsamen Blick.

Der schien einen Moment zu zögern, unsicher, wie viel er preisgeben durfte. «Na ja, zum einen war Dorit komplett angezogen», begann er langsam. «Bis auf die Schuhe, die standen noch auf der Insel. Und das Ruderboot, mit dem sie hinübergefahren war, trieb im Wasser.»

«Aber das klingt doch alles sehr nach Selbstmord», sagte Wolff. «Wer sich ertränken will, zieht sich doch nicht aus.»

Christian schüttelte den Kopf. «Hab ich auch erst gedacht. Aber mir blieben da einfach zu viele offene Fragen. Also bin ich vor ein paar Tagen mit einem ehemaligen Kollegen von der Spurensicherung mal um den See rum und auf die Insel rauf. Leider hatte es in der Nacht nach Dorits Tod ja geregnet. Aber trotzdem …»

«So?» Peer und Wolff hatten sich erwartungsvoll vorgebeugt und schienen auf spektakuläre Enthüllungen zu warten. Doch Christian sprach nicht weiter.

Meine Kehle war trocken. Ich blickte mich suchend um. Wie auf Bestellung drückte Wolff mir ein Glas in die Hand.

«Hier, ein Schluck Prosecco, Marie.»

«Danke!» Ich stürzte die kühle Flüssigkeit in einem Zug hinunter.

Peer und Christian sahen mich etwas irritiert an. «Ich kann dir auch ein Glas Wasser bringen, wenn du Durst hast», bot Peer an.

«Nein, nein, Prosecco ist prima!»

Ich hielt Wolff mein leeres Glas zum Nachschenken hin. Ich wusste selbst nicht, was mich ritt. Nur dass ich nicht die geringste Lust verspürte, vernünftig zu sein. Sollten die beiden ruhig denken, ich hätte ein Alkoholproblem. Im Grunde konnte mir das doch egal sein, oder? Christian sah mich aufmerksam an. «Ihr wart eng befreundet, Dorit und du, oder? Also früher, meine ich.»

Fast hätte ich mich verschluckt. «Ja, aber … ich meine, das ist sehr lange her.» Plötzlich erschien mir sein Blick nicht mehr so harmlos wie zu Anfang. Konnte es sein, dass dieser Christian irgendetwas wusste? Etwas von früher? Und hier jetzt Katz und Maus mit mir spielte?

«Wir haben ihre Wohnung durchsucht, weißt du?»

«Ach so.» Ich nickte mechanisch. Mein Glas war schon wieder leer, meine Kehle dennoch trocken. Gleich würde dieser Dorfpolizist mir erzählen, dass man in Dorits Wohnung ein Tagebuch gefunden hatte oder irgendwelche anderen Aufzeichnungen, die die Ereignisse von damals genau dokumentierten, die unsere Schuld offenlegten. Gleich. Ich wagte kaum zu atmen.

Aber Christian lächelte. «Wir haben ein Foto gefunden von vier lachenden Mädchen am Lupiner See, eng umschlungen. Als ich dich und Hanna vorhin auf der Beerdigung sah, habe ich euch gleich wiedererkannt. Und die vierte auf dem Foto …»

«Das war dann wohl ich!» Ich hatte gar nicht bemerkt, dass Fabienne in der Zwischenzeit gekommen war. Jetzt schob sie sich neben mich und reichte Christian die Hand. «Hallo, ich bin Fabienne.»

Sie wirkte völlig entspannt und souverän. «Du warst auch auf unserer Schule, nicht wahr?», sagte sie zu Christian. «Ich hab dich nämlich auch wiedererkannt. An den Augen. Augen verändern sich nämlich kaum über die Jahre, wusstet ihr das?»

Sie lächelte. «Sagt mal, gibt's hier eigentlich auch Rotwein?»

Dankbar ergriff ich die Gelegenheit, mich Christians prüfenden Blicken zu entziehen. Bevor die Männer reagieren konnten, nahm ich Fabienne am Arm. «Komm mit, ich wollte mir auch gerade noch was zu trinken holen. Ich zeig dir schnell, wo die Getränke stehen!»

In der Küchenecke war es inzwischen voll geworden. Wolff füllte Chips und Erdnüsse auf einen Teller. Als er mich sah, blitzten seine Augen kurz auf. Ich erwiderte seinen Blick, während ich mich von einer langweiligen Brünetten namens Elisabeth, die damals unser Matheass gewesen war, in ein Gespräch über Kinder ziehen ließ. Ich hätte mich lieber mit Fabienne unterhalten, aber als ich mich nach ihr umdrehte, war sie schon wieder verschwunden, vermutlich auf die Terrasse. Ich nahm mir ein Glas Wasser und wandte mich erneut Elisabeth zu.

Natürlich hatte sie Fotos ihrer Kinder dabei, die sie mir stolz präsentierte. «Schau mal, Marie: Das ist Jonas, mein Ältester, das hier ist Mia und das die kleine Amrei. – Mensch, da fällt mir ein, dass wir kürzlich deine Schwester getroffen haben! Wie heißt sie noch gleich?»

«Katharina.»

«Stimmt: Katharina! Ich war mit Amrei bei ihr. Die Kleine leidet unter Neurodermitis, weißt du. Und deine Schwester war uns vom Kinderarzt empfohlen worden. Ich hab sie nicht gleich erkannt, sie heißt ja jetzt anders und so. Aber irgendwann habe ich es geschnallt und sie einfach gefragt. Du, die sieht immer noch so toll aus wie früher, Marie! Und eine super Ärztin ist sie auch! Amrei hat kürzlich sogar gefragt, wann wir wieder zu der Frau Doktor mit den schönen langen Haaren gehen.»

Elisabeth strahlte mich an, als hätte sie mir ein Geschenk gemacht. Ich hätte ihr gerne ins Gesicht geschlagen. Stattdessen füllte ich mein Wasserglas mit Prosecco auf, öffnete unauffällig einen weiteren Knopf meiner Bluse und steuerte entschlossen auf Bernd Wolff zu.

FABIENNE Ich bereute es von der allerersten Sekunde an, mich auf dieses Klassentreffen eingelassen zu haben. Hinter meinen Schläfen pochte ein feiner Kopfschmerz, der nach den zwei, drei Gläsern Rotwein noch stechender geworden war. Die Gespräche auf Wolffs Terrasse perlten an mir ab, während ich Salzstangen knabberte und geflissentlich nickte. Zum Glück lernt man es in meinem Beruf, nicht zu zeigen, was man denkt und wie man sich wirklich fühlt.

Was sollte das alles? Dieser Dorfpolizist lungerte hier herum und machte sich wichtig mit seinen vagen Andeutungen. Was sollte die Anspielung auf das Foto von uns vieren? Ich hätte gerne mehr von ihm erfahren, etwas Konkretes. Aber ich brachte es nicht über mich, ihn direkt zu fragen.

Auch Hanna und Marie benahmen sich merkwürdig. Hanna schien mir auszuweichen. Und Marie, die beim Kaffeetrinken darauf gedrungen hatte, dass wir uns nur kurz bei Wolff treffen sollten, um uns dann zu dritt zurückzuziehen, warf sich unserem ehemaligen Lehrer dermaßen an den Hals, dass es schon peinlich war. Sie trank zu viel und zu schnell, nervös wie ein Teenager vorm ersten Mal. War das ein Ablenkungsmanöver? Versuchte sie plötzlich, einem Gespräch mit Hanna und mir aus dem Weg zu gehen? Oder war sie etwa wirklich scharf auf Wolff?

Ich lag in einem unbequemen Gartenstuhl und beobachtete, wie sie mit ihm an der Terrassentür stand, in der einen Hand ein Glas, in der anderen eine Zigarette, an der sich die Asche schon bog. Sie lachte zu laut, strich sich die blonden Haare mit der Hand aus der Stirn und merkte nicht einmal, dass sie sich dabei im wahrsten Sinne des Wortes Asche aufs Haupt stäubte. Etwas in mir ließ mich aufstehen, um sie vor sich selbst zu schützen. «Du liebe Güte, Marie», wollte ich sagen, «lass es! Spiel nicht den Vamp. Du musst doch wissen, was für ein entsetzlich gefährliches Spiel das sein kann.»

Doch natürlich hielt ich meinen Mund. Marie war keine sechzehn mehr. Ich hatte kein Recht mich einzumischen, wenn sie hier eine Verführungsszene hinlegen wollte. Wo war eigentlich Wolffs Frau? Oder gab es die nicht mehr?

Während ich an Marie und Wolff vorbei ins Wohnzimmer ging, konnte ich nicht umhin, ihr die Zigarettenasche von den perfekt blondierten Haaren zu pusten. Sie sah mich irritiert an und errötete ein bisschen. «Ach, Fabienne ...», sagte sie und kicherte, wobei mir ein säuerlicher Geruch entgegenwehte. Zu viel Prosecco auf leeren Magen ...

Ich griff in meine Handtasche, kramte einen Mentholbonbon hervor, nahm ihr das Glas aus den Fingern und drückte ihr den Bonbon in die Hand. «Steck es in den Mund, Marie, du kannst es gebrauchen», raunte ich ihr zu, und sie errötete noch ein bisschen mehr. Mein Gott, sie hatte sich wirklich kaum verändert.

Und Hanna? Sie hatte mir diese aufdringliche SMS geschrieben, und jetzt ging sie mir quasi aus dem Weg. Es gelang ihr, jede Situation zu vermeiden, in der wir alleine gewesen wären. Sie plauderte und lachte und war immer von zwei, drei Bewunderinnen umgeben. Sie schien sich bestens zu amüsieren. Wollte sie mir weismachen, dass sie sich nicht genauso mit diesen Landeiern langweilte wie ich? Oder betrieb sie schon wieder Studien für ihren nächsten Roman? «Sommer der Sünde», Teil zwei ...

Vorhin hatte ich mich Tante Hiltruds geschmierten Broten mit Griebenschmalz entzogen, indem ich – wahrheitsgemäß –

behauptete, nach der Beerdigung keinen Appetit zu haben, und mich ohne Abendessen auf den Weg zu Wolff gemacht. Jetzt nagte der Hunger in mir. Ich ging in die Küche, wechselte ein paar belanglose Worte mit Elisabeth und versuchte, etwas Essbares aufzutreiben, aber von den Schnittchen mit Ei, Krabbensalat und Streichmettwurst war nichts mehr übrig. Auch im Wohnzimmer, wo sich immer noch versprengte Grüppchen angeregt unterhielten, waren die silbernen Platten leer geräumt. Also musste ich mich weiterhin mit Salzstangen und Kartoffelchips begnügen, von denen mein Mund schon ganz pelzig war. Ich spülte den Geschmack mit lauwarmem Rotwein hinunter, der offenbar den halben Abend in der Sonne gestanden hatte. Verdammt noch mal, warum war ich nur so dumm gewesen, mein Auto zu Schrott zu fahren? Ich hätte hier schon längst den Abflug machen können. Warum hatte ich überhaupt auf Hannas SMS reagiert, anstatt einfach nach Hause zu fahren?

Als ich mich umdrehte, sah ich, dass Hanna sich zu Marie und Wolff gestellt hatte. Zwischen ihren Augen hatten sich zwei steile Falten gebildet, die mich an ihre Mutter denken ließen. Ja, diese Art, sich beim Stehen vorzubeugen, eine Hand in die Seite gestützt, dieses Herrische, Energische … Hanna hatte Ähnlichkeit mit ihrer Mutter, so wie sie mir von damals in Erinnerung war. Und ich glaube nicht, dass Hanna dieser Vergleich gefallen hätte.

Auch Hanna lachte zu laut und zu demonstrativ. Natürlich, ihr ganzes Gehabe war eine einzige Show. Aber wen wollte sie damit beeindrucken? Etwa Wolff? Gönnte sie Marie nicht ihren kleinen Triumph, an diesem Abend bei unserem ehemaligen Lehrer die Nummer eins zu sein? War sie etwa eifersüchtig? Auf Marie?

Ich presste die Hände gegen die Schläfen und versuchte ruhig zu atmen. Die Nacht war immer noch viel zu warm und von einer schweren Luft erfüllt, die ein Gewitter erahnen ließ. In der Ferne hörte man ein leises Grollen, aber das war schon vor einer Stunde zu hören gewesen.

«Na, Frau Pastorin.» Mirko schob sich neben mich. Sein kariertes Hemd war durchgeschwitzt. «Nette Party, ne?» Er zog eine Salzstange aus dem Plastikbecher, den ich in der Hand hielt, und wedelte damit vor meinem Mund herum. «Lust auf was Salziges? Weißt du noch, wie wir früher Salzstangenwettessen gemacht haben?» Er fing an, die Salzstange im Eiltempo wie ein Kaninchen in sich hineinzumümmeln. Es sah grotesk aus.

«Nein», sagte ich, «weiß ich leider nicht. Ich hatte nicht das Vergnügen, dich schon in der Grundschule zu kennen.»

«Schade eigentlich.» Er grinste und deutete mit dem Kinn zu Hanna und Marie. «Und? Ihr drei Hübschen? Ist ja anscheinend nicht mehr viel übrig geblieben von eurer dicken Freundschaft, oder?»

Ich zuckte die Schultern. Ich hatte nicht das geringste Interesse, dieses oder irgendein anderes Thema mit Mirko zu diskutieren.

Mirko grinste immer noch. «Und dabei meinte Dorit noch vor ein paar Wochen, ihr vier wärt auf immer und ewig miteinander verbunden.»

«So, meinte sie das?» Ich sah an ihm vorbei in den Garten, der von Fackeln und gusseisernen Laternen in ein warmes Licht getaucht wurde. Ich verbot mir darüber nachzudenken, was Dorit alles mit Mirko beredet haben mochte. Er wollte sich doch nur aufspielen. Aus den Augenwinkeln sah ich den falschen nachdenklichen Gesichtsausdruck, den er jetzt aufgesetzt hatte.

«Ach nee, warte mal … Auf immer und ewig aneinander gebunden, hat sie gesagt, glaube ich. Bis dass der Tod euch scheidet, oder?» Mirko stupste mich mit dem Ellenbogen an, und ich wich zurück.

«Du bist geschmacklos, Mirko.» Ich ließ ihn stehen und entschloss mich, zu Hanna und Marie hinüberzugehen. Verdammt noch mal, ihretwegen war ich hier. Nur ihretwegen.

Doch ich war erst auf halbem Weg zur Terrasse, als Marie auf einmal laut wurde. «Was denkst du denn, Hanna?», platzte sie mit schriller, betrunkener Stimme heraus. «Dass du immer noch bestimmen kannst, wo's langgeht? Das kannst du aber nicht. Ich bin weiß Gott alt genug, um zu wissen, was ich tue.»

Hanna legte ihr die Hand auf den Oberarm und flüsterte ihr etwas zu, was Marie offenbar noch mehr in Rage brachte. Sie schüttelte Hanna ab.

«Was geht dich das denn an? Ich verführe, wen und wann und warum ich will, Hanna! Diesmal ist das meine Entscheidung! Meine! Das hat nichts mit dir zu tun! Und nicht mit Fabienne oder Dorit oder sonst jemandem! Nichts!»

Die Gespräche im Raum und auf der Terrasse waren verstummt. Für einen Moment waren nur das ferne Grollen zu hören und das Rascheln des Windes in den Blättern der Pappeln, die Wolffs Garten säumten.

«Donnerwetter», sagte Mirko in die peinliche Stille hinein. Und dann packte Hanna Marie wieder beim Arm und zog sie in den dunklen Garten.

HANNA Ich hatte noch nie ein Problem mit Exzentrikern. Auffällige Kleidung, bizarres Verhalten, sonderbare Reden – wunderbar! Maries Ausfall allerdings gehörte in die Kategorie «Graue Maus betrinkt sich und verliert die Kontrolle». Die Art, wie sie ein Glas Prosecco nach dem anderen hinunterstürzte, hätte mich stutzig machen sollen. Bei der Beerdigung hatte ich mich von Maries Erscheinung und ihrem souveränen Auftreten blenden lassen. Sie schien mir eine andere geworden zu sein. Aber ich hatte mich geirrt. Oder heute Abend war etwas geschehen, das ihre neu gewonnene Selbstsicherheit ins Wanken gebracht hatte. Die Art, wie sie sich betrank, erinnerte mich an die verzweifelten Hausfrauen, die ich aus amerikanischen TV-Serien kannte. Frauen, die sich mit Schlaftabletten, Aufputschmitteln oder Alkohol über ihre Selbstzweifel hinweghalfen.

Maries Flirt mit Wolff entgleiste zunehmend. Sie hatte eindeutig etwas anderes vor, als den Abend mit Fabienne und mir zu beschließen. Wolff und sie fühlten sich offensichtlich gestört, als ich zu ihnen trat, aber das war mir egal. Als Marie kichernd schwankte und sich mit der Hand auf Wolffs Brust abstützte, packte ich ihren Arm. «Zeit zu gehen. Wir haben noch was vor.»

Sie protestierte so laut, dass alle auf uns aufmerksam wurden.

«Reiß dich zusammen», flüsterte ich ihr zu. «Du hast es doch wohl nicht nötig, mit diesem alten Sack zu bumsen.»

Die gespannte Stille der anderen umhüllte uns, während Marie mich mit sich überschlagender Stimme anschrie und ich sie von der Terrasse in den Garten zerrte. Es war gut, dass ich so viel stärker war als sie. Sie stolperte hinter mir her, fluchte, befahl mir, sie loszulassen, knickte um, aber ich schleppte sie weiter. Wolffs Garten war riesig. Ich stapfte weiter und weiter, unter Obstbäumen hindurch, bis wir an einem kleinen Wall anlangten, der den Garten vom angrenzenden Kornfeld trennte. Erst hier ließ ich Marie los und stieß sie in die Richtung eines großen Kirschbaums.

«Kotzen!», befahl ich.

Ich hatte noch nie in meinem Leben jemanden gesehen, der sich so elegant übergeben konnte wie Marie. Aufrecht stand sie in Wolffs mondbeschienenem Garten, stützte sich mit einer Hand graziös am Stamm des Baumes ab, beugte sich nur ein klein wenig vor und spuckte in hohem Schwall, fast lautlos.

Während sie sich fast unhörbar leer spuckte, trat Fabienne neben mich. Ich hatte nicht gemerkt, dass sie uns gefolgt war. «Hübsch», bemerkte sie ironisch. «Sehr stilvoll.»

Einen kurzen Moment lang grinsten wir uns an, und die alte Vertrautheit schien wieder da zu sein.

«Warum hast du sie nicht gelassen?», fragte sie leise. «Sie wollte es dir doch so gerne zeigen.»

«Was zeigen?»

«Na, dass sie Wolff haben kann. Der war doch scharf auf dich. Damals. Und du hast ihn auflaufen lassen.»

Ich schüttelte den Kopf. Ich erinnerte mich nur an sehr wenige Männer in meinem Leben. Alle anderen sortierte mein Unterbewusstsein gnadenlos aus. Immerhin wusste ich jetzt, warum Wolff mich heute so konsequent ignoriert hatte.

Marie war zäh. Nur einen Augenblick, nachdem sie sich erleichtert hatte, straffte sie die Schultern und wandte sich mir mit hocherhobenem Kopf zu. «Du zwingst mich zu gar nichts mehr!»

Ich wollte es nicht, aber ich musste auflachen. «Also, eben gerade habe ich dich immerhin gezwungen zu kotzen, oder etwa nicht?»

«Das Spiel ist vorbei, Hanna! Das läuft nicht mehr nach deinen Regeln!»

Es war seltsam, das zu hören. Es war immer ein Tabu gewesen, die Machtverhältnisse zwischen uns vieren auszusprechen. Fabienne hatte sich ein Stück weiter auf den Rasen gesetzt und klopfte auffordernd neben sich. «Kommt», bat sie besänftigend.

Ich setzte mich neben sie. Der Boden war trocken. Die wochenlange Hitze hatte das Gras verbrannt und die Erde ausgedörrt. Marie blieb noch eine Zeitlang unschlüssig stehen, bis sie sich endlich uns beiden gegenüber niederließ und in den sternenklaren Himmel schaute. Fabienne und ich saßen mit dem Rücken zum Haus und blickten über das weite Kornfeld. Der Mond schien hell, es war still, nur ein paar Grillen zirpten. In der Ferne lag ein Wäldchen und irgendwo dahinter der Lupiner See.

Keine von uns sagte ein Wort. Es war das erste Mal seit siebenundzwanzig Jahren, dass wir unbeobachtet wieder zusammen waren. Ich war die Erste, die sprach. Ich war immer die Erste gewesen. Weil irgendjemand die oder der Erste sein muss. Immer, überall.

«So», sagte ich. «Dann sind wir jetzt nach Protokoll also alle versammelt, außer Dorit, aber die ist ja entschuldigt.»

Marie hatte sich eine Zigarette angezündet und stieß den Rauch heftig durch die Nase aus. «Dass du immer noch so ... so sarkastisch sein musst. Das ist so ... geschmacklos!» Zornig starrte sie mich an. «Es läuft nicht mehr nach deinen Regeln», wiederholte sie. «Ich! Verstehst du? Ich bestimme, was ich tue. Ich! Ich spiel dein Spiel nicht mehr!»

Fabienne beugte sich vor und legte Marie die Hand aufs Bein. «War es so schrecklich für dich damals?», fragte sie sanft.

Marie hob resigniert die Schultern. «Nein. Ja. Natürlich! Aber vergesst es. Ich hätte ja gehen können. Mir andere Freundinnen suchen.»

«Aber das wolltest du nicht», stellte Fabienne fest. «Du wolltest …»

«Gequält werden?», ergänzte Marie bitter.

«Tut mir leid, Marie.» Schon zum zweiten Mal an diesem Tag entschuldigte ich mich. Das passierte mir sonst monatelang nicht.

«Es muss dir nicht leidtun. Ich war ja selber schuld. Nur der Schluss. Die Rolle, die du mir da zugewiesen hast. Das werfe ich dir vor.»

Ich sah sie verständnislos an. «Mir? Aber wir haben uns das zusammen ausgedacht! Alle zusammen! Und du hast gesagt, du willst es tun!»

«Ja, so steht es in deinem Buch. Aber so war es nicht. Du hast das bestimmt!»

Hilfesuchend wandte ich mich an Fabienne. «Habe ich das?»

Fabienne sah mich nachdenklich an. «Du warst … dominant.»

Ich versuchte, mich zu erinnern, wer damals was gesagt hatte und wie es dazu gekommen war, dass Marie die Hauptrolle in unserem Stück übernommen hatte – aber es gelang mir nicht. Ich hatte die Ereignisse in meinem Roman so lange gedreht und gewendet, zugespitzt und verändert, bis die Wahrheit mir entglitten war.

In meiner Erinnerung war Marie an einem unserer Nachmittage am See aufgetaucht, geschminkt, frisiert und gestylt. Sie war die Unauffälligste von uns gewesen, aber ihr Gesicht war wie ein weißes Blatt, auf dem man malen konnte. Sie war diejenige, die sich am besten herzurichten verstand. Diesmal hatte sie sich selbst übertroffen.

Wir hatten bis zu diesem Tag niemals darüber gesprochen, wer die Hauptrolle in unserem Drama übernehmen sollte. Überhaupt war das Ganze nicht mehr als ein Gedankenspiel gewesen. Erst als Marie sich uns wie bei einem Casting präsentierte, geriet der Stein wirklich ins Rollen. Wir waren beeindruckt gewesen von ihrer verblüffenden Attraktivität und Ausstrahlung. Selbst Fabienne hatte ihr ein Kompliment gemacht, und dann war es entschieden: Marie würde die Verführerin spielen.

Vielleicht hatte ich damals tatsächlich gesagt: «Du machst es, Marie!» Aber was hieß das schon. Ich war immer diejenige gewesen, die den ersten Vorstoß machte. Manchmal widersprach Fabienne. Meistens hob sie nur kritisch die Augenbrauen, wenn sie nicht einverstanden war. Und ganz selten hatte sie diesen Satz gesagt, den ich bis heute nicht vergessen habe: «Ich bin raus.»

Als unsere Hauptdarstellerin feststand, unsere Planungen konkreter wurden, zog Fabienne sich plötzlich zurück. Schon in den Wochen zuvor war sie die Einzige gewesen, die Dorits Klagen hin und wieder durch kritische Fragen unterbrochen hatte. «Haben deine Eltern sich wirklich so gut verstanden?», hatte sie wissen wollen. «Warum hat deine Mutter sich denn in diesen Arne verliebt? Und wieso hat dein Vater nicht mehr um sie gekämpft?»

Dorit konnte und wollte ihr nicht antworten, und auch Marie und ich hatten uns nicht beirren lassen. Wir wollten uns verschwören. Wir hatten nichts Besseres zu tun, in diesen langen Ferien, als einen Plan zu schmieden. Irgendeinen.

Ich begann, ein Drehbuch zu entwerfen. Schrieb immer wieder um, was Marie wann und wie sagen und tun sollte. Fabienne sollte die Fotos machen. Sie hatte als Einzige von uns eine Spiegelreflexkamera mit jeder Menge Objektiven. Sie fotografierte viel, sonderbare Dinge, abgebrannte Scheunen, verwelkte Blumen, tote Katzen, Essensreste – und uns, wenn wir uns unbeobachtet fühlten.

An einem heißen Nachmittag in Maries Garten begannen wir dann, über einen konkreten Termin für unsere Inszenierung nachzudenken. Fabienne hörte schweigend zu, bis wir uns auf einen Tag geeinigt hatten, und dann sagte sie es: «Ich bin raus.» Sie erklärte sich nicht, sie stand einfach auf und ging.

Wir versuchten nicht, sie aufzuhalten. Wenn Fabienne sich einmal entschlossen hatte, dann blieb sie dabei. So war es immer gewesen.

«Egal», sagte ich gleichgültig. «Wir brauchen sie nicht.»

Im Stillen bedauerte ich ungemein, dass sie fort war. Es war zwar gut, nicht mehr ihren kritischen Blicken ausgesetzt zu sein. Doch andererseits hatte sie immer und zu allem etwas Kluges zu sagen. Und außerdem war Fabienne die Einzige, die mir gewachsen war. Ich musste mich nicht mühen, Dorit und Marie von irgendetwas zu überzeugen – aber mich gegenüber Fabienne durchzusetzen war jedes Mal ein wunderbarer, kleiner Triumph.

Die kommenden Tage planten wir ohne sie weiter, überlegten, wo wir eine gute Kamera herbekommen könnten und wie wir die Fotos später Dorits Mutter zuspielen sollten.

Es dauerte etwa eine Woche, bis Fabienne wieder auftauchte. Mit ihrer Kamera. Keine von uns verlor ein Wort darüber.

MARIE Fremd und unwirklich war es und gleichzeitig seltsam vertraut, wieder neben Fabienne und Hanna auf einem verdörrten Stück Rasen zu sitzen und in den Nachthimmel zu schauen. In der Dunkelheit waren ihre Gesichter nur undeutlich zu erkennen, aber ihre Stimmen klangen wie früher. Ja, selbst ihre Art zu reden hatte sich in den vergangenen fünfundzwanzig Jahren kaum verändert. Erst jetzt, als wir saßen, merkte ich, wie betrunken ich war. Der Boden unter mir schien zu schwanken, und mein Magen rumorte. Aber mein Hirn war klar, trotz meines Alkoholpegels. Im Grunde wusste ich selbst nicht, warum ich derart viel getrunken hatte. Aus Trauer um Dorit? Wegen Elisabeths nur schwer erträglichem Loblied auf meine Schwester? Oder wegen der seltsamen Fragen dieses Polizisten? Keine Ahnung. Jedenfalls hatte ich seit Jahren nicht mehr so viel getrunken. Früher war mir das allerdings häufiger passiert. Als Teenie hatte ich quasi jede sich bietende Gelegenheit genutzt, um meine Hemmungen zu überwinden und mein unterentwickeltes Selbstbewusstsein mit Hilfe von Alkohol aufzupäppeln. Daher war es vielleicht kein Wunder, dass ich heute in dieses Verhalten zurückgefallen war. Das, was ich hier erlebte, war nichts anderes als eine Zeitreise. Ein Blick zurück in die Vergangenheit. Je länger ich in Beerenbök war, mit Hanna, Fabienne, Mirko und den anderen, desto stärker wurde das Gefühl, mich in einem Vakuum zu befinden. Meine Familie, meine Arbeit – mein normales Leben eben –, all das war unendlich weit weggerückt. Schien keinerlei Rolle zu spielen. Ich war wieder hier, zurück in Beerenbök.

Und es war Sommer …

Als Fabienne damals ohne eine Erklärung zurückgekehrt war und wortlos ihre Kamera auf den Tisch gelegt hatte, war uns allen klar gewesen, dass wir den Plan tatsächlich umsetzen würden. Hannas Plan. Auch wenn sie jetzt so tat, als könne sie sich nicht mehr erinnern, wie es dazu gekommen war. Als wäre die Geschichte mit den Fotos eine Idee von uns allen gemeinsam gewesen. Aber das entsprach nicht der Wahrheit. Hanna hatte schon immer die Fähigkeit gehabt, Dinge, die ihr nicht in den Kram passten, kurzerhand auszublenden. In diesem Fall ohne Erfolg. Denn ich erinnerte mich nur zu gut. Viele Dutzend Male waren die Ereignisse von damals wie ein Film vor mir abgelaufen. Ob ich gewollt hatte oder nicht …

«Wow, Marie, wie siehst du denn aus?!» Dorit hatte große Augen gemacht, als sie mich damals, kurz vor dem Tag, der unser aller Leben verändern sollte, zum Treffen der Unzertrennlichen abgeholt hatte. «Du bist ja kaum wiederzuerkennen!»

Ich hatte unsicher gekichert. «Und? Ist das gut oder schlecht?»

«Gut! – Also, ich meine: Nicht dass du sonst nicht irgendwie hübsch wärst. Aber mit all dem Make-up und den Klamotten … Hey, du siehst richtig heiß aus, Marie!»

Auch ich konnte mich von meinem Spiegelbild kaum losreißen. Dorit hatte recht: Ich sah wirklich sexy aus! Mindestens so sexy wie Hanna! Na ja, natürlich auf ganz andere Weise als sie. Hanna war im Grunde schon eine Frau. Ich aber wirkte in Katharinas hauchzarter weißer Tunika, die ich als kurzes Kleid trug – ohne BH, dafür mit jeder Menge Wimperntusche, zartgrauem Lidschatten und rosa Lipgloss –, wie eine junge Verführerin in einem dieser softgezeichneten, handlungsarmen Filme von David Hamilton aus den Siebzigern.

Dorit hatte sich einen Apfel aus unserer Obstschale geschnappt, biss hinein und musterte mich von der Seite. «Und, wozu das Ganze? Hast du was Besonderes vor? Oder geht es … um Hannas Plan?»

«Hannas Plan?!» Ich schüttelte heftig den Kopf, sodass meine Haare, die ich leicht aufgehellt und zu sanften Locken geformt hatte, hin und her flogen. «Quatsch, ich hab nur so rumprobiert. Weil ich endlich mal sturmfreie Bude habe. Meine Eltern sind bei einer Silberhochzeit, und Katharina hat natürlich gleich die Gelegenheit genutzt, um bei ihrem neuen Freund zu übernachten.»

Dorit grinste. «Und da dachtest du, du könntest mal in ihrem Kleiderschrank und ihren Schminktöpfen fischen …»

Ich nickte. «Genau, hat einfach Spaß gemacht. – Na los, lass uns fahren. Wir sind spät dran.»

Natürlich war meine Eile völlig unnötig. Dorit und ich waren die Ersten am Treffpunkt, wie immer. Aber als Fabienne und kurz darauf Hanna eintrafen, zeigten sich beide von meiner Aufmachung ähnlich beeindruckt wie Dorit. Und ich genoss ihre Bewunderung in vollen Zügen. Schließlich kam es selten vor, oder eigentlich nie, dass ich im Mittelpunkt des allgemeinen Interesses stand.

Hanna hatte im Schneidersitz auf der Wiese gehockt, Gänseblümchen zerrupft und mich ähnlich aufmerksam gemustert wie zuvor Dorit. Nur dass Hannas Blick fast … sachlich war, so als taxiere sie ein abstraktes Gemälde, um seinen Wert festzustellen. Schließlich hatte sie genickt. «Doch, das müsste funktionieren! Wenn Arne darauf nicht anspringt, weiß ich auch nicht …» Sie wandte sich an Dorit. «Oder steht er nicht auf jung und blond?»

Dorit hatte unsicher mit den Achseln gezuckt. «Also, ich weiß nicht …» Sie kicherte. «Ich höre zwar, dass bei ihm und Mama im Schlafzimmer einiges abgeht. Aber auf was er genau steht …» Sie schüttelte sich angewidert. «Na ja, meine Mutter ist ja auch eher zierlich, und blond ist sie auch. Ich könnte mir also durchaus vorstellen, dass Arne auf Marie anspringt – also wenn sie sich so zurechtmacht, meine ich …»

«Alles klar!» Hanna klatschte in die Hände.

«Hey, wartet mal!» Ich war aufgesprungen und blickte von einer zur anderen. «Das könnt ihr doch nicht einfach so über meinen Kopf hinweg entscheiden! Ich hab doch noch gar nicht ja gesagt!»

Den Blick, den Hanna mir zuwarf, ihr ironisches Lachen, hatte ich nie vergessen. «Aber natürlich hast du ja gesagt, Marie! Warum hast du dich denn sonst so aufgebrezelt …?»

Ich spürte, wie ich unter meiner Schminke knallrot anlief. Hanna hatte ins Schwarze getroffen, wie immer. Die Sache war entschieden.

Die Vorbereitungen waren schnell getroffen. Hanna zeigte mir, was ich sagen, wie ich vorgehen, mich bewegen sollte. Schmollmund, lasziver Blick, fallender Ausschnitt, hochrutschender Saum … das ganze Programm. Für Hanna war es Routine. Und ich folgte ihren Anweisungen. Fabienne und Dorit gaben das kritische Publikum, aber sie hatten wenig zu beanstanden. Denn ich spielte meine Rolle gut, sehr gut sogar. Und ich genoss ihren Applaus, ebenso wie Hannas Verblüffung, ihre verwunderte Anerkennung meiner Lolita-Qualitäten. O ja, das hässliche Entlein war zum stolzen Schwan mutiert. Für ein paar Augenblicke war ich vollkommen glücklich.

Unser Plan war so schlicht wie genial: Dorit hatte uns erzählt, dass Arne jeden Abend gegen sechs Uhr eine Stunde joggen ging. Er lief immer die gleiche Strecke, durch das Beerenböker Holz zum See hinunter und zurück. Ich musste ihn nur irgendwo abfangen. Fabienne war diejenige gewesen, die den idealen Ort für unser kleines Schauspiel ausgeguckt hatte: eine Felsgruppe am See, die Stelle war vom Weg aus nicht zu sehen, Arne würde um die Kurve biegen und dann fast über mich stolpern. Es war ideal. Im Grunde konnte gar nichts schiefgehen.

Wir beschlossen, nicht mehr zu warten. Gleich am nächsten Tag sollte die Sache über die Bühne gehen. In der Nacht lag ich wach und stellte mir die Szene, die ich zu spielen hatte, wieder und wieder vor, in allen möglichen Varianten. Ich bereitete mich so gut wie möglich vor.

Dennoch klopfte mein Herz wie verrückt, als ich mich am nächsten Tag für meinen Auftritt zurechtmachte. Ja, als einen einzigen großen Auftritt hatte ich meine Rolle damals betrachtet. Und ehrlich gesagt keine Sekunde daran gedacht, was das eigentliche Ziel der ganzen Aktion war. Es war mir völlig egal gewesen, ob Arne tatsächlich die Ehe von Dorits Eltern zerstört hatte und sich jetzt im Bett ihrer Mutter und damit auch in Dorits Leben breitmachte. Das Einzige, was mich interessierte, war meine Rolle: Würde ich gut sein? Die Erwartungen der anderen erfüllen können? Es musste einfach klappen!

Als ich zum See radelte, waren meine Hände trotz der Hitze eiskalt, und ich zitterte vor Aufregung am ganzen Körper. Die Schminkerei und das Frisieren hatten länger gedauert als geplant. Dieses Mal war ich nicht die Erste. Die anderen erwarteten mich schon ungeduldig. Es war wie an einem Filmset. Fabienne hatte sich mit ihrer Kamera hinter einem Gebüsch postiert und stellte den Zoom ein. Hanna überprüfte hektisch mein Make-up und zupfte an meinem Outfit herum, während Dorit nicht aufhören konnte, hysterisch zu kichern. Endlich tippte Fabienne auf die Uhr. «Es wird Zeit. Du solltest dich auf deine Position begeben, Marie!»

Ich nickte. Meine Kehle war so entsetzlich trocken, dass ich fürchtete, gleich kein Wort herauszubringen. Einer plötzlichen Eingebung folgend, lief ich die paar Schritte zum See hinunter, schöpfte mit den Händen Wasser und ließ es über meinen Oberkörper laufen. Das hatte ich mal in einem Film gesehen. Die Wirkung war tatsächlich beeindruckend. Der dünne Stoff der Tunika klebte an meinem Körper, das kühle Wasser ließ meine Brustwarzen hart werden und deutlich hervortreten. Stolz sah ich an mir hinunter. Ich wirkte nackter als nackt. Es war perfekt. Ich bauschte mein Haar auf und drapierte mich auf dem Joggingpfad, als sei ich beim Klettern von den Felsen gerutscht und hilflos liegen geblieben. Ich zog die Tunika so weit nach oben, dass meine Beine perfekt zur Geltung kamen, und befeuchtete meine Lippen.

Dann wartete ich.

Wie eine Spinne im Netz auf ihr Opfer.

FABIENNE Nachdem Marie ihren Mageninhalt so damenhaft in Wolffs Obstgarten entleert hatte, wischte sie sich mit einem Taschentuch den Mund sauber und rang um Fassung – und um unsere Anerkennung. Der entschuldigende Blick, der von Hanna zu mir glitt und wieder zurück zu Hanna, sagte nichts anderes als: «Ihr mögt mich doch trotzdem, oder?» Obwohl sie sich auf den ersten Blick zu einer souveränen, attraktiven Frau entwickelt hatte, war ihr ganzes Bestreben immer noch darauf gerichtet, anderen zu gefallen. Und genau wie früher fand ich sie in ihrem sehnsuchtsvollen Bemühen auch irgendwie sympathisch. Sie löste eine Art Beschützerinstinkt in mir aus, ganz anders als Dorit.

Jetzt saß sie uns gegenüber, aufrecht im Schneidersitz, den sie wahrscheinlich in jahrelangen Yogastunden perfektioniert hatte, und nestelte eine Zigarette aus ihrer halbleeren Packung. Während sie rauchte, lächelte sie Hanna und mich fast schüchtern an. Auf eine anrührende Weise war sie immer noch die hübsche, unschuldige Marie von damals. Sie war die perfekte Lolita gewesen. Keine von uns hätte diese Rolle so überzeugend spielen können wie sie.

Im Dämmerschein der Mondnacht sah Marie kaum anders aus als das junge Mädchen, das damals die Verführerin gespielt hatte. Woher hatte sie nur den Mut genommen, sich derart zu präsentieren? Es schien ihr regelrecht Spaß gemacht zu haben. Ich weiß noch, dass ich ihr mit dem Taschentuch den Lippenstift abwischte, den sie viel zu stark aufgetragen hatte. Immerhin war es früh am Abend und Marie angeblich unterwegs, um Sport zu machen. Wahrscheinlich war ihr gar nicht bewusst gewesen, wie sexy sie auch ungeschminkt in dem dünnen Hemdchen aussah.

Während Marie auf dem Joggingpfad saß, den Rücken an den Felsen gedrückt, den Kopf in den Nacken gelegt und den Mund in angeblichem Schmerz halb geöffnet, saßen Hanna, Dorit und ich hinter einer Rhododendronhecke. Wir sprachen kein einziges Wort. Mein Herz hämmerte. Immer wieder schaute ich durch den Sucher, stellte den Zoom ein, zog das Objektiv zum Weitwinkel auf, hielt die ganze Szenerie fest. Den Waldweg mit dem See im Hintergrund, den Felsen mit Marie, ihre nackten langen Beine, das weiße Hemd, ihre blonden Haare, die ihr über die Schulter fielen. Dann zoomte ich wieder ran, auf ihre Brust, ihr schmerzverzerrtes Gesicht, machte ein paar Fotos. Das Klicken meiner Spiegelreflexkamera kam mir viel zu laut und verräterisch vor. Dabei war es ausgeschlossen, dass man das Geräusch beim Felsen hören konnte. Unterdessen starrte Hanna in die Richtung, aus der Arne auftauchen würde. «Er läuft fast immer die Runde am See», hatte Dorit gesagt. «Bei jedem Wetter.»

Und so war es tatsächlich. Wir hatten kaum zehn Minuten gewartet, da kam er, in enganliegendem, nassgeschwitztem T-Shirt und schwarzer Trainingshose. Ein gutaussehender Typ, der sicher ein paar Jahre jünger war als Dorits Mutter. Ich weiß noch, wie Hanna plötzlich an mich heranrückte, so dicht, dass ich die Hitze spürte, die von ihr ausging. «Es geht los», raunte sie und legte ihre Hand auf meinen Oberschenkel. Das Blut stieg mir in den Kopf, ich atmete flach und hektisch. Durch das Weitwinkelobjektiv meiner Kamera sah ich, wie Arne beim Felsen stehen blieb, sich zu Marie hinunterbeugte, mit ihr sprach. Ich hörte sie geradezu stöhnen, so wie Hanna es ihr beigebracht hatte. Dann half er ihr auf, legte den Arm um ihre Hüfte, während sie ihren Arm um seinen Hals schlang. «Jetzt muss sie sich fallen lassen», flüsterte Hanna, und im selben Moment packte Arne auch schon fester zu, nahm Marie auf den Arm und trug sie zum Gras am Ufer des Sees.

Ich schoss ein Bild nach dem anderen. Klick, klick, klick. Ich stand auf, schlich ein paar Meter dichter heran, um eine bessere Perspektive zu haben. Klick, klick, klick. Maries Kopf an Arnes Schulter, ihr nasses Hemd mit der halb entblößten Schulter, ihre Brustwarzen, die sich unter dem Stoff abzeichneten, ihr lasziv geöffneter Mund an Arnes braungebranntem Hals, seine Hand auf ihrem Bauch, sein angespanntes Gesicht, als er sie auf dem Gras ablegte und sich über sie beugte.

Es waren wunderbare Bilder, das war mir klar, noch ehe ich sie in dem kleinen Fotolabor in unserem Keller aus dem Entwicklerbad zog. «Du bist eine Künstlerin», hatte Hanna gesagt, als sie später neben mir im Keller stand. Ihr Lächeln in dem roten Licht des Labors hatte etwas Unheimliches. Während sich die Konturen von Marie und Arne auf dem Fotopapier in der stinkenden Flüssigkeit immer deutlicher abzeichneten, strich mir Hanna die Haare aus dem Nacken und gab mir einen Kuss auf den Hals. In diesem Moment hätte ich sterben mögen, die Uhr anhalten, das Morgen für immer auf Abstand halten.

«Du solltest in deinem Alter nicht mehr mit dem Rauchen anfangen, Marie!» Hannas spöttische Bemerkung riss mich aus meinen Erinnerungen. Da saß sie neben mir, mit genau der gleichen Selbstsicherheit wie damals, und Marie drückte tatsächlich die Zigarette in den Boden.

Ich atmete tief durch. Hannas Art, alles bestimmen zu wollen und sich dann ganz naiv zu wundern, wenn ihr die Dinge entglitten, hatte sich offenbar kein Jota geändert. Sie kreuzte die Arme vor der Brust und legte den Kopf schief. «Ach ja?», spottete sie, offenbar in Erwiderung auf etwas, das Marie gerade gesagt hatte. «Ich habe damals die Sache geplant? Ich soll die Strippen gezogen haben? Vielleicht … Aber dann doch nur, weil irgendjemand die Fäden in der Hand haben muss, wenn die Puppen unbedingt tanzen wollen.» Sie lachte. Dann sah sie mich an. «Warum bist du eigentlich nicht weggeblieben, damals? Du hattest doch eigentlich Skrupel, die Sache durchzuziehen. Und wenn du nicht mit deiner Kamera zurückgekommen wärest, wäre die Geschichte wahrscheinlich im Sande verlaufen.»

Ich musterte Hanna. Sie saß vor mir im Gras, die langen Beine ausgestreckt, sodass ihre nackten Füße nur einen halben Zentimeter von meiner Hüfte entfernt waren. Meinte sie ernst, was sie sagte? Hätten Marie, Dorit und sie tatsächlich den Plan ohne mich nicht weiter verfolgt?

«Ich bin zurückgekommen, weil du es gewollt hast», antwortete ich, wobei ich merkte, wie meine Zunge langsam schwer wurde. Auch ich hatte zu viel getrunken. «Weißt du das nicht mehr, Hanna? Du hast mich angerufen und über meine Bedenken gelacht. Komm zurück, Fabienne, hast du gesagt, mir zuliebe.»

Hanna schüttelte den Kopf. «Nein, das weiß ich tatsächlich nicht mehr. Und selbst wenn es so gewesen wäre – bist du ein Hündchen, das springt, wenn jemand pfeift?»

Ein feiner Stich fuhr mir ins Herz, und ich biss mir auf die Lippen. Hanna hatte mich springen lassen, nur sie, sonst niemand. Damals nicht und auch danach nie wieder. Vielleicht war es wirklich Verliebtheit, Vernarrtheit gewesen, die mich an sie gebunden hatte. Eine seltsame Faszination, der ich mich nicht entziehen konnte. Nie wieder habe ich mich so manipulieren lassen wie damals als Sechzehnjährige. Nie wieder bin ich so schwach gewesen.

Ich wollte Hanna antworten, irgendeine scharfe, kluge Bemerkung machen, aber etwas an Maries Blick ließ mich aufmerken. Marie straffte den Rücken noch um einen Zentimeter mehr und fuhr sich rasch mit den Fingern durchs Haar. «Da kommt Wolff», sagte sie.

Ich drehte mich um und sah ihn durch den halbdunklen Garten auf uns zugehen. «Hier habt ihr euch also versteckt, ihr drei. Ihr könnt doch mich alten Mann nicht so lang alleine lassen.»

«Wir kommen gleich, Herr Lehrer», antwortete Marie mit einem mädchenhaften Augenaufschlag und lächelte.

Jetzt lachte auch Wolff. Ein eitles, kehliges Lachen, in dem eine ordentliche Portion Geilheit mitschwang. Plötzlich fielen mir die Geschichten ein, die damals über ihn kursiert hatten. Wolff, der Lehrer, der gerne mal eine bessere Note vergab, wenn ein Mädchen ein bisschen netter als nett zu ihm war. Hanna hatte ihn richtig zappeln lassen und sich darin gesonnt, dass sie ihn hätte haben können, wenn sie nur gewollt hätte. Doch letztlich waren es immer nur Gerüchte gewesen. Gerüchte, die mit heißen Ohren verbreitet wurden.

«Nicht gleich, sondern sofort, mein Fräulein!», befahl Wolff mit gespielter Strenge. Er reichte Marie die Hand und half ihr aufzustehen.

«Sofort», wiederholte Marie. Sie lehnte sich an ihn, um nicht zu schwanken.

«Lasst uns noch mal reden, ja? Morgen!», rief sie uns noch über die Schulter zu, bevor die beiden in Richtung Terrasse verschwanden. «Zehn Uhr, Frühstück im Café Waldhorn!»

Hanna und ich sahen ihnen wortlos nach.

«Du meine Güte», stöhnte Hanna und verdrehte die Augen. «Das ist ja platter als in jedem schlechten Roman.»

Ich sog tief die nach Sommer riechende Nachtluft ein. «Apropos: Um mal auf deinen Roman zurückzukommen ... Warum, Hanna? Warum um alles in der Welt hast du dieses Buch geschrieben? Was sollte das? Wir haben uns doch alle bemüht zu vergessen, was passiert ist, oder nicht? Warum hast du alles wieder aufgewühlt?»

Hanna schaute immer noch an mir vorbei in den Garten. «Vergessen? Dorit hat das Ganze bestimmt keine einzige Sekunde vergessen, mit ihrer Mutter tagtäglich an ihrer Seite.» Jetzt sah sie mich an. «Fabienne», sagte sie, «ich musste mir diese Sache von der Seele schreiben, verstehst du?»

Ich lachte bitter. *Die Sache!* Na klar, so war das für eine Schriftstellerin. Das Leben wurde zu einer *Sache*, obendrein zu einer, mit der man ganz gut Geld verdienen konnte. Aber die *Folgen* für andere, die hatte sie kein bisschen bedacht.

«Schön, wenn es deiner Seele jetzt bessergeht», sagte ich. «Aber was du da geschrieben hast, Hanna, das war trotzdem Mist.»

Sie verschränkte die Arme vor der Brust. «So? Meinst du?»

«Ja! Du bist haarscharf an der Wirklichkeit vorbeigeschlittert.»

«Ich bitte dich, Fabienne! Es ging mir dabei doch nicht um die Wirklichkeit. Hältst du dich in deinen Predigten etwa an historische Fakten?»

Ich spürte, wie die Wut in mir hochstieg. «Hier geht es nicht um mich. Hier geht es um dein unseliges Buch – und darum, wie du versucht hast, deine Schuld kleinzuschreiben. Du lässt mich damit angeben, dass meine neue Kamera aus großer Entfernung Details gestochen scharf aufnehmen kann, und schiebst mir die Idee in die Schuhe, tatsächlich mal so richtig scharfe Fotos machen zu wollen. Du tust fast so, als wäre meine Kamera schuld an der ganzen Sache gewesen.»

«Blödsinn», zischte Hanna. «Die Kamera natürlich nicht. Aber hab ich es etwa falsch in Erinnerung, dass du es warst, die die Fotos abgeschickt hat? Du hast sie in den Umschlag gesteckt und den Brief eingeworfen! Vielleicht wäre alles nur ein Spiel geblieben. Aber du fandest es ja feige, das Ding nicht durchzuziehen. Du hast den Brief abgeschickt, Fabienne! *Du* warst das!

Ich sah sie hasserfüllt an. «Es war *dein* Plan, Hanna, und das weißt du auch! Genauso, wie es *dein* Buch ist, das für Dorits Tod verantwortlich ist.»

Hannas Augen wurden schmal. «Ach ja? Ganz allein *mein* Plan war das? Das weißt du noch so genau? Und ich weiß, dass *mein* Buch nicht schuld an Dorits Tod ist! Sie hat sich nicht umgebracht. Es war kein Selbstmord!»

Ich zwang mich zur Ruhe. «Woher willst du das denn wissen?»

«Christian ist davon überzeugt, dass alles gegen Selbstmord spricht.» Hannas Stimme war plötzlich ruhig und kühl. «Ich bin raus, Fabienne. Christian glaubt, dass Dorit ermordet wurde.»

Wieder ging mir ein Stich durchs Herz. «Glaubt er das? Ja, meine Liebe, ich kann verstehen, dass dich das erleichtern würde. Aber hier sind wir mal wieder bei der Frage der Wahrheit. Hat er denn irgendwelche Beweise, unser kleiner Sherlock Holmes? Hat er dir irgendetwas gesagt, was seine Theorie untermauern könnte?»

Hanna zuckte die Schultern. «Er hat eine ganze Menge gesagt. Aber warum fragst du ihn nicht selbst?» Sie grinste mich an, langte nach der Zigarettenschachtel, die Marie hatte liegen lassen, und klopfte sich eine Zigarette aus der Packung. Plötzlich hätte ich sie schütteln können. Das alles hier, das war doch wieder nur eins ihrer Spielchen, das sie mit mir spielte – oder nicht?

HANNA Fabienne saß ruhig da und sah an mir vorbei in die Dunkelheit. Aber ich spürte die Wut, die sie nur mühsam unterdrückte. Das war nicht die kluge, überlegte, toughe Fabienne gewesen, die ich kannte. Marie mochte zu schwach sein, um ihre Schuld zu tragen, sie musste sie wohl verdrängen. Aber Fabienne? Warum wies sie jede Verantwortung von sich? War sie mir tatsächlich einfach nur gefolgt? Waren all ihre Klarheit und Klugheit und Überlegenheit nur eine grandiose Täuschung gewesen?

Ich mochte es nicht glauben. Ich wollte die alte, scharfsinnige Fabienne wiederhaben. Die einzige Person auf der Welt, die ich als stärker empfand als mich selbst.

Für sie schien unser Gespräch beendet zu sein. Aber nicht für mich, ich gab die Hoffnung nicht auf, mit ihr reden zu können. Ich blies ihr den Rauch meiner Zigarette ins Gesicht, und sie zuckte zusammen. «Hast du noch mit Dorit gesprochen, in letzter Zeit?»

Sie antwortete mir nicht. Ich klopfte ihr leicht auf den Kopf, so wie wir das früher immer getan hatten. «Haaaallo! Jemand zu Hause? Hat sie dich nicht angerufen?»

Sie rückte ein Stück von mir ab und blickte mich genervt an. «Warum sollte sie?»

«Wegen meines Buchs! Mich hat sie angerufen. Und Marie hat auch mit ihr gesprochen.»

Ich erntete einen jener verächtlichen Blicke, mit dem Fabienne mich früher immer gestraft hatte, wenn ich etwas Unüberlegtes gesagt hatte. «Können wir mal über irgendetwas anderes reden?»

«Nein! Können wir nicht! Dorit ist tot, und ich will wissen, warum. Ich meine, vielleicht hockt da auf Wolffs Terrasse gerade ein Mörder rum! Vielleicht ist es sogar Mirko! Ich habe ihn getroffen, vor der Beerdigung. Er hat gesagt, er hätte sich um Dorit gekümmert.»

«Es ist völlig egal, ob es Mirko war oder ein anderer», bemerkte Fabienne trocken. «Du wirst sehen: Zum Schluss wendet sich doch alles nur gegen dich. Mit wem auch immer Dorit sich eingelassen hat – es war wegen dir. Mein Gott, siehst du das nicht? Du forcierst einen perfiden Plan. Du lässt Dorit mit den Folgen allein. Und obendrein schreibst du ein Buch, in dem du sie aus Verzweiflung über all das Selbstmord begehen lässt. Sie liest das Buch. Kurz danach begegnet sie jemandem. Einem Fremden. Einem Urlauber, einem Vertreter, was weiß ich. Irgendjemandem, der sich ein bisschen gekümmert hat, dem ihre Bedürftigkeit und ihr Asthma und all das Elend egal waren. Und dann ist das kleine Abenteuer aus dem Ruder gelaufen, warum auch immer. Sie hat nach Halt gesucht, verstehst du? Und ihre Haltlosigkeit … die ist deine Schuld. Um die kommst du nicht herum.»

Ich war fassungslos. «Fabienne! Das meinst du nicht im Ernst! Das ist … Das ist doch Schwachsinn!»

«Es ist kein Schwachsinn», bemerkte sie sachlich und stand auf. «Das ist Menschenkenntnis. So was lernt man in meinem Beruf. Dorit war zu schwach für dein Spielchen. Und jetzt spiel alleine weiter.»

Als sie in der Dunkelheit zwischen den Obstbäumen verschwand, versuchte ich nicht, sie aufzuhalten. Ich war nicht bereit, mich von dem Stachel, den sie in mich getrieben hatte, noch tiefer verwunden zu lassen. Ich würde ihn wieder rausziehen. Alleine. Ich würde mit Mirko reden und herausfinden, was wirklich los gewesen war mit Dorit. Dann würde ich noch einmal mit Christian sprechen. Morgen. In aller Ruhe. Und zum Schluss würde ich mir Fabienne noch einmal vornehmen.

Entschlossen stapfte ich zum Haus zurück. Die ganze Gesellschaft war noch da, außer Marie und Wolff. Auch Fabienne fehlte.

Der Sommertag hatte die Terrasse aufgeheizt, immer noch war es nicht wirklich frischer geworden. Man hatte sich auf Liegen und Stühlen verteilt, die Musik im Wohnzimmer war lauter gestellt geworden. Drinnen tanzten engumschlungen Peer und eine Frau, deren Namen ich schon wieder vergessen hatte. Mirko lehnte am offenen Küchentresen und betrachtete die beiden. Ich stellte mich neben ihn, schenkte mir ein Glas Sekt ein und leerte es zügig. Ich würde es brauchen. Mirko legte seinen Arm um meine Hüfte.

«Tanzen?», fragte er.

Ich war perplex von meiner Reaktion. Tatsächlich schoss mir Hitze in den Unterleib. Als seine Hand mich fester packte, riss ich mich zusammen.

«Erzähl mir von Dorit», forderte ich ihn auf und schob seine Hand weg. «Ich hab sie ewig nicht mehr gesehen.»

«Frauen!» Er schnaufte. «Untreue Hühner.»

«Aber immerhin warst du nicht untreu. Du hast dich um Dorit gekümmert, oder?»

Er grunzte widerwillig. «Sie hat mich gefragt. Wegen der Karten, die ich kriege. In meiner Position, verstehst du … für Konzerte, also klassische Konzerte. Nicht so mein Ding, aber Dorit fand das gut. Aber wir waren auch mal in Hamburg. *König der Löwen*. Kennst du das?»

«Ich wohne in Berlin, Mirko. Da gibt es massenweise Musicals. Ich hasse Musicals.»

«Zu wenig anspruchsvoll für dich, oder was?» Er wollte weiter über Musicals reden, über Berlin, über Frauen im Allgemeinen. Irgendwann hatte ich genug. «Dorit!», forderte ich ihn energisch auf. «Ich will wissen, was mit dir und Dorit war!»

Er stockte kurz, bevor sich seine Pranken überraschend schnell und schmerzhaft um meine Handgelenke schlossen.

«Du willst überhaupt nichts, Madame!», fuhr er mich mit zusammengebissenen Zähnen an und fixierte mich mit plötzlicher Feindseligkeit. «Ich war freundlich zu ihr, mehr nicht. Das war ein Deal auf Gegenseitigkeit. Alles klar?! Und jetzt zisch ab!»

Er ließ mich los und stieß mich dabei so grob von sich, dass ich fast hingefallen wäre. Dann wankte er auf die Terrasse hinaus.

Ich hatte genug. Eigentlich hatte ich zu viel getrunken, um noch Auto zu fahren, aber es war mir egal. Ich verabschiedete mich von niemandem. Auf der Fahrt zurück zum Hotel versuchte ich zu sortieren, was Mirko mir erzählt hatte. Aber es gelang mir nicht.

MARIE Wolff hatte den Arm um mich gelegt und führte mich zurück ins Haus. Es schien ihn nicht zu stören, dass fast alle uns mehr oder minder unverhohlen beobachteten: amüsiert oder sensationslüstern die einen, mit moralischer Entrüstung die anderen.

Ich versuchte die Blicke, die Wolff und mich streiften, zu ignorieren. Über was wunderten sich die Leute? Darüber, dass ich, die brave, unauffällige Marie von früher, hier so offensichtlich mit unserem ehemaligen Lehrer herummachte? Oder darüber, dass Wolff, der Frauenheld, sich mit mir «begnügte», anstatt sich wie damals an Hanna heranzumachen? Ich wusste ja selber nicht, wohin dieser seltsame Flirt führen sollte. Im Moment war ich nur froh, dem beklemmenden Zusammensein mit Hanna und Fabienne entronnen zu sein. Dabei hatte ich mich doch jahrelang danach gesehnt, mich mit den anderen auszusprechen, endlich offen über das reden zu können, was damals passiert war. Ich hatte mir vorgestellt, dass wir uns gegenseitig trösten würden, vielleicht sogar gemeinsam weinen konnten, um dann gestärkt und ein kleines Stück, ja, *geheilt* aus diesem Wiedersehen hervorzugehen. Wahrscheinlich war das naiv gewesen. Die letzten Stunden hatten mich eines Besseren belehrt: Nicht mal jetzt, nach Dorits Tod, ging es um Trost und Sühne, um Erklärungen und Verzeihen. O nein, stattdessen gab es Schuldzuweisungen und alberne Machtspiele, genau wie damals, jedenfalls zwischen Hanna und Fabienne. Und für mich war wieder einmal die Rolle des Publikums vorgesehen. Darauf konnte ich gut verzichten.

Ich lehnte mich an Wolffs Brust. Er roch nach Azzaro, einem Duft, den er schon damals verwendet hatte. Seltsam, dass ich mich noch daran erinnerte. Bis auf einen kleinen Bauchansatz schien er noch immer eine ziemlich gute Figur zu haben. Wenn er auch nicht mehr so groß war, wie ich ihn in Erinnerung hatte. Lag das daran, dass ich mich ihm jetzt ebenbürtig fühlte? Ich wischte den Gedanken rasch beiseite. Wieso dachte ich eigentlich immer «Wolff»? Und nie «Bernd»? Ich machte mir nichts vor: In unserem früheren Lehrer-Schülerin-Verhältnis lag natürlich der Reiz dieses seltsamen Flirts, der gerade gründlich ausuferte.

Wolff lächelte mich an. «Noch ein Glas Prosecco, Marie?»

Ich schüttelte heftig den Kopf. Lieber nicht. Nachher würde ich mich noch hier, in Wolffs Flur, vor noch mehr Publikum übergeben müssen. Aber eigentlich fühlte ich mich schon wieder ganz gut, wenn auch immer noch reichlich angeschickert. Oder brauchte ich dies als Rechtfertigung dafür, dass ich noch immer mit Wolff auf Tuchfühlung ging, anstatt mich schleunigst auf den Heimweg zu begeben? Egal. Ein bisschen Selbstbetrug war erlaubt. Heute jedenfalls, entschied ich.

Wolff hatte die Hand auf meinen Rücken gelegt und dirigierte mich Richtung Treppe. «Kennst du eigentlich mein Haus, Marie? Nach dem Auszug meiner Frau habe ich oben komplett umgebaut und mir ein kleines Atelier eingerichtet.»

Stimmt, eine Ehefrau hatte es ja damals auch gegeben! Aber bei Schulfeiern und ähnlichen Veranstaltungen war sie nie groß in Erscheinung getreten. Niemand hatte sie vermisst. Wolff wahrscheinlich am allerwenigsten.

«Du hast ein Atelier?»

Wolff nickte. «Ja, ich male schon seit einigen Jahren, Acryl und Aquarell. Willst du mal sehen?» Der Druck seiner Hand auf meinem Rücken verstärkte sich. Also gut, warum nicht? Ich ging die Treppe hinauf. Aus den Augenwinkeln sah ich Mirko aus dem Wohnzimmer kommen. Mit einem wissenden Grinsen verfolgte er unseren Abgang. Für einen Moment blieb ich unschlüssig stehen. Aber Wolff hatte sich an mir vorbeigeschoben und öffnete bereits die Tür zu seinem Atelier. «Kommst du, Marie?» Er zog mich ins Zimmer und schloss nachdrücklich die Tür. Dann deutete er auf die großformatige quadratische Leinwand, die auf einer Staffelei stand. «Schau, mein neuestes Werk!» Er lachte. «Es ist nichts Besonderes. Nur ein bisschen Gepinsel.» Er rückte die Staffelei ins Licht. «Gefällt es dir?» Der Ton seiner Frage machte nur allzu deutlich, dass er seine Malerei durchaus nicht nur für «Gepinsel» hielt. Ich starrte auf die halbnackten Frauenkörper vor einem Gewirr aus roten und schwarzen Flächen und überlegte verzweifelt, was ich Kluges oder Schmeichelhaftes dazu sagen könnte. «Also, es hat durchaus was», brachte ich schließlich hervor. «Die Farben gefallen mir und … äh …» Ich verstummte. Aber Wolffs Interesse an meinem künstlerischen Sachverstand war bereits erloschen. Er stand jetzt hinter mir, den einen Arm um meine Taille gelegt, während sich die Finger seiner anderen Hand langsam, aber zielstrebig höher tasteten. Ich rang nach Luft, überlegte für einen kurzen Moment, welchen BH ich heute trug. Hoffentlich nicht den praktischen hautfarbenen? Nein, Gott sei Dank, ich atmete hörbar auf.

«Schön, dass du dich entspannst, Marie!», flüsterte Wolff in mein Ohr, während er begann, meine Brustwarzen zu streicheln. Mit der anderen Hand presste er meinen Körper an seinen Unterleib. Durch den dünnen schwarzen Stoff meines Rocks (o nein, *Leas* Rock!!) spürte ich deutlich seine Erregung, und ich konnte nicht anders: Ich genoss es. Seltsamerweise verspürte ich keinerlei Skrupel. Thomas, Lea, unser Zuhause –

das alles schien unendlich weit weg zu sein. Was hier geschah, hatte mit meinem eigentlichen Leben nichts zu tun, hier ging es um Beerenbök und um früher. Und um Dorit. Mein Leben sollte nicht ereignislos vorbeiplätschern, so wie bei ihr. Musste man es nicht auskosten? Es konnte so furchtbar schnell vorbei sein …

Längst hatte Wolff meine Bluse aufgeknöpft, meinen BH geöffnet. Jetzt drehte er mich zu sich herum, und während er seinen Mund in meiner Halsbeuge vergrub und mich küsste, schob er mich zu einem Sofa, das mir vorher gar nicht aufgefallen war. Noch während wir eng umschlungen darauf zustolperten, fragte ich mich, wie viele Frauen vor mir bereits in den Genuss von Wolffs Malkunst gekommen und anschließend auf diesem Sofa gelandet waren. Egal, es war egal. Ich versuchte, das Gedankenkarussell in meinem Kopf abzustellen. Den Augenblick zu genießen. Ich war eine begehrenswerte Frau. Eine Frau, die ihre Leidenschaft zuließ, die sich nicht um Konventionen scherte, um das, was andere von ihr dachten. Jedenfalls für heute Nacht.

Wolff war geschickt und offensichtlich sehr erfahren. Die ganze Zeit, während wir uns liebten, wurde ich das Gefühl nicht los, dass die Liste meiner Vorgängerinnen recht lang war. Ob er mich mit ihnen verglich? Ich versuchte den Gedanken daran zu verdrängen und den Rausch, den ein anderer, ein fremder Körper in mir auslöste, zu genießen. Es war schon verrückt, wie Berührungen, die ich so oder ähnlich tausendmal zuvor mit Thomas erlebt hatte, mich plötzlich wieder erregten. Wolff ließ sich Zeit, und als ich zum Orgasmus kam, fühlte ich fast so etwas wie Stolz: Es war mir gelungen, den Sex zu genießen, nicht nur als billigen Triumph über Hanna und ihren Sexappeal von damals, sondern einfach so: als persönliche Erfahrung, als Abenteuer. Ich lauschte nach unten. Das Stimmengewirr war verstummt, nur die Musik lief noch. Miles Davis jetzt, Männermusik, anscheinend hatte irgendjemand den Endlosmodus eingestellt. Ich schaute auf die Uhr: halb drei. Waren die anderen einfach gegangen? Wahrscheinlich. Gut so. Ich verspürte keinerlei Lust, gleich beim Runterkommen dem bierselig grinsenden Mirko über den Weg zu laufen. Wolff neben mir atmete tief und gleichmäßig. War er etwa eingeschlafen? Ich hasste es, wenn Thomas direkt nach dem Sex einschlief. Die liebevolle Vertrautheit, die Gelöstheit danach genoss ich zumeist mehr als den Akt an sich. Nein, Wolff schlief nicht. Seine Fingerspitzen strichen zart über meine Hüfte. «Du hast die Figur eines jungen Mädchens, weißt du das?» Verdammt, er hatte wirklich eine aufregende Stimme, sonor und dunkel.

Ich lächelte geschmeichelt. «Wenn *du* das sagst …»

Er setzte sich auf. «Wie meinst du das?»

«Na ja, du hast den ständigen Vergleich, oder? Schließlich bist du den halben Tag von süßen Siebzehnjährigen umgeben.»

«Mag sein.» Er grinste schief. «Aber für die bin ich doch ein alter Sack …» Es klang wehmütig.

«So schlimm?»

Er zuckte die Achseln. «Ach, es ist, wie es ist, oder? Wir sind alle älter geworden. Aber dir sieht man die Jahre wirklich kaum an, Marie …» Er zog mich dichter an sich. Aber ich wollte jetzt nicht wieder von vorne anfangen, ich wollte reden. «Früher hast du mich kaum wahrgenommen. Da hattest du nur Augen für Hanna.» Ich konnte nicht verhindern, dass meine Stimme einen verletzten Unterton hatte. Himmel, wurde ich denn nie erwachsen?

Der Griff seiner Hand wurde fester. «Die Zeiten ändern sich, Marie. Und damals ging es nicht nur um Hanna. Ihr wart ein interessantes Quartett, ihr vier. Im Lehrerzimmer hat man sich immer wieder Gedanken darüber gemacht, was euch eigentlich zusammenhält. Verstanden hat es keiner so richtig.»

«Ich hab es ja selbst nicht verstanden», murmelte ich. Plötzlich fiel mir etwas ein: «Hast du eigentlich zu Dorit Kontakt gehabt in den letzten Jahren? – Ich meine, ihr müsst euch doch immer mal über den Weg gelaufen sein, hier in Beerenbök.»

Wolff zog den Arm, den er eben noch um meine Hüfte geschlungen hatte, zurück. «Klar haben wir uns mal gesehen. Sie hat mich sogar ein- oder zweimal hier besucht. Aber …» Er zögerte. «… eine Weile hatte ich das Gefühl, sie wollte etwas von mir. Und als ich nicht reagierte … Na ja, sie war irgendwie anstrengend.» Er lachte verlegen. «Sie wollte ständig wissen, ob ich auf meine Schülerinnen stehe, immer wieder fing sie damit an. Irgendwie schien sie zu glauben, dass quasi alle Männer auf Minderjährige abfahren. Davon war sie nicht abzubringen. Ich fand das fast ein bisschen … gestört.» Wolff fuhr sich durch die Haare. «Ehrlich gesagt, hab ich sowieso nie verstanden, warum sie hierher zurückgekommen ist. Oder besser gesagt: warum sie geblieben ist. Im Grunde hat sie doch ihr ganzes Leben ihrer Mutter geopfert.» Er sah mich aufmerksam an. «Dabei hatte ich früher nie das Gefühl, dass Dorit der Typ ist, der sich für andere aufopfert. Seltsam, oder?»

Ich wich seinem Blick aus. Ich hätte Bernd Wolff mühelos erklären können, was Dorit dazu veranlasst hatte, sich «aufzuopfern». Es gab ein sehr einfaches, kurzes Wort dafür: Schuld.

Aber natürlich schwieg ich. Und als er nach einer Weile erneut begann, seine Hände über meinen Körper wandern zu lassen, gab ich nach.

Es war schon fast Morgen, als ich erwachte. Wolff neben mir schlief tief und fest. Gut so, ich hatte nicht vor, ihn zu wecken. Leise stand ich auf und schlüpfte in meine Sachen, die überall im Zimmer verstreut lagen. Meine Handtasche hatte ich schon an der Tür verloren. Als ich mich danach bückte, entdeckte ich die Bilder. Drei oder vier kleine Leinwände, sie lehnten an der Wand hinter der Tür, von einem Tuch verdeckt. Irgendetwas veranlasste mich, sie näher zu betrachten. Ich zog das Tuch beiseite. Und erschrak.

FABIENNE Ich gehöre zu den Menschen, die auch noch mit Anfang vierzig mühelos eine Nacht durchmachen können. Es ist ganz einfach eine Frage des Willens: Wenn man nicht müde sein möchte, dann ist man es auch nicht. Wenn man jung ist, gehört es quasi zum guten Ton, die Nächte ohne Schlaf zu verbringen und stattdessen mit der besten Freundin zu quatschen, obskure Partys zu feiern oder mit jemandem in verschwitzten, zerwühlten Laken Sex zu haben, bis der Morgen graut. Mit Hanna hatte ich einmal von sieben Uhr abends bis zum ersten Hahnenschrei – den es in Beerenbök tatsächlich gab – auf ihrem Bett gesessen und geredet. Über Gott und die Welt und unsere Zukunft, ich weiß nicht mehr genau, über was. Ich kann mich nur an den Schwindel in meinem Kopf und an meinen flauen Magen erinnern und an diese unglaubliche Beschwingtheit, das Gefühl, die Welt aus den Angeln heben zu können.

Mittlerweile bestehen für mich solche schlaflosen Nächte eher aus Arbeit, was nicht minder befriedigend ist. Wenn ich am Computer sitze, kann ich die Zeit vergessen. Das konzentrierte Schreiben von Predigten, Kommentaren, Artikeln oder Skripten für meine neue Sendung erfüllt mich mit höchster Zufriedenheit.

Nachdem ich die Party bei Wolff verlassen hatte, war mir klar, dass ich nicht würde schlafen können. Die Begegnung mit Hanna – oder treffender ausgedrückt: unser Streit – hatte mich aufgewühlt. Ihre Egozentrik war mir unter die Haut gegangen und ließ mir keine Ruhe. Aber auch Maries unmögliches Verhalten machte mich nervös. Ich ahnte, mit welchen Selbstvorwürfen sie sich nach dieser Nacht herumschlagen würde, und sie tat mir leid. Ich hätte besser auf sie aufpassen sollen. Auf dem Weg durch die Sommernacht zu Tante Hiltruds Haus formulierte ich in Gedanken ein paar tröstende Worte, mit denen ich Marie vielleicht ein wenig Seelenfrieden spenden konnte. Ich fand es nicht verwerflich, dass sie mit Wolff ins Bett gegangen war. Nein, nichts Menschliches ist mir fremd. Ich hoffte nur, dass sie ihre Familie damit nicht gefährdet hatte.

Der Morgen hatte den Himmel schon in ein zartrosa Licht getaucht, die Vögel zwitscherten so laut, dass sie fast an südliche Zikaden erinnerten, und die Luft war so wunderbar mild, dass es eine Sünde gewesen wäre, sich jetzt noch in dem muffigen, überhitzten Zimmer meines Cousins zu verkriechen. In Tante Hiltruds Vorgarten stand ihr Fahrrad. Es war nicht abgeschlossen. In Beerenbök mochten zwar irritierende Dinge geschehen, aber Fahrraddiebstahl gehörte nach wie vor nicht zu den Verbrechen, die das Dörfchen beunruhigten. Ich nahm das Rad, schob es aus dem Garten und schwang mich auf den Sattel.

Ich mache mir selten etwas vor – auch das ist eine der Eigenschaften, die zu einem selbstbewussten, selbstbestimmten Leben führen. Und so redete ich mir auch nicht ein, dass es der Zufall war, der mich auf meiner Fahrt durch das stille Dorf und hinaus in die erwachende Natur ausgerechnet zum Lupiner See führte. Ich wollte zu unserem See, zu dem Ort, an dem wir in jenem Sommer so oft gewesen waren. Hanna, Marie, Dorit und ich. Der See, der Dorit zum Verhängnis geworden war. Ich wollte den Ort ihres Todes noch einmal sehen, wollte ein stilles Gebet für sie sprechen und dann dieses Kapitel meines Lebens für immer schließen. Ich würde für Dorits Seele beten, zu Tante Hiltrud zurückradeln und dann Mirko aufsuchen, um nach meinem Auto zu fragen. Ich würde nach Hause fahren, zurück in mein geordnetes Leben. Mein Bedürfnis, Hanna noch einmal wiederzusehen, tendierte gegen null. Sie war nicht gut für mich. Im Grunde hatte ich das bereits damals gewusst, auch wenn ich nicht imstande gewesen war, konsequent zu handeln. Heute mangelte es mir nicht mehr an Konsequenz. Ich tat, was getan werden musste. Selbst dann, wenn es schmerzte.

Als ich das Rad meiner Tante den Waldweg zum See hinunterschob, sah ich, dass es schon einen morgendlichen Besucher gab. Am Rande des blaugrauen Wassers stand ein Mann, die Hände in die Seiten gestützt, und schaute konzentriert zu der kleinen Insel hinüber.

Für einen Moment verspürte ich Unmut. Ich werde nicht gerne in meinen Vorhaben gestört. Und als ich erkannte, dass es Christian war, wallte geradezu Wut in mir auf. Ich hörte Hannas Worte: «Er hat eine ganze Menge gesagt. Warum fragst du ihn nicht selbst?» Ich dachte an ihr spöttisches Lächeln, ihre arrogante Miene, mit der sie jede Schuld an Dorits Tod von sich wies, weil die Polizei einen Selbstmord ausschloss.

Ich atmete tief durch. Die Luft roch nach Sommer, aber sie hatte auch etwas Modriges. Wahrscheinlich hatte die Hitze und der mangelnde Regen den See trübe gemacht und sein Wasser umkippen lassen.

Nun gut, dann würde ich also mit Christian reden und mir anhören, was er zu Hannas Entlastung vorzubringen hatte. Es konnte nichts Gravierendes auf Mord hindeuten, sonst wäre längst die Kriminalpolizei aufgetaucht. Irgendein Profi, der sich besser aufs Spurenlesen verstand als Beerenböks Dorfpolizist.

«Guten Morgen, Christian!» Ich versuchte, weder allzu aufgeräumt und fröhlich zu klingen noch zu defensiv.

Er drehte sich um, und auf seinem hübschen, nichtssagendem Gesicht spiegelte sich Erstaunen. «Frau Pastorin? Fabienne, was machst du denn hier?» Er kam ein paar Schritte auf mich zu.

Ich lächelte. «Wahrscheinlich das Gleiche wie du. Ich wollte den Ort sehen, an dem Dorit zu Tode gekommen ist.» Mein Blick ging hinaus über das Wasser, das glatt und reglos in der Morgensonne lag. «Und ich wollte ein Gebet für sie sprechen.»

Christian schaute verlegen zu Boden. «Wenn ich dich störe …»

«Nein, nein», erwiderte ich. «Bleib nur. Meine Gedanken sind bei Dorit, dafür muss ich nicht alleine sein.»

Christian blieb stumm neben mir stehen, und wir schauten gemeinsam zur Insel hinüber.

«Sie war ein hübsches Mädchen», sagte er schließlich. «Ich kann mich nicht mehr genau an sie in der Schulzeit erinnern. Aber ich habe das Foto gesehen, das Bild von euch vieren, damals. Ihr wart alle vier schön, jede auf ihre Weise.»

«Ja», antwortete ich, «jede auf ihre Weise.»

«Und sie war eine gute Schwimmerin.»

Ich wartete, und er redete weiter. «Ich verstehe einfach nicht, warum sie ertrunken ist. Aber es muss eine Erklärung geben.»

«Hanna sagt, du glaubst nicht an Selbstmord?»

Er schüttelte den Kopf. «Es hat keinen Abschiedsbrief gegeben, keine Andeutung, keine Warnung, nichts.»

«Aber ist das nicht öfter der Fall? Ich habe schon einige Menschen stützen müssen, die dem Freitod ihrer Liebsten völlig überrascht und hilflos gegenüberstanden.»

Christian legte seine Windjacke auf den Boden, setzte sich und nickte mir auffordernd zu. Als ich mich neben ihm niederließ, seufzte er. «Da hast du recht. Es ist für die Hinterbliebenen immer schwer nachzuvollziehen, was einen Menschen in den Tod getrieben hat.»

Auch ich musste seufzen. «Nun, Dorits Leben war sicher kein einfaches …»

«Sicher, nach allem, was ich weiß.»

Eine Weile schwiegen wir wieder, dann sprach Christian weiter: «Aber man kann nicht einfach ertrinken, nur weil man es will, selbst wenn man so tief wie möglich unter Wasser taucht. Der Lebenswille ist stärker, er bringt den Menschen zwangsläufig dazu, wieder aufzutauchen, Luft zu holen.»

Ich schloss für einen Moment die Augen und sah Dorits blasses Gesicht vor mir, auf dem sich immer hektische rote Flecken bildeten, wenn sie sich aufregte. Dorit, die einen weitaus stärkeren Willen hatte, als man ihr zutrauen mochte. Als ich die Augen wieder öffnete, lag Christians Blick auf mir.

«Ja, der Lebenswille …», sagte ich, «der ist manchmal geschwächt, wenn das Dasein uns zu sehr drückt.»

Immer noch schaute Christian mich an, als erwarte er von mir eine profunde, professionelle Antwort. «Glaubst du wirklich, dass das eigene Leben jemanden so sehr belasten kann, dass es den Menschen buchstäblich nach unten zieht? Dass man dann wirklich ertrinken kann, auch als gute Schwimmerin?»

Ich zuckte die Schultern. «Das weiß ich nicht. Ich meinte das eher metaphysisch.»

Eine Entenfamilie zog am Ufer entlang und hinterließ eine dunkle Spur im Wasser.

«Aber da ist noch etwas, das nicht zu Selbstmord passt», sagte Christian. «Dorits Auto war nicht da und auch kein Fahrrad.»

Ich schaute ihn fragend an. «Und?»

«Wie ist sie zum See gekommen? Sie wird doch die weite Strecke nicht zu Fuß gegangen sein.»

«Hmm … Vielleicht ist sie doch mit dem Rad gefahren, und jemand hat es mitgenommen, wenn es nicht abgeschlossen war. So etwas kommt vor.»

«Aber ihr Rad steht zu Hause im Schuppen. Das habe ich überprüft, und ihr Auto parkt in der Garage.»

«Tja, das ist allerdings seltsam.» Ich überlegte. «Weißt du», sagte ich, «kann das nicht ein Indiz für Selbstmord sein? Viele Menschen wollen eine gewisse Ordnung hinterlassen, wenn sie aus dem Leben scheiden, das kenne ich gut. Und Dorit war sehr ordentlich, geradezu pedantisch. Vielleicht ist sie zu Fuß gegangen, weil sie wusste, dass ihr Auto sonst am See stehen bleiben würde.»

«Vielleicht …» Christian klang nicht überzeugt.

«Im Angesicht des Todes tun die Menschen die merkwürdigsten Dinge.»

«Ich weiß.» Christian nahm ein paar Steinchen in die Hand und warf sie eins nach dem anderen ins Wasser. «Ich habe Hannas Buch gelesen», sagte er unvermittelt. «Deshalb habe ich nicht geschlafen. Ich habe es in einem Rutsch verschlungen.»

Ich lachte. «Fandest du es so gut?»

Christian erwiderte mein Lachen. «Ich fand es sehr interessant.»

«Es ist eigentlich mehr so ein Schmöker für Frauen, denke ich.»

«Da hast du recht. Aber der Klappentext hat mich angesprochen. Vier Freundinnen, die ihre Sommerferien an einem See vertrödeln, die sich langweilen … Unwillkürlich kam mir das Bild von euch vieren in den Sinn.» Er lachte noch einmal fast entschuldigend. «Ich finde, da gibt es gewisse Parallelen, oder nicht?»

«Sicher. Hanna wurde natürlich durch ihre Jugendzeit inspiriert. Aber diese Geschichte mit den getürkten Fotos … die ist doch eher typisch für einen reißerischen Roman als für das wirkliche Leben.»

Christian sagte nichts, und in der Stille dieses Morgens hörte ich, wie heftig mein Herz klopfte. Hanna! Natürlich hatte sie ihren verdammten Roman viel zu dicht an der Wirklichkeit geschrieben. Man musste kein Polizist sein, um eins und eins zusammenzuzählen. Auch wenn kaum jemand etwas von der Geschichte damals wusste, würde es Gerüchte geben. Das hätte sie doch wissen müssen!

Ich spürte auf einmal meine Müdigkeit und rieb mir die

Schläfen. Wer wusste eigentlich alles von der Sache mit den Fotos außer Hanna, Marie und mir? Gab es jemanden, der Christian gegenüber Andeutungen gemacht haben konnte? Spielte er nur den Ahnungslosen? Ich war mir sicher, dass Dorit niemandem davon erzählt hatte, dafür hatte sie ein viel zu schlechtes Gewissen gehabt. Und ihre Mutter? Es hieß, dass sie durch den Unfall einen Ausfall ihres Gedächtnisses erlitten hatte und sich an die Zeit direkt davor nicht erinnern konnte. Stimmte das immer noch?

Und was war mit Arne, dem damaligen Geliebten von Dorits Mutter? Tante Hiltrud hatte mir irgendwann einmal erzählt, dass er bereits wenige Wochen nach dem Unfall seine Sachen gepackt hatte und weggezogen war. «Männer halten so was nicht aus», hatte sie geseufzt, «die können mit so einem Schicksalsschlag nicht umgehen. Der hat sich aus dem Staub gemacht, nachdem sich seine schöne Geliebte in ein bedauernswertes Ding verwandelt hat.» Dieser Arne hatte sicher auch nicht gerade ein gutes Gewissen. Vielleicht hatte er es vorgezogen, den Mantel des Schweigens über diese Episode seines Lebens zu breiten. Was sicher klug gewesen war. Man weiß ja, dass bei diesen Sexgeschichten immer etwas hängenbleibt, was den Ruf beschädigt. Ja, Arne hatte geschwiegen, sonst wäre unser Geheimnis nicht all die Jahre so sicher verborgen geblieben.

Es war eindeutig: Wenn Hanna nicht dieses Buch geschrieben hätte, wäre der Stein nicht ins Rollen gekommen. Hanna war schuld, niemand anderes als Hanna! Dorit hatte das genauso gesehen, auch wenn sie ihr auf eine märtyrerhafte Weise geradezu dankbar gewesen war. Dankbar, dass das Schweigen endlich gebrochen wurde. Wieso hatte sie nicht verstanden, dass Geschehenes nicht plötzlich ungeschehen ist, nur weil man sein Gewissen erleichtert?

Ich stand auf. «Es tut mir leid. Aber ich bin todmüde. Ich muss mich unbedingt noch ein wenig hinlegen.»

«Selbstverständlich.» Christian half mir, das Rad den Hang hochzuschieben, und holte sein eigenes, das im Gras gelegen hatte. Doch dann lehnte er es an einen Baum. «Ich bleibe noch ein bisschen», sagte er. «Ich will noch mal über die ganze Geschichte nachdenken. Vielleicht hätte ich doch eine offizielle Ermittlung beantragen sollen …»

«Eine offizielle Ermittlung?» Ich sah ihn an, doch er schaute unverwandt zur Insel, die im Morgennebel über dem Wasser zu schweben schien. «Da ist noch das Ruderboot», sagte er, als spräche er mit sich selbst.

«Was ist mit dem Boot?»

«Es trieb auf dem See.»

«Ja? Ist das von Bedeutung?»

Christian zuckte mit den Schultern. «Vielleicht.»

«Dorit wird zur Insel gerudert sein. Das haben wir früher oft gemacht.»

«Ja, sie war eindeutig auf der Insel. Wir haben ihre Schuhe dort gefunden, ihre Sandalen. Und ein Loch, das sie gegraben haben muss. Sie hatte schmutzige Fingernägel.»

«Ein Loch? Wie ein Grab?»

«Nein, nein, es war nicht besonders groß. Ich habe nicht die geringste Idee, warum sie mitten auf dem Inselchen ein Loch gegraben hat.» Er ließ seinen Blick über die Sträucher und den Waldweg streifen. «Wenn es nicht diesen heftigen Sommerregen gegeben hätte, an dem Wochenende, dann würde man womöglich noch mehr Spuren finden können.»

«Was für Spuren?»

«Fußspuren, auf der Insel und auch hier. Oder von Autoreifen. Irgendetwas, aus dem man schließen könnte, dass Dorit nicht alleine war.»

«Aber es hat geregnet?» Ich lächelte bedauernd. «In Hamburg ist seit vier Wochen kein Tropfen runtergekommen.»

Christian drehte sich zu mir. «Du wohnst in Hamburg», stellte er fest. Dann gab er mir die Hand. «Vielleicht sehen wir uns noch, bevor du zurückfährst? Du bist doch mit Hanna und Marie zum Frühstück verabredet, oder?» Er sah mich fragend an.

«In Beerenbök bleibt offenbar nichts verborgen», antwortete ich lächelnd. «Apropos: Was ist eigentlich mit diesem mysteriösen Fremden, von dem meine Tante mir erzählt hat? Der, der Dorit gefunden hat.»

Jetzt stieß Christian die Luft durch die Nase aus. «Tja, auch das ist Beerenbök … Für einige war der Mann quasi schon überführt, nur weil er nicht von hier war.» Er schüttelte den Kopf. «Aber der hatte nichts damit zu tun. Er war mit seiner Frau und seinen drei Kindern unterwegs und hatte ein bombensicheres Alibi.» Christian lächelte ebenfalls.

«Ja», sagte ich, «Beerenbök …»

Als ich auf meinem Rad Richtung Dorf fuhr, spürte ich, wie mir die Kiefermuskeln schmerzten. Ich versuchte sie zu lockern und legte all meine Kraft in das Treten der Pedale. Die Wut auf Hanna trieb mich an. Nun gut, ich würde zu diesem letzten Treffen gehen, schon allein wegen Marie. Aber vorher würde ich mich noch kurz hinlegen. Auch wenn ich nicht schlafen konnte – ich musste versuchen, meine Wut in den Griff zu bekommen. Ich durfte mich nicht gehenlassen, nicht Hanna gegenüber.

HANNA Ich war genervt gewesen, weil Marie unser Treffen so früh angesetzt hatte, aber sie war gestern zu schnell verschwunden, um das auszudiskutieren. Ich hatte mir den Wecker auf neun Uhr gestellt, um pünktlich um zehn im Café Waldhorn zu sein. Es lag auf halber Strecke zwischen Beerenbök und Malente, also nur ein paar Autominuten entfernt. Mein Schädel dröhnte, als ich um halb acht die Augen aufschlug. Ich war hellwach. Ich hatte von Mirko geträumt. Dorit war tot. Sie lag nackt auf dem Bett, Fabienne und ich standen in der Tür. Mirko öffnete seinen Gürtel, während er uns zunickte.

«Nur ein Geist!», lächelte er beschwichtigend. «Ein Deal auf Gegenseitigkeit mit einem Geist!»

Die Situation war so schrecklich real, dass das Bild mich gefangen hielt, bis ich mich endlich mit einem Ruck aufrichtete und ins Badezimmer stürzte. Ich musste dringend mit Christian reden. Es blieb noch Zeit genug, um das vor dem Treffen mit Marie und Fabienne zu tun. Ich musste ihm erzählen, was Mirko gesagt hatte und wie wütend er geworden war, als ich ihn nach Dorit gefragt hatte.

An der Rezeption verlängerte ich um eine weitere Nacht. Ich hatte nichts Dringendes vor und wollte nicht nach Hause fahren, bevor ich nicht zumindest etwas mehr Klarheit über Dorits mysteriösen Tod hatte. Als ich vors Hotel trat, lag bereits eine Ahnung von Sommerhitze in der Luft. Der Ort war trotz der frühen Stunde bevölkert von müßigen Rentnerpaaren in zweckmäßiger Kleidung und müde aussehenden jungen Eltern mit aufgekratzten Kleinkindern. Wieder einmal wusste ich, warum ich nie Mutter geworden war. Ich beschloss, einen schnellen Abstecher nach Beerenbök zu machen, um irgendjemanden aufzutreiben, der mir sagen konnte, wo Christian zu finden war. Aber ich musste nicht bis nach Beerenbök fahren. Kurz vor dem Dorf, am Rande eines Feldweges, entdeckte ich ihn. Er stand neben seinem Fahrrad, blinzelte in die Sonne und machte offensichtlich eine kleine Frühstückspause. Ich bremste scharf, bog ab und hielt direkt neben ihm. Während ich ausstieg, drohte er mir freundlich mit dem Zeigefinger.

«Du hast nicht geblinkt!» Er hatte eine Thermoskanne dabei und bot mir Kaffee aus einem Plastikbecher an. Wir plauderten ein wenig, bis ich zum Punkt kam. Er nickte bedächtig, während ich von Mirko berichtete.

«Ja», meinte er schließlich. «Irgendetwas war da wohl zwischen den beiden. Aber Mirko ist verheiratet. Es ist klar, dass er nicht unnötig drüber reden will.»

«Aber du kannst ihn doch verhören und es rausbekommen, oder?»

Christian schüttelte den Kopf. «Verhören kann ich im Moment überhaupt niemanden. Ich kann Fragen stellen und auf Antworten hoffen. Erst wenn ich einen begründeten Verdacht habe, kann ich offiziell ermitteln.»

Ich war enttäuscht. Und erschrocken, als er unvermittelt das Thema wechselte. «Ich hab dein Buch gelesen», sagte er. «Heute Nacht. Gut geschrieben. Und sehr interessant.»

Ich rang mir ein Lächeln ab. «Danke.»

«Manchmal liegen Spuren ja weit zurück», meinte er und sah mich dabei prüfend an.

«Ja?», fragte ich hilflos. «Ist das so?»

Christian zeigte ins Nirgendwo. «Ich hab Fabienne getroffen. Vorhin, am See. Sie ist ja hundertprozentig davon überzeugt, dass es Selbstmord war. Sie hat sich allerdings sehr …

allgemein ausgedrückt. Hmm …» Er schien nachzudenken, dann sagte er: «Hatten Fabienne und Dorit eigentlich Kontakt in den letzten Jahren? Immerhin lebt Fabiennes Tante ja noch im Dorf.»

«Ich weiß es nicht. Fabienne und ich haben uns gestern seit der Schulzeit zum ersten Mal wiedergesehen. Wir haben überhaupt noch nicht richtig miteinander gesprochen.»

Wieder nickte er bedächtig. «Schade eigentlich. Wo ihr damals doch so eng befreundet wart.»

Ich fühlte mich zunehmend unwohl. «Vielleicht solltest du doch noch mal bei Mirko nachhaken», schlug ich vor.

«Sicher. Das mach ich», versicherte er mir freundlich. «Und wenn dir noch was anderes auffällt … bestimmt sprecht ihr gleich beim Frühstück ja über alles.»

Ich fragte nicht, woher er von unserem gemeinsamen Frühstück wusste.

Als ich ins Auto stieg, überfiel es mich blitzartig. Da war noch etwas, was seit gestern an mir nagte. Etwas, das Fabienne bei unserem Streit nebenbei erwähnt hatte. Über Dorit. Ich kurbelte die Scheibe runter. «Hast du eigentlich mal mit Dorits Arzt gesprochen?», fragte ich Christian durchs offene Fenster.

«Klar.»

«Und?»

«Schweigepflicht. Du verstehst.»

Ich nickte enttäuscht.

«Wieso fragst du?»

«Ach … Ich hab gehört, dass sie neuerdings Asthma gehabt hatte. Hatte sie früher ja nicht.»

Er musterte mich. «Asthma. Hmm. Ja, das hatte sie wohl. Das haben viele Menschen …»

«Und weiß man denn, ob …»

Christian unterbrach mich. «Sorry, Schweigepflicht.» Dann klopfte er kurz aufs Autodach. «Also dann, vielleicht bis bald.»

Ich sah ihm nach, wie er die Straße hinunterradelte, dann gab ich Gas.

Das Café Waldhorn war nichts Besonderes, ganz im Gegenteil. Es lag am Rand eines Wäldchens und gehörte zu jenen hässlich möblierten Provinzgaststätten, die einen selbst dann melancholisch stimmten, wenn man eigentlich guter Dinge war.

Marie saß bereits auf der Terrasse. Ich registrierte mit Genugtuung, dass sie zerknittert aussah.

«Warum ausgerechnet hier?», fragte ich sie vorwurfsvoll.

«Weil es ruhig und leer ist», erwiderte sie entschuldigend. Sie hatte recht, außer uns saßen nur noch zwei ältere Ehepaare draußen.

«Vor allem», ergänzte sie müde lächelnd, «ist es nicht bei meiner Mutter.»

Letzteres war definitiv der beste Grund, sich sonst wo zu treffen. Das war damals schon so gewesen. Ich erinnerte Maries Mutter als eine unglaublich nervtötende und aufdringliche Person. Wenn wir uns früher, was selten genug geschah, bei Marie trafen, befragte sie uns intensiv nach Eltern, Schule, Freunden. Aber nie schien sie wirklich interessiert, sondern immer nur neugierig, sensationslüstern. Noch nachdrücklicher war mir ihre Art im Gedächtnis geblieben, Marie in deren Beisein schlecht dastehen zu lassen. «Du bist ja so klug, Fabienne, deine Eltern sind bestimmt sehr stolz auf dich», sagte sie beispielsweise. «Marie braucht ja für alles immer etwas länger, da ist sie auch ganz anders als ihre Schwester.»

Die Kellnerin kam und nahm unsere Bestellung auf. Wir

waren beide hungrig und entschieden, auch ohne Fabienne anzufangen. Mir war es recht, dass sie noch nicht da war. Auch wenn Marie mich weiter für die Schuldige hielt – sie war die Einzige, mit der ich über Fabiennes sonderbares Verhalten sprechen konnte.

Ich berichtete Marie von meinem Gespräch mit Christian und dass ihm aufgefallen war, wie sehr Fabienne auf Dorits Selbstmord beharrte. «Das ist doch schräg, dass sie sich so verhält.»

«Fabienne verhält sich immer schräg», stellte Marie fest. Ganz augenscheinlich war auch sie nicht daran interessiert, Dorits Tod aufzuklären. Ich und mein Buch trugen die Schuld, das war für Marie eine saubere Sache – so sauber wie ihre perfekt gebügelte, strahlend weiße Bluse. Weiße-Blusen-Frauen sind nicht bereit, einmal gefasste Meinungen zu ändern oder überhaupt einmal um die Ecke zu denken. Außer, es ist Alkohol im Spiel.

Wie aufs Stichwort senkte Marie jetzt den Blick und holte hörbar Luft. «Ich hab gestern Abend wohl ein bisschen viel getrunken … Ich weiß auch nicht … Das war …»

Sie wand sich und war offensichtlich hin- und hergerissen, ob sie mir nun etwas erzählen sollte oder nicht. Ich hätte nichts gegen ein paar schöne Details über ihre Nacht mit Wolff gehabt. Aber schließlich biss sie sich auf die Unterlippe und straffte die Schultern. «Egal», sagte sie.

In diesem Moment brachte die Kellnerin das Frühstück. Verblüffenderweise war es großartig. Knusprige Brötchen, frisch gepresster Orangensaft, sagenhafter Ziegenkäse und ein phantastischer Kaffee. Während wir uns aufs Essen konzentrierten, machte ich noch einen Anlauf.

«Ich hab Fabienne gefragt, ob sie vor Dorits Tod noch mit ihr gesprochen hat», sagte ich.

«Und?»

«Sie ist mir ausgewichen. Hat schnell das Thema gewechselt. Ich meine – was soll diese Geheimnistuerei? Dich hat Dorit doch auch angerufen, oder?»

Marie schüttelte den Kopf. «*Ich* habe Dorit angerufen. Aber …» Sie stützte den Kopf in die Hand und überlegte. «Doch, so war das: Dorit hat mir gesagt, dass sie unbedingt auch mit Fabienne sprechen will. ‹Fabienne wird wissen, was das Richtige ist›, hat sie gesagt.»

«Na also! Warum erzählt Fabienne uns nichts davon?»

Marie zuckte hilflos die Schultern. «Keine Ahnung. Vielleicht hat sie es … vergessen? Ich meine, sie hat bestimmt irre viel um die Ohren wegen ihrer TV-Show.»

«Quatsch! So einen Anruf vergisst man doch nicht! Das letzte Telefonat vor dem Tod? Nein, Fabienne ist klug. Sie lügt.»

«Sie lügt ja nicht direkt», wandte Marie ein. «Sie sagt nur nichts. Vielleicht … vielleicht darf sie nichts sagen. Pastoren haben doch auch eine Schweigepflicht, oder?»

«Das ist doch albern! Hör mal, sie hat gewusst, dass Dorit Asthma hatte. Hast du das gewusst?»

«Asthma? Das hatte sie dann aber noch nicht lange. Im Dorf hat das jedenfalls niemand gewusst. Sonst hätte meine Mutter mir das schon längst berichtet.»

Ich nickte. «Genau. Dorit muss es Fabienne also wohl selbst erzählt haben. Am Telefon. Soll sie uns doch zumindest mal sagen, ob und wann sie mit ihr gesprochen hat.»

Marie nickte. «Richtig.»

«Red du mit ihr», beschwor ich sie. «Mir sagt sie nichts.

Aber du kannst sie knacken. Wenn sie nachher kommt, dann verzieh ich mich mal für eine Weile. Ich lasse mich von meiner Agentin anrufen, irgendwas Wichtiges. Okay?»

Marie stöhnte auf. «Ich weiß nicht …»

«Doch.» Ich legte ihr die Hand auf den Arm und sah ihr fest in die Augen. «Du machst das. Du kannst das.»

Abrupt erhob sie sich. «Ich muss zur Toilette.»

«Und ich bestell uns einen Sekt. Zum Lockerwerden.»

Als Marie verschwunden war, rief ich meine Agentin an und bat sie, mich in einer Viertelstunde zurückzurufen.

«Ich will nicht mit dir reden, ich brauche nur einen Fake-Anruf.»

Sie kicherte. «Verstehe. Du steckst in einem fremden Bett fest. Richtig?»

«Richtig!», log ich. «Dank dir!»

Wenige Minuten später betrat Fabienne das Café.

MARIE Wie lange hielt ich mich eigentlich schon in diesem hässlichen, dunklen Waschraum auf? Fünf Minuten? Oder waren es schon zehn?

Egal, ich konnte mich nicht entschließen, an den Tisch zurückzukehren. Hannas Detektivspielerei machte mich ganz verrückt! Anstatt endlich mal in Ruhe die Geschehnisse von damals zu reflektieren oder uns einfach über die vergangenen fünfundzwanzig Jahre auszutauschen, initiierte Hanna hier plötzlich *Die drei Fragezeichen* und präsentierte mir einen Verdächtigen nach dem anderen. Nur damit sie selbst keine

Schuld traf. Damit sie endlich komplett verdrängen konnte, dass ihr Buch der Auslöser für Dorits Tod gewesen war. In welcher Form auch immer.

Auch wenn ich auf dem Weg hierher noch ernsthaft erwogen hatte, Hanna und Fabienne von meinen seltsamen nächtlichen Entdeckungen bei Wolff zu erzählen, schob ich diesen Gedanken jetzt weit von mir. Sicher steckte sowieso nicht das Geringste dahinter! Obgleich ich zugeben musste, dass mich das, was ich dort gesehen hatte, zutiefst beunruhigte. Es hatte einen Schatten auf diese Nacht geworfen. Und einen schalen Nachgeschmack hinterlassen, den ich nicht wieder loswurde. Keinesfalls durfte ich Hanna davon erzählen! Sie würde das Ganze sofort unnötig aufbauschen und ein Riesentrara darum machen. O nein, das wollte ich Wolff nicht antun. Und mir selbst schon gar nicht. Dann hörte ich mir lieber weiter Hannas versponnene Verschwörungstheorien an.

Zugegeben, Mirko war ein unangenehmer Typ. Ich konnte mir ebenso wenig wie Hanna vorstellen, was Dorit und ihn verbunden haben sollte, außer einer doppelten Portion Langeweile und Dorffrust. Aber Mirko als Dorits Mörder? Das passte nun wirklich nicht ins Bild! Es klang absurd, aber ich glaubte schlicht, ein Mord – aus welchen Gründen auch immer – wäre Mirko viel zu anstrengend gewesen. Allein das Verwischen der Spuren hätte ihn doch schon ins Schwitzen gebracht!

Und Hannas Misstrauen gegenüber Fabienne machte meines Erachtens genauso wenig Sinn. Gewiss, es war seltsam, dass Fabienne nicht mit uns über Dorits Anruf reden wollte – wenn er denn wirklich stattgefunden hatte. Aber sie würde ihre Gründe dafür haben, welche auch immer. In Fabiennes Gedankenwelt konnte man sich doch nie vollkommen einfühlen, schon früher nicht. Damals hatte ich Fabienne bewundert, aber wirklich verstanden – bis ins Innerste – hatte ich sie nie. Mir war nicht einmal klar, warum Fabienne so bereitwillig mitgemacht hatte, als es damals darum gegangen war, Arne aus dem Bett von Dorits Mutter zu vertreiben.

Fabiennes Fotos waren unglaublich gewesen! Arne und ich wirkten wie ein Liebespaar, völlig verzückt, ineinander versunken. Dabei war die Situation damals am See keinen Hauch erotisch gewesen. Arne hatte nach dem Joggen nach Schweiß gerochen und mich ziemlich unwirsch gefragt, warum ich in diesem «Hemdchen», wie er es nannte, laufen ging, anstatt vernünftige Klamotten zu tragen. Ich hatte das Gefühl gehabt, dass er mich am liebsten einfach meinem Schicksal überlassen hätte, um seine Runde um den See fortzusetzen. Aber das traute er sich natürlich nicht, schließlich war ich die beste Freundin der Tochter seiner neuen Lebensgefährtin. Also hatte er sich dem Schicksal gefügt und sich um mich gekümmert, wenn auch widerwillig. Von alldem sah man auf Fabiennes Fotos allerdings nichts. Die Bilder wirkten zärtlich, verstohlen, geheimnisvoll, leidenschaftlich. Ich erinnerte mich, dass wir kurz zuvor in der Schule das Thema «Bilder lügen» durchgenommen hatten. Es ging darum, wie mit der Veränderung von Fotos Wahrheit verfälscht, ja sogar Weltpolitik gemacht wurde. Heute war ja jedes Kind in der Lage, am Computer Fotos per Mausklick zu verändern. Damals war das noch weitaus schwieriger gewesen. Aber eine Retusche war in unserem Fall gar nicht nötig gewesen. Unsere Fotos waren auch so perfekt. Perfekte Lügen.

Ich selber hatte es mit der Angst bekommen, als Fabienne die DIN-A4-großen Bilder in den Umschlag gesteckt und die mit Schreibmaschine getippte Adresse von Dorits Mutter draufgeklebt hatte. Nicht mal den Vermerk «persönlich» hatte sie vergessen.

«Wollen wir das wirklich abschicken?», hatte ich ein Dutzend Mal gefragt, während ich mit zitternden Händen neben Fabienne hergelaufen war, die entschlossen zum Briefkasten marschierte. «Bist du dir ganz sicher, Fabienne?»

Irgendwann hatte es ihr gereicht. Sie blieb stehen und sah mich an, ganz ruhig, ganz klar: «Was man angefangen hat, muss man auch zu Ende bringen.»

Ich sagte nichts mehr. Nicht mal, als der Umschlag lautlos in den Schlitz fiel.

Danach warteten wir. Wir wussten genau, um welche Zeit der Briefträger Dorits Mutter die Post bringen würde, solche Dinge ändern sich nicht, schon gar nicht in einem Dorf wie Beerenbök.

Ich weiß noch, wie ich zu Hause saß und Dorits Anruf herbeisehnte. Sie hatte versprochen sich zu melden, sobald ihre Mutter den Umschlag geöffnet hatte. Vielleicht würde Dorits Mutter ja lachen, wenn sie die Bilder sah. Vielleicht würde sie das Ganze für einen Scherz halten, für eine Albernheit, leicht zu durchschauen.

Aber Dorits Mutter hatte nicht gelacht.

«Marie, sie ist völlig hysterisch!», hatte Dorit mit bebender Stimme ins Telefon gestammelt. «Du kannst dir nicht vorstellen, was hier los ist! Meine Mutter ist wie eine Furie auf Arne losgegangen. Seit wann das mit dir schon geht? Ob sie ihm zu alt ist, ihr Bauch zu schlaff, ihr Gesicht zu faltig? Dass sie wegen ihm ihre Ehe hingeschmissen, ihr Leben aufgegeben hätte … und so weiter und so fort.» Dorit musste Atem holen. «O Marie, es ist schrecklich!» Ihre Stimme brach.

«Und? Was hat Arne dazu gesagt?», fragte ich. Mein Herz schlug hart gegen meine Rippen. Was hatten wir nur getan? Verdammt, was hatten wir da angerichtet?!

Dorit lachte kurz und hysterisch auf. «Der? Der hat gesagt: Das glaubst du doch wohl selber nicht, dass ich was mit einem unreifen Teenie hab? Und dann noch mit diesem farblosen, blassen Spargel!»

Ich erstarrte. «Hat er wirklich ‹blasser, farbloser Spargel› gesagt?»

«Was?» Dorit war irritiert. «Warum? Ja, ich glaube schon. Ist doch auch egal. Jedenfalls ist Mama danach in mein Zimmer gekommen. Sie hat geheult, Marie! Und wie! So fertig habe ich sie noch nie gesehen!! Sie hat mich gefragt, ob ich davon gewusst hätte? Ob das wirklich stimmt? Oder ob das Ganze ein dummer, unüberlegter Scherz gewesen ist? Marie, was soll ich ihr sagen?! – Ich hab solche Angst! Marie, sag mir, was ich tun soll! Soll ich ihr lieber die Wahrheit sagen?»

Ich blickte auf meine Finger hinunter, die plötzlich brannten. Ich hatte mir die Nägel blutig gebissen, ohne es zu merken. Ich zögerte. «Farbloser, blasser Spargel» hatte Arne mich genannt. «Farbloser, blasser Spargel ...»

«Sag kein Wort!», zischte ich. «*Du* warst diejenige, die Arne unbedingt loswerden wollte. Und jetzt sind wir so gut wie am Ziel.» Ich schwieg eine Sekunde, während ich Dorit am anderen Ende atmen hörte. «Was man angefangen hat, muss man auch zu Ende bringen.» Dann hatte ich den Hörer auf die Gabel gelegt.

Wie oft habe ich seit damals versucht, dieses letzte Telefonat mit Dorit zu verdrängen, es aus meinem Gedächtnis zu löschen. Aber je mehr ich es versucht habe, umso präsenter wurde es. Manchmal glaubte ich, mich an jedes einzelne Wort erinnern zu können, das gesprochen worden war. Ich erinnerte mich an Dorits Hysterie, an die Verzweiflung, mit der sie meinen Rat, ja eine Entscheidung, eingefordert hatte. Und an meine Antwort. Die an Klarheit nicht zu überbieten gewesen war. Und die einem Todesurteil gleichgekommen war.

Niemals hatte ich irgendjemandem von diesem Telefonat erzählt, von Dorits Zweifeln im letzten Moment. Dass es eine Möglichkeit gegeben hatte, das Steuer noch in allerletzter Sekunde herumzureißen. Und von meinen Worten, die das verhindert hatten.

Gewiss, nach dem Unfall hatte es auch kaum noch Gelegenheit gegeben, mit den anderen darüber zu reden. Und ich, ich hatte eine Aussprache darüber zwar einerseits herbeigesehnt, aber noch viel mehr gefürchtet. Daher war ich froh gewesen, dass wir alle vier vermieden hatten, uns zu treffen. Keine wollte ihre Schuld in den Augen der anderen gespiegelt sehen. So blieb dieses Telefonat am Tag des Unglücks mein Geheimnis. Nur Dorit und ich hatten davon gewusst. Und jetzt war Dorit tot.

Ich warf einen letzten Blick in den Spiegel, dann ging ich entschlossen zurück auf die Terrasse des Cafés, wo nun nicht mehr Hanna, sondern Fabienne saß. Sie begrüßte mich mit einem leichten Lächeln. «Hallo, Marie! Schön, dass wir uns auch noch mal sehen.»

Ich nickte. «Ja, schön.»

«Hanna telefoniert gerade.»

«Ah ja, verstehe.» Ich seufzte innerlich. Hanna hatte ihren Plan also tatsächlich umgesetzt. Sie war verschwunden, damit ich Fabienne aushorchen konnte, die angeblich irgendetwas über Dorit vor uns verbarg.

Fabienne sah müde und dadurch verletzlicher aus, als ich sie in Erinnerung hatte. Sie sah mich aufmerksam an. «Geht's dir gut?»

Es war klar, dass das keine allgemeine Frage war, sondern eine nach dem Verlauf der letzten Nacht. Ich spürte, wie ich leicht errötete. «Du meinst, wegen Wolff?»

Sie nickte. Sie schien ehrlich interessiert, aber bar jeder Sensationsgier. Plötzlich konnte ich mir vorstellen, dass Fabienne eine wirklich gute Pastorin geworden war. Mit ihr fiel es mir deutlich leichter zu reden als mit Hanna.

Ich begann mit meiner Serviette zu spielen. «Ach, es war … okay, also …» Ich lachte verlegen auf. «Na ja, ich habe nicht viele Vergleichsmöglichkeiten, weißt du? Es war das erste Mal, dass ich meinen Mann betrogen habe.»

«Verstehe.» Fabienne hatte sich vorgebeugt.

Noch immer mied ich ihren Blick. «Im Grunde weiß ich selbst nicht, wieso ich gestern mit Wolff ins Bett gegangen bin. Na, egal, jetzt ist es passiert …»

«Dein Mann muss doch nichts davon erfahren», sagte Fabienne behutsam.

Ich schüttelte den Kopf. «Nein, ich hatte auch nicht vor, es ihm zu sagen.» Ich überlegte. «Weißt du, alles, was hier in Beerenbök passiert, scheint mit meinem normalen Leben nichts zu tun zu haben. Es ist, als wäre ich hier wie … wie in einer anderen Welt.»

Fabiennes Blick schweifte in die Ferne. «Zwei getrennte Leben. Das eine hat mit dem anderen nichts zu tun, nicht das Geringste.»

Jetzt war ich verwirrt. «Geht es dir denn genauso?»

Fabienne lächelte müde.

Plötzlich hatte ich das Bedürfnis, ihr von meiner nächtlichen Entdeckung zu berichten. Sicher würde Fabienne meine Verunsicherung zerstreuen, eine harmlose Erklärung für alles finden. Jedenfalls würde ich nicht mehr alleine mit meinen Ängsten sein.

Ich holte tief Luft. «Wir waren gestern in Wolffs Atelier. Er hat angefangen zu malen, weißt du. Er malt … nicht wirklich gegenständlich, eher abstrakt, aber man kann schon was erkennen.»

«Und was malt er?»

«Vor allem Akte, Frauen. Nicht total grottig, aber auch nicht richtig gut. Ich habe nicht viel gesehen, nur ein oder zwei Bilder an der Wand, eins stand auf der Staffelei. – Zu mehr sind wir nicht gekommen …»

«Verstehe», sagte Fabienne wieder. «Und dann?»

Ich sprach schnell weiter. «Na ja, dann … das kannst du dir ja denken … Aber als ich gegangen bin, schlief Wolff noch, und da habe ich beim Rausgehen noch andere Bilder gesehen, hinter der Tür.» Ich biss mir auf die Lippen. «Sie standen da so … versteckt, irgendwie.»

«Und was war drauf?» Fabienne wirkte jetzt richtig gespannt.

Ich verschränkte meine Hände. «Es waren Bilder sehr junger Mädchen, in gewissen Posen, du weißt schon.»

«Du meinst pornographisch?»

Ich nickte. «Ja, aber das war es nicht, was mich störte. Sondern …» Ich suchte Fabiennes Blick. «… dass die Mädchen so verdammt jung waren. So jung wie wir damals, verstehst du?»

Fabienne griff nach ihrer halbleeren Kaffeetasse und rührte darin herum. «Willst du damit sagen, Wolff ist pädophil?»

Jetzt war ich wirklich erschrocken. «Nein, um Himmels

willen! Es waren keine Bilder von Kindern! Auch wir waren ja damals keine Kinder mehr, sondern junge Mädchen! – Weißt du nicht mehr: Wir haben uns doch öfter darüber lustig gemacht, dass man Wolff reizen konnte. Es erschien uns nicht mal abwegig, schließlich war er gerade mal zehn, vielleicht fünfzehn Jahre älter als wir. Er hat uns ja nie angetatscht oder so. Aber jetzt ist er Mitte fünfzig und hat anscheinend immer noch einen Hang zu … Lolitas.» Ich merkte selbst, dass ich verletzt klang. Und so war es auch. War ich gestern nur ein Notnagel gewesen, weil Wolff an die jungen Frauen, oder besser: Mädchen, die er wirklich begehrte, jetzt nicht mehr herankam?

Ich redete immer schneller. «Ich hab ihn auf Dorit angesprochen, und er hat mir erzählt, dass sie ein paarmal bei ihm war und dass sie ihn genervt hat. Immer wieder hätte sie ihn auf seine Schülerinnen angesprochen. Dass er doch auf diese jungen Hühner stehen würde und so.» Ich sah Fabienne hilfesuchend an. «Wer weiß, vielleicht hat Dorit ja diese Aktbilder hinter der Tür ebenfalls entdeckt und war schockiert. Vielleicht war sie ja sogar in ihn verliebt und durch seine Abweisung verletzt. Du weißt doch, wie extrem und emotional sie war! Und dann hat sie auch noch Hannas Buch gelesen, und alles wurde zu viel. Da ist bei ihr vielleicht eine Sicherung durchgebrannt, und sie hat sich umgebracht!»

Ich schnappte nach Luft. So, jetzt war es raus. Erwartungsvoll sah ich Fabienne an. Sicher würde sie meine albernen Überlegungen gleich in der Luft zerreißen und mir unmissverständlich klarmachen, dass Wolff nicht das Geringste mit Dorits Tod zu tun hatte. Und dann konnte ich endlich beruhigt nach Hause zurückkehren.

Aber Fabienne tat nichts dergleichen. Stattdessen rückte sie ein Stückchen näher an mich heran, so dicht, dass ich ihren warmen Atem auf meiner Wange spüren konnte. «Es könnte auch ganz anders gewesen sein, Marie.» Sie machte eine Pause, und ich war sicher, dass ich das, was sie gleich sagen würde, nicht hören wollte. «Was, wenn Dorit Wolff gedroht hat, seinen Hang zu jungen Mädchen öffentlich zu machen? Das wäre doch einer Katastrophe gleichgekommen, hier, in Beerenbök! Was, wenn Wolff in Panik geraten ist …?»

Ich schüttelte den Kopf, um sie am Weitersprechen zu hindern, aber es nutzte nichts.

«Vielleicht hast du mit einem Mörder geschlafen», sagte Fabienne.

FABIENNE In Maries blauen Augen spiegelte sich die ungläubige Angst eines Menschen, dessen Leben plötzlich auf Sand gebaut zu sein scheint. Ich sah, wie ihr festgefügtes Dasein in Schieflage geraten war. Noch ein weiteres Wort von mir, und es wäre endgültig ins Rutschen gekommen.

Ich berührte ihre Hand, die trotz der Sommerwärme eiskalt war. «Marie», sagte ich, «verzeih … Ich hätte das eben nicht sagen sollen. Wir sind alle ein wenig aus der Bahn geworfen. Die Beerdigung, das alles hier … Lassen wir es gut sein. Egal, was du gestern Nacht getan hast – deine Seele, dein Innerstes, ist davon nicht betroffen. Glaube mir, niemand auf dieser Welt ist ohne Schuld. Und jeder, wirklich jeder kann sich der Vergebung Gottes sicher sein.»

Marie beugte sich vor und sah mich so flehend an, dass es mich fast peinlich berührte. «Fabienne», flüsterte sie, «es ist ja nicht nur wegen Wolff und alldem …» Sie machte eine fahrige Bewegung mit der Hand. «Es ist ja auch …» Wieder brach sie ab, um dann von neuem anzusetzen. «Ich habe es all die Jahre mit mir herumgetragen und kaum vor mir selbst zugeben wollen … Ich bin schuld an dem Unfall.»

Ich antwortete nicht. Marie klang so, als gäbe es da etwas, von dem ich bisher nichts gewusst hatte. Es war deutlich, dass sie beichten wollte. Sie wollte ihre Seele erleichtern und Frieden finden. Und ich würde ihr zuhören, so wie es meine Aufgabe war.

Hastig und leise begann sie zu erzählen, was sie so bedrückte. Sie beschrieb, wie Dorit sie damals bekniet hatte, ihrer Mutter die Wahrheit sagen zu dürfen, und wie sie selbst unbarmherzig darauf bestanden hatte, dass die Geschichte mit den Fotos bis zum Ende durchgezogen wurde.

«Bis zum bitteren Ende», seufzte sie und senkte den Blick. Ich wusste genau, was für Bilder und Erinnerungen in ihr aufstiegen.

Es war ein schrecklicher Unfall gewesen, der schlimmste, der je im Landkreis passiert war. In den Tagen darauf hatte ich die Leute im Ort jedes Detail schildern hören. Kein Entkommen hatte es gegeben, und die Bilder in der Zeitung hatten sich mir für ewig eingebrannt. Es hieß, der Wagen von Dorits Mutter wäre in einer Kurve von der regennassen Straße abgekommen und hätte sich mehrmals überschlagen, bevor er gegen die Wand eines Stalls gekracht war. Der Bauer, der wenige Minuten später zur Stelle gewesen war, hatte nicht geglaubt, dass irgendjemand lebend aus diesem Wrack geborgen werden könnte. Ohne Zweifel war Dorits Mutter dem Tod näher gewesen als dem Leben.

Sie muss ihrem Geliebten wie von Sinnen hinterhergerast sein, als er das Haus verlassen hatte. Hatte er vorgehabt, sie zu verlassen? Hatte er sie beschimpft, weil sie ihm nicht geglaubt hatte, Opfer einer Mädchenintrige geworden zu sein? Arne hatte der Polizei gegenüber lediglich von einem heftigen Streit erzählt, der ihn veranlasst hatte, sich in sein Auto zu setzen und wegzufahren. «Ich konnte doch nicht wissen, dass sie mir folgt. Ich konnte doch nicht ahnen, was passieren würde.» Seine Worte, die in der Zeitung standen, waren mir unvergesslich geblieben. Wie ein Mantra hatte ich sie mir in den Wochen nach dem Unfall immer wieder selbst gesagt: Wir konnten doch nicht ahnen, was passieren würde. Niemand konnte das ahnen, weder ich noch Hanna, Dorit oder Marie.

Ich hatte den jungen Mädchen von damals längst vergeben. Es waren halbe Kinder gewesen, die in der Langeweile Beerenböks auf dumme Gedanken gekommen waren. Hat man nicht oft genug davon gelesen, dass in der Pubertät eine Umstrukturierung des Gehirns erfolgt, weil Synapsen neu vernetzt werden und man in so einer Zeit verstärkt zu Unbedachtsamkeit neigt? Nein, in letzter Instanz sprach ich die vier nicht schuldig an dem Unfall und seinen dramatischen Folgen. Als erwachsene Menschen hätten Dorits Mutter und ihr neuer Mann mit dieser Geschichte auch weniger kopflos umgehen können. Aber letztlich wird das, was geschehen ist, Gottes Wille gewesen sein. Wer will schon beurteilen, warum er Dorit und ihrer Mutter diese Prüfungen auferlegt hat?

Ich berührte Maries Schulter und fing ihren Blick wieder ein. «Im Psalm 65 heißt es: ‹Unsere Sünden sind für uns zu groß, du wirst sie vergeben …› Marie, jetzt gräm dich doch nicht so. Das alles ist so lange her.»

Marie schüttelte den Kopf. «Ich habe nicht deinen Glauben, Fabienne. Ich trage die Verantwortung dafür, dass ich Dorit damals ins Messer hab laufen lassen. Genauso wie neulich, als sie mich angerufen hat. Da habe ich auch versagt.»

«Neulich?» Ich musterte sie.

«Ja, nachdem sie Hannas Buch gelesen hatte. Sie war so verzweifelt, weil plötzlich alles wieder so präsent war. Sie wollte endlich reinen Tisch machen, ihrer Mutter die Wahrheit sagen, egal, ob die das überhaupt versteht. Sie wollte herausfinden, wo Arne lebt, und sich bei ihm entschuldigen. Bei ganz Beerenbök wollte sie sich entschuldigen. Und ich habe ihr gesagt, es wäre unverantwortlich, wenn sie all die Wunden wieder aufreißt. Einfach nur, weil ich Angst um meinen guten Ruf hatte, meine Ehe, meine Familie, verstehst du? In ein paar Wochen hätte doch niemand mehr über Hannas Buch gesprochen. Aber wenn Dorit wirklich alles wieder ans Licht gezerrt hätte …» Maries Augen wanderten unruhig in dem fast leeren Lokal hin und her, und ihre Stimme wurde leiser. «Wie hätte ich dann noch ein Vorbild für meine Tochter sein können, wenn sie das erfahren hätte? Sie ist in einer schwierigen Phase, sie braucht doch eine klare Linie … Und mein Mann? Der hält mich für einen wirklich guten Menschen.» Sie stieß hörbar Luft aus und gab damit ihrer ganzen Selbstverachtung Ausdruck. Dann beugte sie sich plötzlich wieder vor. «Jetzt sag mir bitte die Wahrheit, ja? Sie hat dich doch auch angerufen, oder? Mit Hanna hat sie ja auch telefoniert.»

Ich zuckte die Schultern. «Ja, sicher. Aber ich habe das nicht ernst genommen. Das hätte sie doch niemals gemacht, Marie.

Du weißt doch, wie sehr sie immer übertrieb.» Für eine Sekunde schloss ich die Augen. Dorits dramatisch hochgeschraubte Stimme, mit der sie «Das Schweigen muss gebrochen werden, Fabienne!» gerufen hatte, klang wieder in mir nach.

Noch immer ruhte Maries Blick auf mir, voller Sehnsucht danach, die Absolution erteilt zu bekommen. Ich nahm ihre Hand in meine Hände. «Marie, wir müssen damit aufhören, im Schmutz zu wühlen, vor allem Hanna. Diese Suche nach einem angeblichen Mörder macht uns alle ganz kirre. Mirko, Wolff … was weiß ich, wer noch alles. Wir sollten nicht an Dinge rühren, die wir nicht verstehen. Wir können Dorit durch diese verdrehten Spekulationen ja auch nicht wieder zum Leben erwecken. Und würden wir das denn überhaupt wollen, Marie? Steht uns das zu? Dorit geht es besser dort, wo sie jetzt ist. Das war doch kein Leben hier in Beerenbök … Ihre Mutter, ihr Job, ihre Schuldgefühle … Nein! Und auch für ihre Mutter wird eine professionelle Betreuung nicht schlechter sein als das abgeschirmte Leben, das sie mit Dorit geführt hat. Marie! Es ist alles gut so, wie es ist. Es ist gut so!»

Ein Seufzer ging durch Maries Kehle, und sie lächelte mich an. Ich hatte sie erreicht, sie schien mir zu glauben. Ja, alles war gut.

HANNA Marie war auf der Toilette, als Fabienne auftauchte. Wir plänkelten ein wenig, sehr unverbindlich, über Berlin und Hamburg, und erwähnten Wolffs Party und unser unangenehmes nächtliches Gespräch mit keinem Wort.

Fabienne sah fertig aus, sehr viel älter als auf der Beerdigung oder im schmeichelnden Licht der gestrigen Nacht. Während ihre Finger ruhelos mit dem silbernen Fischanhänger an ihrer Halskette spielten, tat ich alles, um sie friedlich zu stimmen, fragte freundlich nach ihrem Job und stellte erstaunt fest, dass ihr Gesicht von Falten durchzogen war, die sie müde und bitter aussehen ließen. Nur ihre Augenpartie war die eines jungen Mädchens und so glatt, dass ich kurz davor war, zu fragen, ob sie sich Botox gespritzt hatte. Aber das war natürlich absurd.

«Wie machst du das?», unterbrach ich sie. «Zwinkerst du nie? Kneifst du nie die Augen zusammen?»

Irritiert griff sie sich ins Gesicht. «Was meinst du?»

«Du siehst so jung aus, um die Augen herum. Kein einziges Fältchen.» Ich konnte es nicht lassen und schenkte ihr ein kokettes Lächeln. Es wirkte. Immer noch. Ich genoss ihre kleine Verlegenheit. «Sorry», sagte ich und strich ihr über den Arm. «Erzähl weiter!»

In diesem Moment klingelte mein Handy. Ich sah kurz aufs Display. «Oh!», sagte ich entschuldigend. «Da muss ich ran, tut mir leid. Ich stecke grade in einer wichtigen Vertragsverhandlung wegen meines nächsten Romans und morgen …»

Fabienne winkte ab. «Ist schon okay.»

Als ich den Anruf annahm, meldete sich meine Agentin. «Hallo, hier ist Hollywood. In wenigen Minuten wird ein Helikopter vor Ihrem Fenster sein. Steigen Sie ein! Wir brauchen Sie, sofort!»

«O nein, wirklich?!» Während ich mich erhob, lächelte ich Fabienne zu. «Warten Sie bitte kurz? Der Empfang ist ganz schlecht hier.»

Nachdem ich mich von der Terrasse gemacht hatte und um die Ecke verschwunden war, legte ich auf. Der Himmel war wolkenlos und strahlend blau. Die Sonne brannte auf den baumlosen Parkplatz vor dem Restaurant, und ich flüchtete zum Straßenrand, in den Schatten der mächtigen Alleebäume. Es war kaum ein Auto unterwegs. Sobald man sich in dieser Gegend auch nur ein paar Meter von den Seen und Touristenrouten entfernte, war nichts mehr los. Es hatte sich nichts geändert, seit damals. Ich lehnte mich an den Baumstamm, zündete mir eine Zigarette an und überlegte, wie viel Zeit ich Marie geben sollte, um Fabienne auf den Zahn zu fühlen. Länger als eine Viertelstunde, beschloss ich, sollte ich nicht wegbleiben müssen.

Aus der Ferne näherte sich ein protziger Geländewagen mit einem großen Anhänger. Ich kniff die Augen zusammen. Ich hatte mich noch nie für Autos interessiert, aber Mirkos Wagen war eine so auffällig hässliche weiße Riesenwanne, dass ich ihn tatsächlich wiedererkannte.

Mirko stoppte, als er mich sah, fuhr bei laufendem Motor die dunkel getönte Fensterscheibe auf der Beifahrerseite herunter und beugte sich grinsend zu mir herüber.

«Na, schöne Frau? So alleine?»

Ich war überrascht. War er gestern derartig betrunken gewesen, dass er sich nicht an seine Feindseligkeit mir gegenüber erinnerte? Oder spielte er ein Spiel? Während ich noch nach einer klugen Antwort suchte, deutete er mit den Daumen nach hinten.

«Das Boot!», bemerkte er wichtig.

Ich sah zum Anhänger. Darauf vertäut lag ein hölzernes Ruderboot. Mein Gehirn schaltete außerordentlich langsam.

«Das *Boot*!», wiederholte Mirko. «Das Boot vom See! Vom *Tatort*! Capisce?»

Ich nickte. Meine Gedanken stolperten ratlos umher. Hatte Mirko sich das Boot unter den Nagel gerissen und war so dumm, damit offen in der Gegend herumzufahren?

«Ich bin im Auftrag der Polizei unterwegs!», teilte er mir bedeutsam mit. «Christian will das Ding in seinem Garten sicherstellen. Wegen der Spuren und so.»

«Gut», sagte ich hilflos. Ich war entsetzt. Wie konnte Christian einen Verdächtigen zu Hilfe rufen?! Was für ein Trottel!

Mirko hob die Finger zum Victory-Zeichen, als er den Motor aufheulen ließ. «Muss weiter!», brüllte er mir über den Lärm hinweg zu. «Immer schön weiter!»

Als er fort war, steckte ich mir sofort eine neue Zigarette an der alten an. Ich brauchte Nikotin, viel Nikotin, ich musste mich konzentrieren, klar denken. Oder besser: weit und um die Ecke denken. Erstens: Wie konnte Christian einen potenziellen Mörder alleine mit einem Beweisstück durch die Gegend fahren lassen?! Und zweitens: Es war keine zwei Stunden her, dass Christian mir gesagt hatte, es würde keine offiziellen Ermittlungen geben. Und jetzt ließ er das Boot zu sich bringen. Was hatte er in der kurzen Zwischenzeit herausgefunden? Ich dachte keine Sekunde nach, als ich den Polizeiwagen auf der Straße näher kommen sah. Eilig sprang ich vor, wedelte mit den Armen und bedeutete Christian, auf den Parkplatz zu fahren. Nachdem er gehalten hatte, stürzte ich auf sein Auto zu.

«Frau Kommissarin!», begrüßte er mich freundlich. «Was ist los?»

«Das frage ich dich! Eben ist hier Mirko vorbeigekommen, mit dem Boot vom See im Schlepptau! Christian! Ich hab dir doch gesagt: Der ist verdächtig! Mensch, du musst dem hinterher, wahrscheinlich steht der jetzt hinter der nächsten Ecke und verwischt sämtliche Spuren!»

Christian lachte. «Alles gut», meinte er beruhigend. «Das Boot kommt in meinen Garten. Und Mirko hat ein Alibi.»

«Wie, ein Alibi?!»

«Er war auf einem Banker-Kongress. In der Schweiz.»

«Ja, aber … Das kannst du ihm doch nicht einfach so glauben!», stammelte ich.

«Ich glaube das auch nicht einfach so», antwortete Christian nachsichtig. «Ich bin sofort zu ihm hin, nachdem ich dich am See getroffen hatte. Er war extrem kooperativ. Hat mir die Hotel- und etliche Restaurantrechnungen aus der Schweiz gezeigt, alle auf seinen Namen. Und er hat mir ein Video über den Kongress gezeigt. Im Internet.» Christian grinste. «Er war total stolz drauf, dass er x-mal auf verschiedenen Veranstaltungen gefilmt wurde. Und einen Zeitungsbericht samt Foto gab es auch noch. Wirklich, was immer Mirko mit Dorit hatte – er ist nicht ihr Mörder. Aber: Er hat einen Anhänger.»

«Oh.» Ich kam mir plötzlich unglaublich albern vor. Wie ein Schulmädchen, das versucht hat, Privatdetektivin zu spielen.

Christian lächelte. «Ich stell das Boot jetzt bei mir sicher, und morgen beantrage ich die Fahndung. Ich glaube nicht mehr, dass Dorit alleine war. Da muss ein Wagen am See gewesen sein. Jemand hat versucht, versteckt zu parken, ich bin mir sicher.»

«Wieso auf einmal?»

«Ich war heute schon seit Sonnenaufgang da. Bin alles noch mal durchgegangen, die abgeknickten Zweige, die Spuren an der Baumrinde. Ich muss jetzt nur noch die Kollegen von der

Kripo überzeugen, die offiziellen Ermittlungen aufzunehmen. Ich will, dass das Boot auf DNA-Spuren untersucht wird.»

Er machte eine kleine Pause und sah mich auffordernd an. «Und jetzt muss ich den Kopf frei kriegen. Die besten Ideen hat man ja immer, wenn man loslässt.»

Es war mein Tag der verständnislosen Momente. Was wollte Christian mir sagen?

«Musik», fuhr er fort. «Musik ist gut. Heute Abend ist ein Konzert in der Vicelinkirche in Lübeck. Bach.» Er grinste schief. «Der Sound des Himmels. Gut, um die Gedanken fliegen zu lassen. Die Polizei bekommt da immer so ein kleines Kartenkontingent. Magst du Bach?»

Ich wusste nicht, ob ich Bach mochte. Ich hörte nie Klassik. Nie. Klassik ging mir auf die Nerven.

«Sicher!», sagte ich. «Ich liebe Bach!»

Wir verabredeten uns für den Abend. Nachdem er gefahren war, wartete ich noch einige Minuten und kehrte dann zu Marie und Fabienne zurück.

«Ihr glaubt nicht, was ich eben erlebt habe!»

Fabiennes Reaktion auf meine Geschichte von Mirko, dem sichergestellten Boot und meinem Date mit Christian verblüffte mich, es schien für sie wie ein Schlag ins Gesicht.

«Tut mir leid», sagte sie, während sie mit versteinerter Miene in ihrer Tasche kramte. «Es tut mir leid um Dorit. Wirklich. Aber ich kann und möchte mich jetzt nicht weiter mit irgendwelchen Verdächtigen oder Nichtverdächtigen auseinandersetzen. Und schon gar nicht mit deinem Date, das ich aus verschiedenen Gründen ziemlich geschmacklos finde. Was ich sagen will: Ich bin raus. Ich habe definitiv andere Prioritäten in meinem Leben.»

Marie bemerkte, wie perplex ich war, und warf mir einen warnenden Blick zu. «Sicher», sagte sie besänftigend, während Fabienne einen schwarzgebundenen Kalender aus der Tasche zog und auf den Tisch legte. «Jeder hat seine eigenen Prioritäten. Wollen wir jetzt nicht einfach noch ein bisschen zusammensitzen und …»

Fabienne lächelte verkniffen. «Hört zu, ihr beiden», sagte sie ungemein langsam und deutlich. «Lasst es gut sein. Es tut mir leid, wirklich. Aber ich muss auf mich achten. Und ihr solltet das auch tun.» Sie schlug den Kalender auf, blätterte durch die engbeschriebenen Seiten, fand, was sie suchte, und wählte eine Nummer auf ihrem Handy. «Ich rufe Mirko an», erklärte sie. «Um die Mittagszeit herum sollte mein Auto fertig sein.»

«Der kann jetzt nicht», wandte ich ein. «Der lädt doch gerade das Boot bei Christian ab.»

Fabienne schüttelte den Kopf. «Ich brauche mein Auto. Ich brauche es jetzt. Und ich werde es bekommen.»

Sie war klug. Sie hatte meistens recht. Aber diesmal irrte sie sich.

MARIE Die Ungeduld, mit der Fabienne in ihrem Notizbuch nach Mirkos Telefonnummer fahndete, irritierte mich. Plötzlich schien sie es keine Minute länger in Beerenbök auszuhalten. Fabienne wollte weg. Und zwar so schnell wie möglich.

Als Mirko endlich an sein Handy ging, atmete Fabienne hörbar auf. Aber ihre Erleichterung hielt nicht lange an. «Was heißt das: Mein Auto ist noch nicht fertig?», herrschte sie ihn an. «Das war doch fest vereinbart, oder etwa nicht?» Mirkos Antwort würgte sie kurzerhand ab. «Also gut, dann eben bis morgen früh. Jaja, neun Uhr in der Werkstatt.» Grußlos drückte sie Mirko weg und sah Hanna und mich an, als wären wir schuld an der Unzuverlässigkeit von Mirkos Schrauberwerkstatt.

«Ist es denn so schlimm, wenn du noch einen Tag länger hierbleiben musst?», fragte ich vorsichtig. «Hast du morgen einen wichtigen Termin?»

Fabienne machte eine unbestimmte Handbewegung. «Ja, nein, nicht konkret, aber es gibt immer viel vorzubereiten. Zu Hause, meine ich.»

So dringlich schien ihre Rückkehr also nicht zu sein. Ich legte ihr eine Hand auf den Arm. «Vielleicht ist das ja ein Wink des Schicksals, hmm? So haben wir drei ein bisschen mehr Zeit, noch mal über alles zu reden und …»

«Marie», unterbrach sie mich ruhig, aber bestimmt, «ich will nicht mehr reden. Ich habe es doch eben schon erklärt: Für mich ist das Kapitel Beerenbök abgeschlossen. Es muss ein Ende haben. Glaub mir, das ist besser für uns alle.» Sie erhob sich. «Ich gehe jetzt mal rein und bezahle unsere Rechnung. Und dann fahre ich zu Tante Hiltrud, um da noch ein bisschen in Ruhe zu arbeiten. Nehmt es mir nicht übel, ja?»

Hanna öffnete den Mund, aber bevor sie etwas sagen konnte, hatte sich Fabienne bereits abgewandt und ging mit schnellen Schritten zwischen den Tischen hindurch ins Café.

Hanna sah ihr nach. «Meine Herren, die hat's aber eilig …» Sie wandte sich mir zu. «So, jetzt sag schnell: Hast du was rausgekriegt, als ich weg war?»

«Ich weiß nicht», stammelte ich überrumpelt, «es war schon irgendwie seltsam … Sie hat …» Ich überlegte angestrengt. «Ja, ich glaube, sie hat ernsthaft versucht, mich davon zu überzeugen, dass Dorits Tod für sie, also für Dorit selbst, meine ich, die beste Lösung ist. Nein, im Grunde für uns alle …» Ich brach ab. Erst jetzt wurde mir so richtig bewusst, wie absurd Fabiennes Worte gewesen waren. Ich hätte ihr sofort widersprechen müssen! Warum hatte ich mich derart einlullen lassen, nur weil sie vorher Verständnis gezeigt hatte? Wie ein frommes Schaf hatte ich mir von Fabienne erst die Absolution für meinen Ehebruch und danach für mein Komplettversagen gegenüber Dorit erteilen lassen. Doch bevor ich weiter vor mich hin grübeln konnte, beanspruchte Hanna schon wieder meine Aufmerksamkeit. Mit einem raschen Blick über die Schulter vergewisserte sie sich, dass Fabienne nicht in Sicht war, dann langte sie über den Tisch und schnappte sich das schwarze Notizbuch, das Fabienne liegen gelassen hatte.

«Hanna!», rief ich erschrocken.

«Alles gut. Ich will doch nur mal sehen, was sie um Dorits Tod herum so gemacht hat», erklärte Hanna ungerührt, während sie mit geschickten Fingern das Buch aufblätterte. «Jetzt guck nicht so entsetzt! Pass lieber auf, ob sie zurückkommt.»

Ich nickte und blickte gehorsam ins Café. «Ich kann sie nicht mehr sehen, wahrscheinlich ist sie noch zur Toilette gegangen. Aber mach schnell!»

Hanna hatte die betreffende Woche schon gefunden, oder besser: nicht gefunden. Wortlos hielt sie mir Fabiennes aufgeschlagenen Terminkalender hin, in dem diese mit ihrer gestochenen Schrift Tag für Tag akribisch ihre Termine notiert hatte. Die Seite mit der 22. Kalenderwoche fehlte.

«Jemand hat sie herausgerissen!», flüsterte ich entsetzt.

«Jemand?!» Hanna sah mich an, als wäre ich begriffsstutzig. «Das war ja wohl Fabienne selber. Und sie wird wissen, warum.»

«Jaja, aber jetzt mach, leg das Ding zurück!», zischte ich. «Schnell! Sie kommt!»

Fabienne machte keine Anstalten, sich noch einmal zu uns zu setzen. «Ich habe die Rechnung schon bezahlt», sagte sie, «für euch gleich mit.»

«Danke für die Einladung.» Hanna lächelte Fabienne an, als könnte sie kein Wässerchen trüben. Sie hatte sich wirklich nicht geändert. Sie war immer noch eine Schauspielerin.

Aber was Hanna konnte, konnte ich auch: Gerade so, als sei er mir eben erst aufgefallen, nahm ich Fabiennes Kalender vom Tisch und reichte ihn ihr. «Hier, vergiss deinen Planer nicht!»

«Oh! Danke!» Fabienne ließ das Büchlein in ihre Tasche fallen und beugte sich dann zuerst zu Hanna und danach zu mir herunter und hauchte uns andeutungsweise einen Kuss auf die Wange. «Ich fahre jetzt. Lebt wohl, ihr beiden.»

Es war völlig absurd, aber plötzlich fiel mir ein Abschiedsgruß ein, den Lea und ihre Freundinnen benutzten, wenn sie jemanden deutlich spüren lassen wollten, dass ein weiterer Kontakt für sie ausgeschlossen war: «Schönes Restleben noch!»

Warum musste ich ausgerechnet jetzt daran denken? Fabiennes Haarspitzen streiften meine Wange, und für einen Moment trafen sich unsere Blicke. Ihre Augen schienen mir mit einem Mal so vertraut wie damals. Wenn sie jetzt ging, würden wir uns niemals wiedersehen. Sie würde uns aus ihrem Leben, ja aus ihrer Erinnerung streichen, so wie sie Dorit bereits daraus gestrichen hatte. Da war ich mir sicher.

«Willst du nicht doch …?», setzte ich noch mal an.

Fabienne schüttelte den Kopf, dann drehte sie sich um, ging zu ihrem Fahrrad, das an einem Baum lehnte, und radelte davon. Sie warf keinen einzigen Blick zurück.

Hanna und ich sahen ihr schweigend nach. Ich wusste selbst nicht, warum, aber ich hätte am liebsten geweint. Irgendetwas war unwiederbringlich zu Ende. Anscheinend hatte ich an unser mögliches Wiedersehen jahrelang viel mehr Hoffnungen geknüpft, als ich selbst geahnt hatte. Plötzlich fühlte ich mich alt und müde und so verkatert, wie ich es ja auch war.

«Und was machen wir nun?», fragte ich Hanna.

«Einen Plan!», sagte sie. «Wir brauchen einen richtig guten Plan! Fabienne verbirgt etwas vor uns. Und wir finden raus, was das ist.» Sie rieb sich die Augen. «Aber vorher muss ich ein paar Stunden schlafen. Ich bin total alle. Und du siehst auch nicht gerade frisch aus, meine Liebe!» Sie griff nach ihrer Tasche. «Da fällt mir ein, dass du mir noch gar nicht erzählt hast, wie es mit Wolff war. Ich will alles wissen, hörst du? Jedes schmutzige Detail!»

Ich schüttelte müde den Kopf. «Über so etwas rede ich nicht, das solltest du wissen. Aber es gibt da tatsächlich etwas, das ich dir erzählen muss. Ich habe gestern bei Wolff etwas entdeckt … Vielleicht hat es auch gar nichts zu bedeuten, aber … Ach egal, lass uns heute Abend darüber sprechen. Meinetwegen auch über Fabienne.»

Hanna nickte erfreut. «Endlich hast du eingesehen, dass ich nicht komplett spinne. Da ist etwas faul, und wir beide werden …»

«Lass gut sein, Hanna», unterbrach ich sie. «Und ich sage dir gleich: Ich spiele heute Abend nur unter einer Bedingung mit dir Holmes und Watson.»

«Und die wäre?»

Ich holte tief Luft. «Dass wir auch über damals reden. Und zwar aufrichtig. Lass dein Diva-Gehabe also bitte im Hotel. Halb neun bei mir?» Ich stand auf. «Keine Sorge, meine Mutter ist beim Bridge. Ich hab – wie nannten wir das früher noch?»

«Äh … Open House?»

«Ganz genau.»

FABIENNE Ich hatte mich beherrscht. Hannas anmaßende Arroganz, die sich hinter ihrem falschen Lächeln verbarg … Maries klebrige Freundlichkeit, die nichts anderes als sentimentale Verlogenheit war … Die ganze holsteinische Beklemmung, die das Waldhorn ausströmte … Und dann noch dieser idiotische Mirko, der mir aus purer Bosheit meinen Wagen nicht zurückgab … Ich hatte mich beherrscht. Aber als ich jetzt am Zahlenschloss von Tante Hiltruds Fahrrad herumdrehte und das Schloss nicht aufbekam, dröhnte es so laut in meinen Ohren, dass ich kaum noch denken konnte. Wie war gleich noch diese verdammte Zahlenkombination? Ich zerrte und riss – und endlich sprang das Schloss auf.

Wenige Sekunden später war ich auf der Landstraße und stemmte mich in die Pedale. Der Fahrtwind vermischte sich mit dem Rauschen in meinen Ohren, und im Rhythmus des Tretens drehten sich die Zeilen aus Hiobs Klage in meinem Kopf. *War ich nicht glückselig? War ich nicht fein stille? Hatte ich nicht gute Ruhe? Und es kommt solche Unruhe!*

Ich musste nach Hause, nach Hamburg, in mein Arbeitszimmer, in meinen Garten. Ich musste meine Kolumne schreiben und meine Sendung vorbereiten, Fakten recherchieren, Texte schreiben. Herrgott noch mal, ich war nicht vor einem Vierteljahrhundert aus Beerenbök geflüchtet, um jetzt hier festzustecken und mich von Wichtigerem abhalten zu lassen!

Ein, zwei Kilometer fuhr ich ohne Ziel drauflos, bis ich merkte, dass ich wieder auf dem Weg zum See war. Dieser verdammte See, an dem wir unseren Sommer verbracht hatten! Was hatte ich damals als Wunsch aufgeschrieben und unter den Feenstein gelegt? Hanna hatte versucht, mir über die Schulter zu schauen, aber ich hatte sie weggestoßen. Ja … ich wusste es noch genau: Mehr als alles andere hatte ich mir Erkenntnis gewünscht. Erkenntnis darüber, wie das Leben entstanden ist und warum das Weltall niemals endet, und darüber, ob es nur diese eine Welt gibt und ob wir Menschen ein Ziel im Leben haben oder einfach nur aus einem Zufall heraus geboren werden, um irgendwann genauso zufällig zu sterben. All diese Fragen hatten in mir gebrannt, während ich ahnte, was die anderen in ihren Briefen festhielten. Nichts anderes als alltägliche Jungmädchenträume: einen tollen Mann, ein Haus, ein paar niedliche Kinder, einen aufregenden Beruf.

Ich musste plötzlich lachen und hielt mit klopfendem Herzen und nach Atem ringend am Straßenrand an. Was für banale Träume – und einige davon waren wahr geworden: Marie lebte mit Mann und Kind im Eigenheim, Hanna hatte Erfolg im Beruf. Und Dorit, die arme Dorit? Nur sie hatte keinen einzigen ihrer Wünsche erfüllt bekommen.

Wieder stieg ein bitteres Lachen in mir auf, und ich schaute in Richtung des Sees, der von der Straße aus nicht zu sehen war. Der See, der so gut versteckt war, dass man dort in Ruhe seine Träume träumen konnte.

Während ich über meinen Lenker gebeugt darauf wartete, dass sich mein Herzschlag beruhigte, wünschte ich mir, dieser kleine übereifrige Dorfpolizist hätte das Boot nicht abholen lassen. Wie schön wäre es gewesen, jetzt auf den See hinauszufahren und sich treiben zu lassen. Ich war so müde nach der letzten Nacht, in der ich keinen Schlaf bekommen hatte. Es gab nur eins, was ich jetzt tun konnte. Ich würde zum Haus meiner Tante fahren, mich ins Dachzimmer zurückziehen, mir meinen Schlaf holen und das Rauschen und Dröhnen in meinem Kopf bezwingen. Eine halbe Stunde nur ein wenig Kraft und klare Gedanken tanken. Dann würde ich wieder hellsichtig genug sein, mich um Christian zu kümmern.

HANNA «Einen richtig guten Plan machen wir», hatte ich Marie gesagt. Nur hatte ich nicht die geringste Ahnung, was für ein Plan das sein sollte.

Noch auf dem Weg zum Hotel rief ich Christian auf dem Handy an.

«Es tut mir wahnsinnig leid», sagte ich und meinte es aufrichtig. «Ich kann heute Abend nicht mit zum Konzert.»

«Wie schade! Wirklich schade ...»

Seine Stimme war warm und dunkel. Das war mir bislang gar nicht aufgefallen. Er hatte so jungenhaft auf mich gewirkt, als ich ihm in den letzten Tagen begegnet war. Er tat mir gut, merkte ich überrascht, und auf einmal wurde mir bewusst, wie blank meine Nerven lagen. Wie sehr hatte ich darauf gehofft, dass Fabienne alles ruhig und klar in die Hand nehmen und aufklären würde. Nicht nur Dorits Tod.

«Hallo», sagte Christian. «Bist du noch dran?»

Ich riss mich zusammen. «Ich muss mich mit Marie treffen», erklärte ich. «Es ist wichtig.»

«Was ist los?», forschte er.

Was sollte ich antworten? Dass ich auf Rettung durch eine alte Freundin gehofft hatte, die offenbar nicht mit mir sprechen wollte?

«Marie ist völlig durch den Wind. Sie braucht mich einfach», log ich und fühlte mich mies dabei.

«Verstehe», sagte er.

«Danke», antwortete ich hastig. «Ich muss jetzt auflegen. Man darf nicht telefonieren beim Fahren, weißt du?»

Er lachte. «Wir sehen uns noch, oder?»

«Bestimmt.»

Einige Stunden später, im Haus von Maries Mutter, stellte ich fest, dass man dort noch immer vom Boden hätte essen können. Es war wie damals. Die Räume waren blitzblank und steril aufgeräumt wie in einer Möbelausstellung. Ich war erleichtert, als Marie mich über die Terrasse mit den schweren, gusseisernen Gartenmöbeln auf den kurzgemähten Rasen führte. Sie hatte ein Picknick vorbereitet, auf einer Decke bei der großen Weide, unter der wir früher oft gesessen hatten. Ich hatte seit dem Frühstück nichts mehr gegessen und sah gierig auf die liebevoll zubereiteten Sandwiches.

«Perfekt!», seufzte ich dankbar.

«Meinst du das ironisch?», fragte sie skeptisch.

«Nein», wehrte ich ab. «Marie, bitte!»

Wir legten uns auf die Decke. Marie schenkte Wein ein und hob ihr Glas. «Auf uns», sagte sie.

«Ja, auf uns.»

Marie nahm zwei große Schlucke, als ob sie sich Mut antrinken wollte, während ich gierig ein Sandwich verschlang.

«Und?», fragte sie mich.

«Erst du! Nun sag schon: Wie war's mit Wolff? Ist er gut?»

«Hanna, bitte!»

«Los jetzt!», beharrte ich.

Sie seufzte. «Es war okay.»

«Wie, *okay*?»

Sie schlug so energisch mit der flachen Hand auf den Rasen, dass ich überrascht zusammenfuhr.

«Wir hatten Sex. Und ich will nicht drüber reden, verstanden?»

Ich verdrehte die Augen. Unglaublich. Wie verklemmt konnte eine erwachsene Frau eigentlich sein.

«Ist mir egal, ob du mich für spießig hältst», bemerkte sie trotzig.

Einen kurzen Moment lang drohte das Gespräch zu entgleisen. Aber dieses Mal war ich die Vernünftige. Ich wollte keinen Streit, ich wollte über Fabienne reden.

«Ich halte dich nicht für spießig», sagte ich also mit aller Überzeugungskraft, die ich aufbrachte. «Ehrlich nicht.»

Sie atmete durch und lächelte scheinbar besänftigt. Wie früher schien sie jede Freundlichkeit von mir als Geschenk zu nehmen.

«Also», sagte ich. «Was machen wir mit Fabienne?»

«Gleich», sagte sie und senkte ihre Stimme, als ob Gefahr

bestünde, dass man uns belauschte. «Ich hab was gesehen bei Wolff.»

Die Geschichte, die sie mir anschließend erzählte, beeindruckte mich nicht sonderlich.

«Ja, mein Gott, Pornographie», sagte ich. «Haben wir nicht alle unsere schmutzigen Phantasien? Ich finde das ja fast schon rührend, dass er sich da was malt. Hat er kein Internet?»

«Du findest das normal? Pornographie?»

Ich zuckte mit den Schultern. «Ja.»

«Aber wenn er nun Vorbilder dafür hatte? Modelle? Seine Schülerinnen?»

Das war allerdings eine Überlegung wert.

«Vielleicht sollte ich es Christian erzählen», meinte Marie. «Wenn Wolff nun was mit Dorit hatte und sie ihn wegen dieser Bilder erpressen wollte …»

«Dorit war hysterisch», sinnierte ich. «Immer hysterisch. Trotzdem schwer vorstellbar, dass sie es so weit getrieben hat, dass er durchgedreht ist, oder?»

Wir schwiegen nachdenklich. Nur die Grillen zirpten noch im Garten. Die Beerenböker hatten sich längst in ihre Häuser zurückgezogen. Weiß der Himmel, was sie hinter verschlossenen Türen taten.

Marie hatte ihr Glas bereits geleert und goss sich erneut ein. «Wie hast du dich gefühlt?», fragte sie. «Wo hast du das alles hingepackt, die ganzen Jahre lang?»

«Weg», antwortete ich spontan. «Ich hab's weggemacht.»

«Aber wie? Wie hast du das gemacht?»

«Wie das jeder macht, oder? Ich hab's verdrängt. 'ne Zeitlang hab ich mal versucht, es wegzubeten. Hat nicht geklappt.» Ich grinste schief. Es gab nicht mehr zu sagen. Eigentlich.

Trotzdem sprach ich weiter. Marie war die Letzte, die mir von damals geblieben war.

«Dieses Buch war meine Chance, Marie! Ich hab das nicht aus Kalkül, Geldgier oder lauter Jux und Dollerei geschrieben. Es hat mich überfallen – das war wie ein Rausch. Und auch, wenn dich gekränkt hat, was da über dich steht – ich habe nur versucht zu verstehen, warum wir vier so ein boshaftes Ganzes waren.»

«Boshaft», wiederholte Marie leise. «Ja, das waren wir.»

Ich erinnerte mich daran, dass es – während ich an meinem Roman schrieb – nur eine einzige Phase gegeben hatte, in der ich unsicher geworden war. Ich hatte über unsere Eltern nachgedacht. Über unsere gemeinsame Sehnsucht nach Anerkennung und Wärme. Dorit war außen vor. Sie litt immer. Unter allem. Ihre Mutter war jung und sorglos gewesen, sie hatte Dorit über alles geliebt, fröhlich und eindeutig. Wie sehr hatte ich Dorit beneidet, um diese greifbare Liebe, die sich in Umarmungen zeigte, in Küssen, in all diesen kleinen unbekümmerten Liebesbekundungen, zu denen meine Mutter nicht in der Lage war. Was ich zu Hause bekam, waren die klugen, toughen Ratschläge eines Coaches.

Marie war diejenige von uns, die es wirklich schwer hatte. Ihre Mutter bevorzugte Maries Schwester so nachdrücklich und offensichtlich, dass es eine Qual war, es mit anzusehen. Und Maries Vater hatte seiner Frau nichts entgegenzusetzen. Er war derart blass, still und unauffällig, dass man seine Existenz regelmäßig vergaß. Anscheinend war er inzwischen, wahrscheinlich ebenso unbemerkt, verstorben.

Und Fabienne? Sie hatte nichts als Verachtung für ihre Eltern übriggehabt. «Reich und unglaublich dumm», sagte sie immer wieder. Aber nie ließ sie auch nur ein einziges Wort darüber fallen, was ihr fehlte.

Unsere Eltern hatten uns bedürftig gemacht. Aber dass wir unseren niederträchtigen Plan tatsächlich verwirklicht hatten, war nicht ihre Schuld gewesen.

«Ich habe versucht, es beim Schreiben zu verstehen, aber ich habe es nicht verstanden», sagte ich. «Alles, was ich gesehen habe, war, dass wir uns gegenseitig manipuliert haben. Von Anbeginn unserer Freundschaft. Ihr habt mich stark sein lassen, weil ihr selbst euch als schwach empfunden habt, ihr hattet mir nichts entgegenzusetzen. Und überhaupt ließ jede von uns der anderen das ihre: Wir ließen Fabienne ihre Undurchschaubarkeit und Überheblichkeit, Dorit ihre Hysterie und dir dein tapferes Leiden, dein Benutzt-werden-Wollen.»

«Ich wollte nicht benutzt werden!», protestierte Marie.

«Doch. Jede von uns hat die anderen für irgendetwas gebraucht. Keine von uns war wirklich souverän.»

«Du warst souverän», stellte Marie fest.

«Quatsch. Ich habe versucht, Fabienne zu beeindrucken. Mehr war das nicht. Eigentlich hatte ich Angst vor ihr. Sie hat mich eingeschüchtert. Und dagegen habe ich angekämpft. Ich glaube, sie war ein bisschen verliebt in mich ... Das habe ich ausgenutzt.»

Ich erzählte Marie nicht, wie sehr Fabienne mich getrieben hatte, immer weiter zu gehen, immer neue Grenzen auszutesten. Bis heute hatte ich nicht vergessen, was sie mir damals, in jenem Sommer, gesagt hatte. Sie hatte Sartre gelesen. Wir beide waren allein am See gewesen und hatten nach dem Schwimmen nebeneinander in der Sonne gelegen. Plötzlich hatte sie sich auf die Seite gedreht, ihren Kopf abgestützt und mich intensiv angeblickt. «Wenn es keinen Gott gibt», hatte sie gesagt, «und alle Werte unbestimmt sind – dann bleibt uns nichts anderes, als uns auf unseren Instinkt zu verlassen. Wir sind verurteilt, frei zu sein und Entscheidungen zu treffen. Kannst du das?»

«Klar», hatte ich geantwortet. «Willst du es jetzt gleich sehen?»

Sie war aufgesprungen und hatte sich ins Wasser gestürzt.

Und ich hatte den Rest des Sommers damit verbracht, es ihr zu beweisen. Dass mir die Freiheit keine Furcht einflößte und ich meinem Instinkt vertraute.

Marie barg das Gesicht in den Händen und schüttelte den Kopf.

«Ich habe so oft gedacht, ich sollte mich entschuldigen», sagte sie leise. «Bei Dorits Mutter. Aber das ist egoistisch. Man kann ihr nicht auch noch auflasten, uns zu verzeihen.»

Ich nickte. «Dorit wollte es trotzdem. Sie wollte es wirklich tun. Es allen erzählen, allen.»

«Ja», sagte Marie. «Ich weiß.»

MARIE Es war eine ganz neue Erfahrung, halbwegs entspannt neben Hanna zu sitzen. Mit ihr allein hatte ich mich nie wirklich wohl gefühlt. Damals war ich immer hin und her gerissen gewesen von dem Wunsch, genauso witzig, attraktiv und selbstbewusst zu sein wie sie und gleichzeitig voller unterdrückter Wut, auf Hanna und auf mich selbst, weil ich wusste, dass diese Anstrengung keinerlei Aussicht auf Erfolg hatte.

Jetzt war es anders. Hanna schien wirklich bemüht, aufrichtig zu sein. Jedenfalls, so weit ihr das möglich war. Dass sie die meiste Zeit versucht hatte, ihre Schuldgefühle zu verdrängen, anstatt sich wie ich damit zu quälen, konnte ich ihr kaum vorwerfen. Wenn man ehrlich war, hatten meine heftigen Schuldgefühle doch auch niemandem genützt. Dorit nicht, und ihrer Mutter auch nicht. Im Gegenteil: Als Dorit sich bei mir meldete, nachdem sie Hannas Buch gelesen hatte – wild entschlossen, unsere Geschichte publik zu machen, um sich endlich davon zu befreien –, hatte ich sie mit aller Kraft davon abgehalten.

«Ich habe nur an mich selbst gedacht», gestand ich Hanna. «Jahrelang habe ich mir vorgemacht, wenn es nur eine winzige Möglichkeit gäbe, die Ereignisse von damals wiedergutzumachen, wenigstens ein bisschen, dann wäre ich froh und dankbar, würde keine Sekunde zögern …» Ich sah Hanna an. «Und als Dorit dann tatsächlich anrief, war mein einziger Gedanke: Um Gottes willen, wie kann ich sie davon abhalten, mein Leben zu zerstören?» Ich schüttelte den Kopf. «Unglaublich, oder? Alles andere spielte keine Rolle. Mit meinen hehren Sühnegedanken hatte ich jahrelang nur mein Gewissen beruhigt, so sieht's aus …» Ich schwieg.

Hanna schenkte uns beiden Wein nach. Erstaunlich, dass ich schon wieder trinken konnte. Aber dieses Gespräch verlangte wohl nach Alkohol. In gewisser Weise konnte ich sogar verstehen, dass Hannas Roman auch eine Art Befreiungsschlag gewesen war. Es war eben ihre Form, damit fertigzuwerden. Nur, dass sie uns andere da zwangsläufig mit hineingezogen hatte.

Ich musterte Hanna von der Seite. Wie gut sie noch immer aussah! Vielleicht ein bisschen verlebt, aber das tat ihrer Attraktivität keinen Abbruch, im Gegenteil. Es machte sie eher noch interessanter. Ob Fabienne wirklich einmal in sie verliebt gewesen war? Und wenn ja: Ob zwischen den beiden etwas gelaufen war? Ich überlegte kurz, ob ich Hanna danach fragen sollte. Ich war sicher, sie würde ohne zu zögern antworten. Ach nein, ich wollte es gar nicht wissen. Hanna hatte recht, all die unseligen Verstrickungen zwischen uns hatten das Böse damals erst möglich gemacht. Wir waren einander viel zu viel gewesen: Spiegel des erwachenden Selbst, engste Vertraute, eifersüchtig einander beäugende Konkurrentinnen – und unfähig, mit unserer neuen Macht umzugehen.

«Was meinst du», fragte ich nach einer Weile. «Wie hat Fabienne wohl ihre Schuldgefühle verarbeitet? Mit ihrem Glauben?»

Hanna zuckte die Schultern. «Keine Ahnung. Ich weiß es wirklich nicht.» Sie überlegte. «Ich finde sowieso, die Fabienne von damals, die ist kaum noch greifbar, immer nur für kurze, flüchtige Momente. Ehe man sichs versieht, hat sie schon wieder diese Pastorinnenmaske auf. Diese plötzlichen Wechsel, die sind … echt seltsam, oder?»

«Vielleicht wird man ja so, in dem Beruf?»

«Ich glaub das nicht!» Hanna schüttelte den Kopf. «Aber okay, sind wir mal nett und nehmen an, sie hat einen Pastorenknall und muss sich schützen. Vor der alten Fabienne, die in ihr schlummert, vor uns, vor der Vergangenheit. Sie will und darf das alles nicht mehr an sich heranlassen. Wäre schräg, aber egal. Und diese Sache mit der rausgerissenen Kalenderwoche … Ich meine, da gibt es tausend Gründe, warum man so was macht. Vielleicht stand da einfach eine Adresse, die sie eilig brauchte, oder was auch immer.»

Ich war erleichtert über Hannas Verständnis für Fabienne, über die harmlosen Erklärungen für ihr Verhalten. Aber Hanna war noch nicht fertig.

«Andererseits …», fuhr sie fort.

Ich seufzte. Alles klar, jetzt war also der tiefsinnige Teil unseres Gesprächs vorbei, und Hanna wollte zu ihrem Detektivspiel zurückkehren.

«Nehmen wir mal an, Dorit hat Fabienne tatsächlich angerufen. So, wie sie es dir in eurem Telefonat angekündigt hat. Dann wird Dorit ihr nichts anderes gesagt haben als uns auch, oder? Dass sie alles publik machen will. Wie hat Fabienne wohl darauf reagiert?»

Seltsam, darüber hatte ich bisher noch gar nicht nachgedacht. Auch hier hatte ich immer nur meine eigene Situation im Blick gehabt.

«Na ja», sagte ich langsam. «Ich denke, als Seelsorgerin hätte sie Dorits Wunsch verstanden und vermutlich unterstützt. Schließlich hätte es tatsächlich eine Art Befreiung für Dorit werden können. Aber als Privatperson, also als Betroffene …» Ich überlegte. «Da war sie sicher nicht scharf darauf, dass ihre Rolle in dieser Geschichte öffentlich wird. Gerade für sie als Pastorin hängt doch die moralische Messlatte verdammt hoch. Denk doch nur mal an diese Bischöfin, die zurückgetreten ist, weil sie nachts alkoholisiert über eine rote Ampel gefahren ist. Mit Sicherheit hätte sich das Bekanntwerden unserer Geschichte ziemlich fatal auf Fabiennes Karriere ausgewirkt, zumal jetzt, kurz bevor es mit ihrer TV-Talkshow losgeht.»

«Eben.» Hanna sah mich an. «Die wär dann gar nicht erst auf Sendung gegangen.»

«Wie meinst du das?»

Hanna sah mich an, als sei ich begriffsstutzig. «Na, die Talkshow! Wenn unsere Geschichte rausgekommen wäre, hätte der Sender die sofort wieder abgesetzt. Oder jemand anderen an Fabiennes Stelle gebracht. Und mit ihrer Kolumne wäre es nicht anders – entweder eingestellt, oder aber ein Neuer übernimmt. Ziemlich hart, was? Im besten Fall wäre Fabienne ruck, zuck wieder eine einfache Pastorin gewesen, mit Altenheimbesuchen, angeödeten Konfirmanden und einer leeren Kirche am Sonntag.»

Ich schüttelte den Kopf. «Und dagegen hätte Fabienne gar nichts tun können?»

«Nun, vielleicht hat sie das ja.»

«Was?»

«Etwas getan.»

FABIENNE Es musste die Hitze gewesen sein, die sich in Tante Hiltruds Dachzimmer staute. Als ich aufwachte, lag ich wie betäubt in meiner schweißnassen Unterwäsche und versuchte die bleierne Schwere zu überwinden, die mich am Aufstehen hinderte. Aber ich schaffte es nicht. Immer wieder sank ich in einen Dämmerschlaf, aus dem ich jedes Mal nur noch benommener hochschreckte. Mein Herz schlug dumpf, und ich konnte fühlen, wie mir das Blut in den Schläfen pulsierte. Von unten aus der Diele drang verschwommen die Stimme meiner Tante nach oben. Ich hörte meinen Namen, ich hörte ihn noch mal, hörte die Tür ins Schloss fallen, ich hörte den Wagen meiner Tante, der über den Kiesweg rollte.

Dann senkte sich wieder die Stille Beerenböks über das Haus, und ich sank erneut in die Bewusstlosigkeit, in die sich Bilder eines wirren Traums mischten.

Das Jaulen eines Motorrads riss mich aus dem Schlaf. Ein lautes, böses Kreischen, das meinen Puls hochjagte und mein Herz ins Stolpern brachte. Immerhin schaffte ich es, den Kopf zu heben, um auf die Uhr zu schauen, die über der Tür hing.

Es war halb neun Uhr abends ... Konnte das sein? Hatte ich wirklich den ganzen Tag verschlafen? Durch den Leinenvorhang vor dem Gaubenfenster fiel das Sonnenlicht schräg auf die staubigen Dielen. Meine Kehle war so trocken, dass ich kaum schlucken konnte, und ich spürte nagenden Hunger. Wie hatte ich nur Stunden um Stunden in dieser dumpfen Hitze liegen können? Ich musste die Kraft finden, endlich aufzustehen. Es gab Dinge zu tun. Ganz plötzlich wusste ich es wieder, so klar und sicher wie meinen eigenen Namen. Während ich schwer und regungslos zwischen den Laken gelegen hatte, musste sich in mir bereits das Wissen geformt haben, was dieser Abend von mir verlangte.

HANNA Kurz vor ihrem fünfzehnten Geburtstag hatte Fabienne beschlossen, Vegetarierin zu werden. Es war nicht Mainstream gewesen, sich Anfang der achtziger Jahre fleischlos zu ernähren, es war etwas Neues, Politisches, Radikales.

Fabienne hatte es uns sehr nüchtern mitgeteilt, an einem Grillabend bei Marie im Garten, und es war völlig klar, dass sie keine Diskussion darüber wünschte. Also gab es auch keine.

Wenige Tage später waren Marie, Dorit und ich bei ihr eingeladen. Es war eine sehr kurzfristige, ungewöhnliche Einladung gewesen, denn normalerweise feierte Fabienne ihren Geburtstag nicht. Sie hatte uns erst am Morgen Bescheid gesagt. Sie hatte spontan Lust bekommen, indisch zu kochen, und wir sollten zum Abendessen kommen. Wir fühlten uns geehrt. Es war etwas sehr Besonderes, diese Einladung. Indisch war ungewöhnlich, Freunde zu bekochen war ungewöhnlich, und dass wir überhaupt kommen durften, glich einem Wunder. Wir trafen uns ungemein selten bei Fabienne. In all den Jahren war ich nicht mehr als zwei-, dreimal bei ihr zu Hause gewesen.

Das Haus ihrer Eltern war ein Neubau, der größte im Dorf. Er atmete Reichtum und war mit teuren Scheußlichkeiten eingerichtet und dekoriert. Als Fabienne uns die Tür öffnete, wehte uns ein exotischer Duft nach Kokos und geheimnisvollen Gewürzen entgegen. Fabienne sah entspannt und für ihre Verhältnisse glücklich aus. Wir hatten uns sehr bemüht, wegen des Geschenks für sie. Wir hatten großzügig zusammengelegt, und ich war weit gefahren, um in dem damals einzigen Bioladen Schleswig-Holsteins jede Menge sonderbare, vegetarische Aufstriche zu kaufen, dazu furchterregende Körnermischungen, indische Räucherstäbchen und aromatisierte Tees. Fabienne strahlte tatsächlich, während sie alles auspackte.

Als wir am Esszimmertisch saßen, neben der Statue eines lebensgroßen Mohren unter einer goldfarbenen Palme, trugen Fabienne und ihre Mutter mehrere Schüsseln herein. Kichererbsen in Kokossoße, Safranreis, Gemüsecurry, Fladenbrote und verschiedene selbstgemachte Dips.

Kurz nachdem wir andächtig zu essen begonnen hatten, klingelte es an der Haustür. Wenige Minuten später balancierte Fabiennes Mutter eine große Silberplatte zu uns herein.

«Will gar nicht stören!», trällerte sie. «Das war der Schlachter eben. Fabienne, ich habe mir gedacht ... Vielleicht mögen deine Gäste ja doch zu dem ganzen Gemüse noch was Deftiges dazu ...»

Fabienne starrte sie entgeistert an.

«Schlachtplatte!», frohlockte ihre Mutter. «Schlachtplatte!»

Fabienne stand auf, sehr langsam, und nahm ihrer Mutter die Platte ab. Sie warf einen Blick auf die Rippchen, die Blut- und Leberwürste, das gekochte Fleisch, das Sauerkraut, aus dem Speckwürfel hervorlugten, und das vor Butter glänzende Kartoffelpüree.

«Danke», sagte sie gefasst. «Vielen Dank.»

Die Würste rutschten zuerst von der Platte, als Fabienne sie behutsam schräg zu halten begann. Danach glitt das Kochfleisch in seinem Saft hinab, bevor das Kraut über die Rippchen auf den Perserteppich stürzte.

«Fabienne!», schrie ihre Mutter entsetzt. «Fabienne!»

Wir saßen still und stumm, wie erstarrt. Fabienne wirkte sehr konzentriert, als sie dem Püree noch einen kleinen Stups gab, damit es in Bewegung kam. Dann übergab sie ihrer Mutter die leere Platte und atmete tief durch.

«Vielen Dank», sagte sie gefasst. «Wirklich. Sehr aufmerksam von dir.»

MARIE Eine Weile waren Fabienne und ich uns damals nahe gewesen. Nicht lange, ein paar Frühlingswochen nur, dann war es schon wieder vorbei gewesen mit dem Glück. Ja, ich hatte es als beglückend empfunden, dass Fabienne plötzlich Wert auf meine Gesellschaft zu legen schien. Meistens kam sie gegen Abend bei mir vorbei, um mich zu einem Spaziergang abzuholen.

«Hast du Zeit?»

Ich hatte. Immer. Auch wenn es eigentlich nicht stimmte. Rasch, bevor meine Mutter irgendwelche Einwände erheben konnte, nahm ich meine Jacke vom Haken und schlüpfte nach draußen. Meistens gingen wir Richtung See. Dort setzten wir uns nebeneinander auf eine Bank, schauten aufs Wasser und ließen Steinchen springen. Auf diese Weise mussten wir uns nicht in die Augen sehen, was manche Gespräche erleichterte.

Ja, ich hatte diese Stunden allein mit Fabienne genossen. Einfach, weil Fabienne anders gewesen war als Hanna, die ich ohnehin immer ein bisschen fürchtete. Aber auch anders als Dorit, die im Grunde immer nur über sich selbst reden wollte. Manchmal war es wirklich nicht zum Aushalten gewesen! Jedes, wirklich jedes Gespräch mit Dorit kreiste um sie: ihre Probleme, ihr Aussehen, ihre Zukunft, ihre Eltern … Ich konnte mich kaum daran erinnern, dass wir mal über mein Leben und meine Zukunft gesprochen hätten.

Mit Fabienne war es anders. Unsere Gespräche drehten sich nicht um Aussehen, Jungs und Schulprobleme, sondern um wirklich Wichtiges. Um Gut und Böse, um Glauben und Gerechtigkeit, um das ganze Leben eben. In Fabiennes Nähe fühlte ich mich zum ersten Mal klug und nachdenklich. Meine Meinung schien sie wirklich zu interessieren, es hatte so unendlich gutgetan. Bis es eines Tages zu Ende war. Nie hatte ich wirklich verstanden, was ich damals falsch gemacht oder wodurch ich sie verletzt hatte. Ich weiß nur noch, dass unserer Entfremdung ein heftiger Konflikt mit meiner Mutter vorangegangen war. Wieder einmal hatte ich mich verletzt und zurückgesetzt gefühlt. Wieder einmal hatte ich schmerzlich zu spüren bekommen, dass Katharina für meine Eltern, vor allem für meine Mutter, so viel wichtiger war als ich. Wochen zuvor hatten meine Eltern mir versprochen, eine Aufführung unseres Schülertheaters zu besuchen, in der ich eine kleine, aber wichtige Rolle spielte. So ein öffentlicher Auftritt fiel mir nicht leicht. Tagelang hatte ich kaum schlafen können vor Aufregung, gleichzeitig brannte ich darauf, meinen Eltern zu zeigen, was ich konnte. Aber dann war Katharina überraschend ins Finale irgendeines Tennisturniers gelangt. Und sofort war klar gewesen, dass meine Eltern natürlich zu Katharinas Tennisspiel fahren würden, anstatt zu meiner Aufführung. Als Fabienne mich an jenem Abend abholte, hatte ich rotgeweinte Augen. Sie sah mich ganz ruhig an: «Warum bist du nur so abhängig von der Anerkennung deiner Mutter, Marie? Du bist hundertmal mehr wert als sie, erkennst du das denn nicht?»

«Doch, schon», hatte ich beschämt geflüstert, «aber ich möchte doch nur, dass sie mich wenigstens ein einziges Mal ...»

Fabienne hatte den Kopf geschüttelt. «Was würde das denn ändern? Vergiss deine Mutter! Du vergeudest damit viel zu viel Kraft. Lass sie einfach reden. Wenn sie wieder von der göttlichen Katharina spricht, schalte doch auf Durchzug. Ich verrate dir einen Trick: Du musst einfach innerlich summen, wenn sie damit anfängt.»

Irritiert hatte ich Fabienne angesehen. «Summen?»

«Ja, so mache ich das auch. Es hilft, sich innerlich zu wappnen und vor äußeren Einflüssen zu schützen. Probier es mal aus!»

«Summen … hmmm.» Ich kicherte unsicher. «Also, ich weiß ja nicht. Meinst du nicht, ich sollte vielleicht lieber noch mal versuchen, mit Mama zu reden? Wenn ich ihr erkläre, wie wichtig …»

Während ich sprach, meinte ich in Fabiennes Blick eine Spur von Verachtung zu lesen. Sie wandte sich ab, und während wir schweigend nebeneinanderher nach Hause gingen, wurde ich das Gefühl nicht los, dass sie innerlich summte. Es war unser letzter Spaziergang zu zweit gewesen.

FABIENNE Ich wischte mir mit dem Betttuch den klebrigen Schweiß vom Gesicht und stand auf. Mir war so schwindelig, dass ich mich auf dem Weg zum Badezimmer am Treppengeländer festhalten musste, um nicht zu schwanken. Erst als ich unter der Dusche stand und mir das Wasser in den Nacken prasselte, bekam ich wieder einen klaren Kopf. Ich duschte kalt und heiß und wieder kalt. Dann rieb ich mich mit den alten, vom jahrzehntelangen Waschen dünn gewordenen Handtüchern meiner Tante trocken, bis mir die Haut brannte. Es gab Dinge zu tun, und jetzt hatte ich die Kraft, sie anzupacken.

Doch es war noch zu früh am Abend. Ich musste noch ein paar Stunden warten, auch wenn es in dieser Jahreszeit so gut wie nie wirklich dunkel wurde. Aber ich wusste, dass die Beerenböker sich trotzdem an die Regeln hielten – spätestens ab dreiundzwanzig Uhr waren die Straßen im Dorf wie ausgestorben. Auch Tante Hiltrud würde dann von ihrem Bridge-Abend zurück sein und ins Bett gehen. Christian konnte nicht vor Mitternacht aus Lübeck zurück sein – ich hatte also fast eine ganze Stunde Zeit.

Ich bereitete mir in der Küche ein deftiges Abendessen mit Vollkornbrot und Schinken zu, trank einen halben Liter Wasser und ein Bier und schrieb dann meiner Tante einen kurzen Abschiedsbrief, den ich ihr am Morgen auf den Küchentisch legen würde. Ich hatte nicht vor, so lange zu bleiben, bis sie wach wurde. Sonntags schlief sie aus, während ich um Punkt neun bei der Werkstatt sein würde, um meinen Wagen abzuholen und Mirkos Schrauber einen anständigen Lohn inklusive Wochenendzuschlag zu zahlen. Zu einem späten Frühstück konnte ich bereits wieder zu Hause auf meiner Terrasse in Hamburg sein.

Ich musste in der zunehmenden Dunkelheit meines Zimmers nicht allzu lange warten, bis ich den Wagen meiner Tante hörte. Keine Stunde mehr, dann würde sie im Bett liegen und tief und fest schlafen, genauso wie alle anderen Beerenböker. Für mich würde es keine verlorene Stunde sein – auch wenn ich nicht wagte, meinen Laptop einzuschalten, um Tante Hiltrud keinen Grund zu geben, nach mir zu schauen. Das ist das Gute an meinem Beruf. Ich kann immer arbeiten, egal, wo und wann. Und so legte ich mich aufs Bett, schloss die Augen und konzentrierte mich auf den Text meiner Kolumne, den ich in der nächsten Woche abliefern musste. Die Redaktion hatte ein paar Gedanken über den Segen des sommerlichen Faulenzens haben wollen, etwas, worin ich nicht unbedingt Expertin bin.

Aber als meine Tante hustend und ächzend ins Bett ging, hatte ich den Text in Gedanken so gut wie fertig. Ich würde ihn aufschreiben, sobald ich zu Hause am Computer saß.

Tante Hiltrud war gut ausgerüstet, genau, wie ich es erwartet hatte. Im Schuppen fand ich alles, was ich brauchte – auch einen Packen Altpapier und eine alte Tasche, in die ich das Papier hineinstopfen konnte. Ich zog den Gartenkittel meiner Tante über und verstaute alles auf dem Gepäckträger ihres Fahrrads.

Es war, wie ich es mir vorgestellt hatte: Als ich durch Beerenbök fuhr, war der Ort wie ausgestorben. Selbst die Hunde schliefen. Nur eine schwarze Katze lief mir über den Weg, und obwohl ich weiß Gott nicht abergläubisch bin, packte mich eine leichte Unruhe. Würde mich wirklich niemand sehen? Ich hatte den Kragen des Kittels bis zum Kinn hochgeschlagen. Selbst wenn jemand noch aus dem Fenster schaute, würde er mich sicherlich nicht erkennen. Aber trotzdem ließ mich die Nervosität nicht mehr los.

Ich atmete schwer, als ich vor der alten Post von Beerenbök ankam, die schon vor Jahren geschlossen worden war. Die Fenster waren dunkel, nirgendwo brannte ein Licht. Das schöne alte Haus war heruntergekommen, der Garten verwildert. Ich musste durch kniehohes, verdorrtes Gras waten, um in den hinteren Teil des Gartens zu gelangen, der von der Straße her nicht einsehbar war.

Ich schob das Rad in den Schatten an der Rückwand des Hauses, holte die Zeitungen aus der Tasche – und zuckte zusammen. Ich hatte kein Feuerzeug mitgenommen, keine Streichhölzer! Wie hatte das passieren können?! Es musste die Hitze gewesen sein, dieses verdammte Beerenbök, Hanna mit ihrer Aufdringlichkeit … Alles das hatte mich um meine gewohnte Gewissenhaftigkeit gebracht. Es war keine Zeit mehr, zurückzufahren, um Feuer zu holen. Ach verdammt, die schwarze Katze war schuld!

Vielleicht war die Terrassentür nicht abgeschlossen? Auf dem Land hatte man doch noch Vertrauen in seine Mitmenschen, oder nicht? Ich hastete die vier bröckeligen Stufen zur Terrasse hoch, strauchelte und hielt mich an dem schmiedeeisernen Geländer fest. Ich hatte Glück! Auf dem Holztisch standen ein Windlicht und ein Weinglas. Und daneben lag ein Feuerzeug! Ich atmete tief durch. Alles war gut. Alles lief nach Plan.

Jetzt ging es schnell. Ich wischte mit dem Ärmel des Kittels über das Geländer, holte meine Tasche, trug sie in den Garten, zog die alten Zeitungen heraus und knüllte sie zu einem lockeren Haufen, auf den ich ein paar Zweige und trockenes Gras warf. Ich weiß, wie man ein Feuer entfacht. Normalerweise, wenn ich meine Gartenabfälle verbrenne, nehme ich kein Benzin, sondern warte ab, bis sich das Feuer langsam seine Nahrung holt, um schließlich lodernd zu brennen. Aber so viel Zeit hatte ich nicht, und so nahm ich den Benzinkanister aus Tante Hiltruds Schuppen vom Gepäckträger, schüttete die Hälfte des Benzins über das Gras und rollte die letzte Zeitung zu einer Fackel zusammen.

Es dauerte keine fünf Sekunden, dann schossen die Flammen in die Höhe. Sollte ich warten, um zu sehen, wie sich das Feuer ausbreitete? Gab es irgendeine fatale Chance, dass es erlosch, bevor alles verbrannt war? Nein, unmöglich. Ich nahm die Tasche vom Boden, warf noch zwei, drei dürre Zweige ins Feuer, drehte mich um und ging zum Rad zurück. Es gab nicht mehr viel zu tun. Ich würde zu Tante Hiltrud fahren, den Kanister zurückstellen und darauf warten, dass es Morgen wurde. Der Morgen, an dem ich nach Hause zurückfahren würde, in mein geordnetes Leben, wo Aufgaben auf mich warteten, die nichts, absolut nichts mit Beerenbök zu tun hatten.

Alles war gut.

HANNA Unglaublich, wie warm es so spät noch war. Und immer noch lag etwas Helligkeit über dem Garten, obwohl es langsam auf Mitternacht zuging.

«Wie im Süden», murmelte Marie.

Wir waren nicht weitergekommen, mit unseren Grübeleien über Fabienne. Nun lagen wir nebeneinander auf dem Rücken und schauten in den Sternenhimmel – ein angenehmes, trunkenes Schweigen zwischen uns.

«Bereust du das jetzt?», fragte ich Marie irgendwann. «Das mit Wolff?»

«Ja», sagte sie. «Aber ich hätte es auch bereut, wenn ich es nicht getan hätte.»

«Gut.»

Marie beugte sich zur Weinflasche vor und goss mir den letzten Rest ein.

«Ich hol noch eine Flasche, ja?», sagte sie. «Du kannst im Gästezimmer schlafen.»

Ich nickte. «Gut. Das ist gut.»

Als sie aufstand und sich dem Haus zuwandte, blieb sie verwundert stehen und zeigte in Richtung Straße.

«Da qualmt was.»

«Lass es qualmen.»

«Nein, guck doch mal.»

Ächzend drehte ich mich auf den Bauch. Nicht weit entfernt, in Richtung Dorfende, stieg eine dichte Rauchwolke auf. Marie streckte mir auffordernd die Hand entgegen.

«Komm!», drängte sie. «Das sieht nicht gut aus.»

Ich ließ mich von Marie hochziehen und folgte ihr ums Haus herum zur stillen, leeren Landstraße, die sich durch Beerenbök zog. Der tiefschwarze Qualm puffte stoßweise hoch, fünf, sechs Häuser weiter auf der gegenüberliegenden Seite. Marie preschte los wie ein junges Reh. Ich hechelte ihr hinterher und verfluchte dabei meine Raucherlunge, die sich schon nach wenigen Metern meldete.

«Das ist die alte Post!», rief Marie mir über die Schulter zu. «Das ist bei Christian!»

«Der ist weg», keuchte ich. «Konzert in Lübeck!»

Wir stürmten durch das Gartentor, am Haus vorbei in den rückwärtigen Garten, und prallten auf eine Hitzewand. Das Feuer brannte breit und hoch, nur wenig entfernt von der Terrasse. Es loderte im Ruderboot, das dort abgestellt war, fraß sich in sein Holz und versprengte sprühende Funken auf den trockenen Rasen.

«Feuerwehr!», rief Marie, während sie versuchte, eine sich knisternd durchs Gras schlängelnde Flammenspur auszutreten. «Ruf die Feuerwehr! Ich hab mein Handy nicht dabei!»

«Ich auch nicht!» Eine Sekunde, bevor ich zum Nachbarhaus mit seinen heruntergefahrenen Rollläden sprinten wollte, entdeckte ich, dass Christians Terrassentür offen stand. Dumme Polizei, schoss es mir durch den Kopf, als ich in sein Wohnzimmer eilte und hektisch nach dem Telefon suchte. Es stand im Flur, und ich wählte die 110, weil ich keine andere Notfallnummer kannte. Es schien mir endlos zu dauern, bis jemand den Hörer aufnahm und ein schläfriger Polizist sich schließlich meldete. Doch dann wurde er schlagartig hellwach und versprach, dass die Feuerwehr sich auf der Stelle auf den Weg machen würde.

MARIE Ich hatte mich beherrschen müssen, um nicht hinter Hanna her ins Haus zu laufen. Es war unheimlich, so allein neben dem brennenden Boot zu stehen, aus dem die Flammen immer höher schlugen. Was, wenn ein Windstoß Funken aufwirbelte, sie auf mein Haar oder mein Kleid blies und ich selbst Feuer fing? Unwillkürlich trat ich ein paar Schritte zurück. Wie lange die Feuerwehr wohl brauchen würde? Ich hatte keine Ahnung. Obwohl die Beerenböker Bauern schon damals jedes knutschende Liebespaar in ihren Scheunen als potenzielle Brandstifter betrachtet hatten, konnte ich mich an kein größeres Feuer hier im Umkreis erinnern.

Besorgt betrachtete ich die Flammen, die bereits einen Teil des Rasens erfasst hatten. Bei der Trockenheit der vergangenen Wochen würde hier in Windeseile alles in Flammen stehen. Es war nur noch eine Frage der Zeit, bis das Feuer auf das Haus übergreifen würde. Und mir fiel nicht mehr ein, als hier zu stehen und zuzuschauen. Ich biss mir auf die Lippen. Erstaunlich, dass noch nicht halb Beerenbök auf den Beinen war, um zu sehen, was los war! Schliefen die alle derartig fest? Aber im Grunde war ich froh, nicht erklären zu müssen, wieso Hanna und ich als Erste am Brandort gewesen waren. Ich jedenfalls verspürte nicht die geringste Lust, angetrunken, wie ich war, Fragen zu beantworten. Obwohl ich keine Schuld an diesem Feuer trug, hatte ich ein ungutes Gefühl, ähnlich wie bei Fahrscheinkontrollen im Bus, wo mir oft trotz gültiger Karte unwohl war.

Endlich kam Hanna aus dem Haus gestürzt.

«Hast du die Feuerwehr erreicht?»

Sie nickte. «Sind unterwegs.»

«Gott sei Dank!» Ich atmete auf und sah zum Haus hinüber. «Was meinst du: Wollen wir schon mal anfangen?»

Hanna sah mich verständnislos an. «Womit?»

«Na, mit Löschen! In Christians Haus muss es doch Eimer und so geben, damit können wir Wasser holen und …»

Hanna tippte sich an die Stirn. «Marie! Also echt! Das bringt doch nichts! Außerdem ist die Feuerwehr jeden Moment da.»

Sie hatte recht. Hilflos starrte ich in die Flammen. «Ausgerechnet das Boot … was für ein seltsamer Zufall!»

«Zufall?» Hanna schüttelte energisch den Kopf. «Das war kein Zufall! Das war Brandstiftung. Spuren vernichten!»

«Aber wer sollte denn …?» Ich sah Hanna an, ihre Augen blitzten, ihr rötliches Haar leuchtete im Schein des Feuers, und für einen Moment sah sie aus wie eine Hexe. Nein, das konnte einfach nicht wahr sein! Das alles hier war ein böser Traum. Aber er war noch nicht zu Ende. Denn während ich endlich in der Ferne die Sirenen der herannahenden Löschfahrzeuge hörte, sah ich etwas silbrig Glänzendes am Boden liegen. Eine Sekunde nur hatte der Schein des Feuers meine Aufmerksamkeit darauf gelenkt. Hunderte Male habe ich mich seitdem verflucht, dass ich nicht einfach darüber hinweggesehen habe, dass ich das, was da im Gras lag, nicht vergaß, und schnellstens das Weite suchte. Aber nein, ich hatte mich gebückt, meinen Fund neugierig betrachtet und nach Luft geschnappt. Es war ein kleiner silberner Anhänger in Form eines stilisierten Fisches.

Plötzlich stand Hanna neben mir. «Woher hast du das?»

Ich deutete stumm auf den Boden.

«O Gott», sagte Hanna. Sie packte mich am Arm. «Komm!»

«Aber meinst du nicht, dass wir hierbleiben müssen. Die Feuerwehr hat doch bestimmt Fragen an uns und …»

«Wir haben auch Fragen, die endlich beantwortet werden müssen.» Hanna hatte mich am Arm gepackt und zog mich hinter sich her. Ich nickte. Und obwohl ich am liebsten in die Gegenrichtung in mein ruhiges sicheres Leben geflohen wäre, lief ich hinter ihr her in die Dunkelheit.

FABIENNE Ich hatte den Benzinkanister neben den Rasenmäher gestellt, den Kittel an den Haken gehängt und die alte Tasche wieder im Regal verstaut. Auch das Fahrrad brachte ich in den Schuppen und schloss dann sorgfältig ab. Den Schlüssel hängte ich an den Nagel neben der Tür, dort, wo er hingehörte. Tante Hiltrud mochte es nicht, wenn man ihren Alltag in Unordnung brachte. Und sie hatte ja recht. Man muss eine gewisse Ordnung aufrechterhalten, wenn man das Chaos verhindern will. Ohne Disziplin verliert man seinen Weg.

Meine Sachen hatte ich schon gepackt, die Reisetasche mit dem schwarzen Kostüm und dem Laptop standen im Dachzimmer neben dem Bett. Ich legte mich auf die Tagesdecke, streifte nur die Schuhe ab und nahm meine Bibel zur Hand. Ich hatte nicht mehr vor zu schlafen. Ich wollte warten, bis es Zeit war, den Wagen zu holen.

Im Licht der Nachttischlampe blätterte ich durch die Seiten des Alten Testaments, ohne wirklich zu lesen. Wie oft schon hatte ich hier Wahrheiten entdeckt, die tiefer gingen als die kargen Erkenntnisse, zu denen unser moderner Verstand fähig ist. Mein Blick blieb an einem Satz hängen. *Wer Sünde zudeckt, der macht Freundschaft; wer aber die Sache aufrührt, der macht Freunde uneins.*

Es war heiß in der Dachkammer. Auf meinen Wangen, meiner Stirn und meinen Händen brannte immer noch die Hitze des Feuers, und als ich für einen Moment die Augen schloss, sah ich es orange hinter den Lidern leuchten. Aber mein Herz schlug ruhig und sicher, als ich die Bibel zuklappen ließ. Ja, genau so war es gewesen. *Wer aber die Sache aufrührt, der macht Freunde uneins.*

Ich stand auf, zog meine Schuhe an und ging wieder hinaus in den Garten, in die angenehm kühle Luft der Beerenböker Nacht. Vor Tante Hiltruds Haus setzte ich mich auf die Bank, wo ich das Heulen der Sirenen hörte.

HANNA Marie und ich wechselten kein Wort miteinander, während wir auf die Straße liefen und bei nächster Gelegenheit in eine kleine Seitenstraße abbogen.

Das Haus von Fabiennes Tante lag am anderen Ende des Dorfes. Es war auch über die Hauptstraße zu erreichen, aber wir beide waren uns stillschweigend darüber einig, dass es besser war, sie zu verlassen und das Licht der Straßenlaternen zu meiden.

In der Ferne hinter uns war die herannahende Feuerwehr zu hören, und wir beschleunigten unsere Schritte. Es würde nicht mehr lange dauern, bis die ersten Beerenböker neugierig in ihre Vorgärten treten würden.

Verdächtig!, dachte ich panisch. Zwei Frauen, die sich eilig vom Brand entfernen. Ich hatte aufgelegt, als der Beamte mich am Telefon nach meinem Namen gefragt hatte – aber wenn uns jetzt jemand sehen würde … Egal, es war egal, oder? Wir hatten ein Feuer entdeckt und es gemeldet, weiter war nichts. Und dann waren wir zu unserer Freundin gelaufen. Warum wir nicht auf die Feuerwehr gewartet hatten? Es gab keine Erklärung. Keine, die ich offenbaren konnte. Durfte. Wollte.

Als im Haus vor uns die Tür aufging, packte ich Maries Arm und zog sie in die nächste Einfahrt, in der zwei große Kombis parkten. Wir schlüpften in die Lücke zwischen den beiden Wagen, kauerten uns zusammen und lauschten. Nebenan lief jemand auf die Straße, an unserem Versteck vorbei.

«Und wenn …», flüsterte Marie ängstlich.

Ich legte den Finger auf die Lippen, aber das hielt sie nicht davon ab, weiterzusprechen: «Und wenn das gar nicht ihre Kette ist?», wisperte sie. «Wir können doch nicht einfach zu ihr gehen und sie beschuldigen … Das ist doch verrückt!»

Wie gerne hätte ich genickt, einfach genickt und die Gedanken, die in meinem Kopf rasten, ausgeschaltet. Die Schlachtplatte auf dem Perserteppich, Fabiennes Kühle, ihre Distanziertheit und Verschlossenheit uns gegenüber, dieser

Wechsel zwischen Aggressivität und pastoralem Gehabe … Ich konnte nicht mehr zurück. Ich wusste nur eines, während wir zwischen den Stoßstangen der Autos hockten: Es gab nur noch diese eine Nacht für uns drei. Wir mussten mit Fabienne sprechen, sie zum Reden bringen, sie zwingen, aufrichtig zu sein.

«Los!», raunte ich Marie zu. «Weiter!»

Sie zögerte.

«Komm jetzt! Oder gib mir die Kette und bleib hier!», drängte ich.

Marie öffnete ihre Faust und blickte auf den silbernen Fisch in ihrer Hand. Ich war unglaublich erleichtert, als sie die Finger wieder schloss, sich erhob und neben mir aus der Einfahrt huschte – zum ersten Mal in meinem Leben hatte ich Angst verspürt, Fabienne alleine zu begegnen.

Den Rest des Weges eilten wir im Schatten der Gartenhecken entlang. Wir erreichten Tante Hiltruds Haus gerade noch rechtzeitig. Unmittelbar nachdem wir in die breite Einfahrt gehetzt waren, lief der Nachbar auf die Straße.

Das Haus der Tante war ein kleiner Resthof und lag etwas zurückgesetzt. Marie zog mich hinter einen der alten Bäume, die die Einfahrt flankierten.

«Und was sagen wir?», flüsterte sie außer Atem. «Wir können ja erst mal ganz freundlich anfangen …»

Es war absurd, aber ich musste lachen. Marie würde auch noch vor einem Erschießungskommando versuchen, die Situation mit ein paar netten Worten zu entspannen. Ich presste mir die Hand auf den Mund, um den bellenden Husten zu unterdrücken, der mich überfiel. Der schnelle Lauf durchs ganze Dorf war zu viel für meine Raucherlunge gewesen.

«Egal», keuchte ich und zerrte Marie im Schatten der Bäume weiter. «Alles egal.»

Fabienne saß auf einer Holzbank neben der Haustür, die Hände im Schoß gefaltet.

«So spät noch?», fragte sie liebenswürdig, als wir vor ihr standen.

Ich hustete verzweifelt.

«Ja … Tut uns leid …», begann Marie.

Fabienne beugte sich erwartungsvoll vor.

«Also, das Boot …», versuchte Marie es erneut.

Fabienne hob fragend die Augenbrauen.

«Sag was!», stieß ich mühsam hervor, bevor mich der nächste Hustenanfall stoppte.

Fabienne schüttelte tadelnd den Kopf. «Du solltest wirklich weniger rauchen.»

Ich beugte mich vor, stützte mich mit den Händen auf den Knien ab und versuchte durchzuatmen.

«Wir haben …», sagte Marie vorsichtig.

«Wir hatten einen langen Tag, wir alle», unterbrach Fabienne sie milde. «Wir sollten schlafen gehen.»

«Was ist los?», fuhr ich sie an. «Was ist los mit dir? Warum brennt dieses verdammte Boot?!»

Fabienne lächelte mich an. «Nichts geschieht ohne Grund.»

«O ja! Das glaube ich auch. Weißt du, was wir gefunden haben?»

Fabienne schloss die Augen.

MARIE Am liebsten hätte ich genau das Gleiche getan wie Fabienne: die Augen zugemacht. Ich wollte mich umdrehen und gehen, so als wäre nichts geschehen, gar nichts. Verdammt, warum hatte ich den blöden Fisch aufgehoben? Und warum hatte ich ihn dann nicht wenigstens vor Hannas Blicken versteckt. Ich hätte den Anhänger ohne Probleme in meiner Faust verbergen können, um ihn irgendwann zu vergraben oder im See zu versenken. Nein, nicht im See …

Stattdessen war ich Hanna hierher gefolgt, wie ein Lamm, genau wie früher. Was wollten wir eigentlich? Die Wahrheit finden? Warum? Ich war sicher, dass sie mir nicht gefallen würde, diese Wahrheit. Außerdem hatten die letzten fünfundzwanzig Jahre gezeigt, dass ich auch recht gut ohne sie leben konnte, oder nicht? Aber jetzt war es zu spät, jetzt standen wir hier vor Fabienne und konnten nicht mehr einfach die Stopptaste drücken und die Löschtaste schon gar nicht. Ich biss mir auf die Lippen. Vielleicht, vielleicht gab es aber auch eine winzige Chance, dass sich in den nächsten Sekunden alles aufklären würde, dass Fabienne unseren ungeheuren Verdacht mit einem einzigen Satz zerstreuen würde, wir daraufhin beschämt auflachen und uns tausendmal entschuldigen würden, um uns danach nie mehr wiederzusehen. Ja, diese winzige Chance gab es. Aber während ich auf Fabienne niederblickte, die ganz ruhig dasaß und uns unverwandt anschaute, wusste ich, dass es so nicht sein würde. Die Wahrheit sah anders aus. Ganz anders.

«Auf was wartest du? Nun zeig ihn ihr schon!», drängte Hanna.

Fast widerwillig trat ich näher an Fabienne heran und öffnete meine Faust. Der Silberfisch glänzte im Mondlicht. Er sah schlicht und harmlos aus. Fabienne warf nur einen flüchtigen Blick darauf.

«Ja, und?»

«Weißt du, wo wir den Anhänger gefunden haben?», stieß Hanna hervor.

Fabienne hob die Augenbrauen. «Woher sollte ich?»

«Er lag in Christians Garten», schaltete ich mich zögernd ein, «im Gras, neben dem brennenden Boot.»

Fabienne schaute uns abwartend an.

«Es ist das Symbol für Christus», sagte Hanna.

«Nein, Hanna ...» Fabienne lächelte. «Das ist es nicht. Es ist ein Zeichen, mit dem sich Menschen als Christen zu erkennen geben.»

Hanna sah für einen Moment so aus, als wollte sie Fabienne schlagen. «Es ist dein Anhänger, Fabienne!», sagte sie dann, und ihre Stimme war plötzlich ungewohnt ruhig. «Du hast ihn getragen, gestern noch. Ich erinnere mich ganz genau.»

«Solche Anhänger tragen viele Menschen.» Fabienne schien genug zu haben, sie stand auf und wandte sich zum Gehen. Als sie sich bewegte, stieg mir der Geruch ihrer Haare in die Nase, leicht nur, aber unverkennbar: der Geruch nach Benzin, nach Rauch, nach Feuer ... Hanna und ich wechselten einen Blick.

«Du hast das Boot in Brand gesetzt», sagte Hanna in Fabiennes Rücken. «Du wusstest genau, dass Christian es untersuchen lassen wollte. Und dass er Spuren finden würde, deine Spuren.»

Noch immer drehte sich Fabienne nicht um. Aber sie ging auch nicht weiter, schien wie eingefroren mitten in der Bewegung.

Ich wollte die Frage gar nicht stellen, sie kam einfach so

über meine Lippen. «Du warst es, stimmt es, Fabienne? Du hast Dorit am See getroffen, an jenem Tag … Und ihr seid zusammen hinausgerudert.»

FABIENNE An jenem Tag … Was wusste Marie schon von jenem Tag? Nichts wusste sie. Weder sie noch Hanna. Niemand wusste irgendetwas. Nur Dorit und ich.

Sie hatte mich angerufen und mir ihre ganze Not und Verzweiflung entgegengeschleudert. Ihre Verzweiflung über Hannas Buch, ihre Not, weil jetzt alles wieder aufgewühlt wurde. «Ich weiß nicht mehr weiter, Fabienne, ich ersticke. Du musst mir helfen!», hatte sie mit ihrer hartnäckigen Eindringlichkeit gefleht. «Du musst mir helfen, sonst passiert noch ein Unglück!»

Und so hatte ich meine Termine für diesen Tag abgesagt und war losgefahren. Wir hatten uns am See verabredet, «an *unserem* See, Fabienne». Es war Dorits Vorschlag gewesen – womit sie offenbar ihrem Bedürfnis frönte, aus unserem Treffen eine theatralische Inszenierung zu machen. Sie war den ganzen Weg von Beerenbök aus zu Fuß gegangen, und auch das war nichts anderes als eine Überdramatisierung gewesen. Verschwitzt und mit schmerzenden Füßen war sie an dem Pfad angekommen, der zum See führt.

«Ein Bußgang, Fabienne», erklärte sie und überschüttete mich mit ihren wirren Gedanken, noch bevor wir den See erreicht hatten. Buße, Reue, Vergebung, Aufarbeiten. Wiedergutmachen, wo man nichts wiedergutmachen konnte. Ich ließ sie reden, weil es das Einzige ist, was den Menschen in so einer Situation Erleichterung verschafft.

Als sie das Boot sah, das im Ufergras lag, die Ruder ordentlich unter den Ruderbänken verstaut, versiegte ihr Redestrom für ein paar Sekunden. Sie strich sich mit der Hand die verklebten blonden Haare aus der Stirn. «Schau, Fabienne», sagte sie, «mit so einem sind wir doch damals immer hinübergefahren, zu unserer Insel.» Und schon fing sie an, das Boot in Richtung See zu schieben.

«Was machst du?» Ich bemühte mich, meinen Unmut zu verbergen. «Dorit, ich bin nicht gekommen, um mit dir eine nostalgische Bootspartie zu machen.»

Doch sie hörte mich gar nicht. Entschlossen schob sie das Boot ins Wasser. «Wie früher!», rief sie. «Komm, Fabienne!» Und schon stieg sie ein und balancierte über die Ruderbänke. Als das Boot nicht mehr schaukelte, drehte sie sich zu mir um. «Nun komm schon. Wir fahren zu unserer Insel. Du musst mir sagen, was ich tun soll. Ich kann doch jetzt nicht mehr schweigen, jetzt, wo Hanna dieses Buch geschrieben hat. Wir müssen doch endlich zu dem stehen, was passiert ist, oder nicht?»

Und so stieg auch ich in das Boot. Ich ließ mich von Dorit zu der kleinen Insel in der Mitte des Sees rudern. Während sie hektisch und ungelenk die Ruder durch das Wasser zog und immer mehr außer Atem geriet, hörte ich ihr zu. Ein böiger Wind war aufgekommen, der Vorbote eines Sommergewitters, und ich verstand nicht jedes ihrer Worte. Aber eines wurde immer deutlicher. Sie wollte das Schweigen brechen, so wie Hanna.

Als sie das Boot mit einem letzten Ruderschlag auf den Sand der Insel auffahren ließ, fühlte ich mich leer und kraftlos. So, als wäre ich gerudert und nicht Dorit. Ich folgte ihr, während sie sich schwer atmend durch das wilde Gestrüpp der Insel zwängte. Sie wollte den Feenstein finden, sagte sie, den Stein, neben dem wir damals unsere Wünsche vergraben hatten. *Hexenstein* hatte Hanna ihn in ihrem unseligen Roman genannt. Und während ich in der Hitze dieses Nachmittags stumm hinter Dorit herging, stieg eine schwelende Wut in mir auf. Hanna! Sie war an allem schuld! Ich hasste sie plötzlich so sehr, dass mir schwindelig wurde. Hanna hatte mich so weit gebracht, dass ich mit Dorit über diese gottverlassene Insel stapfte, anstatt zu Hause an meinem Schreibtisch zu sitzen und meine Arbeit zu tun. Hanna! Sie hatte sich ihren Ruhm erschrieben mit ihrem Schund, während mein Erfolg, mein schwer erarbeiteter Erfolg, durch ihren Egoismus zerstört wurde. Alles, was ich mir aufgebaut hatte, alles, was die Zukunft bringen sollte, würde in sich zusammenstürzen, wenn Dorit wahr machte, was sie in ihrem dummen Kopf ausbrütete. Die Vergangenheit wieder aufleben lassen, die Wahrheit ans Licht bringen, das Schweigen brechen, Zeugnis ablegen, die richtigen Namen nennen.

Sie hatte den Stein gefunden. Es war ein grünlicher, mit Moos bedeckter Stein, der weder einer Fee noch einer Hexe glich, sondern nur ein hässlicher, nichtssagender Brocken war. «Da ist er!», rief sie. Als sie sich zu mir umdrehte, lag so etwas wie Verzückung auf ihrem erhitzten Gesicht. «Ich weiß nicht mehr, was ich mir gewünscht habe», murmelte sie. Sie kniete sich nieder in ihrem durchgeschwitzten Sommerkleid und fing an zu graben.

«Es geht nicht anders, Fabienne, es geht nicht anders, ich weiß es jetzt genau», hörte ich sie sagen. Eine hysterische, wilde Entschlossenheit hatte sie gepackt, und ich wusste, dass sie wahr machen würde, was sie vorhatte. Sie würde nicht aufgeben, bevor sie nicht die alte Keramikdose gefunden hatte. Sie würde alles ans Licht zerren. Es war ihr egal, ob sie ihr eigenes armseliges Leben damit vollends zerstörte. Ihr Leben und meins.

Ich drehte mich um und ließ sie dort hocken. Nein, ich würde Dorits wahnsinnige Eskapaden nicht mitmachen. Dorits nicht und Hannas noch viel weniger. Ich hatte genug von dieser ganzen Sache. Ich würde gehen.

Erst als ich auf halbem Weg zum Boot war, schien Dorit zu merken, dass ich ihrem unsinnigen Tun nicht mehr zuschaute. «Willst du schon zurück, Fabienne?» Sie tauchte zwischen den krüppeligen Weiden der Insel auf, ihr Gesicht noch roter und glühender als zuvor.

Ich antwortete nicht. Ich ging weiter, schob das Boot ins Wasser, watete in den See und stieg ins Boot. Es schwankte heftig, und eine Sekunde lang sah ich mich fallen. Doch alles ging gut, und ich griff nach den Rudern.

«Nun warte doch, Fabienne!», hörte ich Dorits hohe Stimme.

Als ich das Boot gewendet hatte, war sie fast schon am Ufer. Sie schwenkte eine schmutzige braune Dose durch die Luft. «Ich hab sie gefunden!»

Ich begann zu rudern und ließ sie dort stehen mit der Dose in der Hand. «Nun warte doch!», wiederholte sie und kam näher. Sie streifte die Sandalen von den Füßen und testete mit den nackten Zehen das Wasser, eine völlig überflüssige Aktion.

«Wo willst du denn hin?», fragte sie. «Du kannst mich doch hier nicht zurücklassen!»

Ich tat ein paar kräftige Züge, und das Boot nahm an Geschwindigkeit zu. Jetzt ging sie tiefer ins Wasser, immer noch die alte Dose in der Hand, die Dose mit unseren kindischen Wünschen, die wahrscheinlich mittlerweile zu Staub zerfallen waren. Und während ich schnell und schneller ruderte, begann sie zu schwimmen, erst halbwegs ruhig, dann immer hektischer.

Sie konnte mich nicht einholen, nicht mit der idiotischen Dose in den Fingern, die sie nicht losließ. Erst als wir weit vom Ufer entfernt waren und ihre Rufe in asthmatisches Keuchen übergegangen waren, das immer hysterischer und heftiger wurde, schien sie das Ding aufzugeben. Ich ahnte es mehr, als dass ich es sehen konnte. Ich hob den Blick vom Wasser und ließ ihn über die Insel schweifen. Ich wollte Dorit nicht sehen, die arme, dumme Dorit. Ich wollte ihren pfeifenden Atem nicht hören, ihre Rufe, «Fabienne, Fabienne!», ihr Flehen und Schreien, das Platschen der Wellen, das ihre sinnlos zappelnden Arme wohl verursacht haben mussten. Die plötzlich eintretende Stille. Ich wollte all das einfach nur hinter mir lassen.

Als ich am anderen Ufer ankam, schaute ich zurück. Glatt und friedlich lag der See in der Hitze dieses Nachmittags. Ich stieg aus dem Boot und gab ihm einen Schubs, sodass es auf den See zurücktrieb. Ein Psalm aus dem Alten Testament kam mir in den Sinn. Ein Satz, der auch mich jetzt friedlich stimmte.

Lehre uns bedenken, dass wir sterben müssen, auf dass wir klug werden.

HANNA Von der Straße her hörten wir aufgeregte Rufe – die Beerenböker waren auf dem Weg zum Feuer. Aber wir drei standen vor dem Haus der Tante wie unter einer gläsernen Kuppel, abgeschlossen vom Rest der Welt.

Fabienne lächelte, als sie sich Marie und mir wieder zuwandte. Sie strahlte Ruhe aus und Gelassenheit. Ihr Lächeln war zuversichtlich und tröstend. Es war zu schön, um wahr zu sein.

«Vielleicht», sagte sie, «war ich noch vor euch da. Ich könnte versucht haben, den Brand zu löschen. Richtig?»

Eine kurze Zeitlang in meinem Leben hatte ich in einem Sportverein geboxt. Ein grandioses Ventil für meinen unterdrückten Zorn auf zu vieles und auf meine schlechten Romane. Ich hatte das Boxen aufgegeben, meine Lunge machte es nicht mehr mit. Aber einmal hatte ich doch noch zugeschlagen – bei einem Liebhaber, dem ich mit einem Schlag das Nasenbein brach, als er mich verließ. Es war reichlich Blut geflossen. Nie wieder hatte mich seitdem jemand so sehr gereizt wie Fabienne mit ihrer Antwort. Noch heute fühle ich die heiße, körperliche Wut, die sie in mir aufsteigen ließ. Woran es lag, dass ich nicht zuschlug, sondern nur auf sie zustürzte und ihr einen Stoß gab? Es gab nur einen Grund: Ich wollte einfach nicht glauben, was ich vermutete.

Fabienne wankte und ließ sich geschickt auf die Gartenbank fallen.

«Erzähl uns keinen Scheiß!», brüllte ich sie hilflos an.

Sie schüttelte nachsichtig den Kopf und legte den Finger auf die Lippen. «Scht! Nicht so laut.»

Marie schlug die Hand vor den Mund. «Nicht», flüsterte sie entsetzt. «Fabienne! Das hast du nicht wirklich getan, oder? Das hast du nicht? Das hast du doch nicht, oder?»

«Wirklich, ihr solltet euch sehen.» Fabienne blickte uns tadelnd an. «Ihr seid ja völlig aus der Fassung. Das ist nicht gut. Denkt an Dorit. Man muss einen kühlen Kopf behalten. Sonst gerät alles außer Kontrolle.»

Als Marie leise zu schluchzen begann, gewann ich die Beherrschung wieder. Ich hatte noch nie mit den Tränen anderer umgehen können. Sie froren meine Gefühle ein. Ich machte mich gerade, straffte die Schultern und als ich ruhig zu sprechen begann, kam ich mir unwirklich vor.

«Hat sie den Kopf verloren, ja? Ihr zwei so ganz allein am See, und dann gerät Dorit plötzlich außer sich. Und ertränkt sich. So war das? Ja?»

«Sei nicht albern.» Fabienne strafte mich mit einem empörten Blick. «Sie war hysterisch. Da sollte man nicht schwimmen gehen. Und wenn man dann noch Asthma hat … Es tut mir leid – aber das war dumm. Wirklich.»

Mein Herzschlag rauschte in meinen Ohren, wie die Wellenbrandung am Strand, und füllte das Schweigen zwischen uns. Ich konzentrierte mich darauf, dort zu stehen, wo ich stand, denn etwas anderes gab es nicht zu tun.

«Wir gehen jetzt. Komm, Hanna. Wir gehen.» Marie wisperte es sanft, wie eine Mutter, die ihr schlummerndes Kind am Ende einer Familienfeier aufwecken und nach Hause bringen muss. Ich folgte ihr widerspruchslos, als sie mich behutsam unterhakte und zur Straße führte. Einmal noch blieb ich stehen und sah zurück. Fabienne saß auf der Bank und hob die Hand zu einem Abschiedsgruß.

MARIE Ich wandte mich ab und zog Hanna hinter mir her. Ich wollte nur weg, weg von Fabienne, die selbstzufrieden dasaß und uns so ruhig nachsah, als sei die Welt in allerbester Ordnung. Fabienne war verrückt! Warum hatten wir so lange gebraucht, um das zu merken?

Was ich ihr alles anvertraut hatte …, weil ich sie für besonders verständnisvoll und integer hielt. Wie hatte ich mich nur derartig irren können?

«Sie war es!», stieß Hanna tonlos hervor. «Sie hat den Brand gelegt und … und …» Ihre Stimme stockte. «Sie hat Dorit umgebracht! Weil Dorit reden wollte, über uns, über damals!»

Ich verlangsamte den Schritt, versuchte ruhig zu atmen. «Vielleicht war es auch ein Unfall und …»

«Ein Unfall?!» Hanna blieb stehen. «Marie!»

«Aber warum denn nicht?», fragte ich vorsichtig. Plötzlich erschien es mir unheimlich wichtig, Hanna von dieser Möglichkeit zu überzeugen. «Vielleicht hat Fabienne ja gar nicht mitgekriegt, dass Dorit Probleme im Wasser hatte, und als sie ihr helfen wollte, da war es zu spät.» Ich zuckte hilflos die Achseln. «Na, oder so ähnlich eben.»

«Das glaubst du nicht wirklich», sagte Hanna leise.

Nein, das glaubte ich natürlich nicht. Aber es war theoretisch möglich. Spielte es denn eine Rolle, was ich dachte? Machte es einen Unterschied, dass ich mir nur zu gut vorstellen konnte, was an jenem Nachmittag geschehen war? Dass Dorits hysterische Stimme über den See geschallt war: «Lass uns endlich reinen Tisch machen, Fabienne! Lass uns die Wahrheit sagen, allen! Ich bin sicher, es wird uns befreien! Schau, Hanna hat mit ihrem Buch doch schon den Anfang gemacht. Das war doch ein Zeichen, ein klares Zeichen dafür, dass auch sie nicht länger schweigen will, erkennst du das denn nicht?»

Bestimmt hatte Fabienne auf Dorit eingeredet, genau wie ich ein oder zwei Wochen zuvor am Telefon. Ja, auch Fabienne hatte versucht, Dorit von ihrem Plan abzubringen. Wahrscheinlich war sie am Anfang noch freundlich und gelassen gewesen, sicher, Dorit in ihrem Sinne manipulieren zu können, so wie es früher gewesen war. Aber irgendwann an jenem unglückseligen Nachmittag musste sie gespürt haben, dass Dorit sich nicht beruhigen ließ. Von ihr nicht. Und von niemand anderem. Dorit wollte reden! Und keine Macht der Welt würde sie davon abhalten können. Denn Dorit hatte nicht viel zu verlieren. Im Gegensatz zu Fabienne. Für sie wäre mit Dorits öffentlicher Beichte alles vorbei gewesen: ihre berufliche Reputation, ihre kurz bevorstehende TV-Karriere, ihr Ruf als moralische Instanz – alles.

Natürlich hatte Fabienne Dorits Tod nicht geplant. Wahrscheinlich hatte sie Dorit nicht einmal berührt. Nein, wenn Dorit gewaltsam unter Wasser gedrückt worden wäre, hätte es Spuren gegeben, irgendwas hätte die Polizei doch gefunden, oder nicht? Nein, Dorit war aus welchen Gründen auch immer voll bekleidet in den See gegangen, wahrscheinlich war sie völlig außer sich gewesen über Fabiennes Weigerung, sie zu unterstützen.

Dorit hatte keinen Boden mehr unter den Füßen gehabt, Wasser geschluckt, um Hilfe gerufen – und irgendwann, als sie merkte, dass Fabienne keine Anstalten machte, sie zu retten, war die Panik gekommen und das Asthma –, ihre nassen Kleider hatten sie nach unten gezogen, ihre Kräfte schwanden ... Wie lange mochte es gedauert haben, bis Dorits Rufe endgültig verstummt waren? – Ich schüttelte den Kopf, so heftig, als könne ich den Film, der in meinem Hirn ablief, auf diese Weise stoppen.

Erst jetzt merkte ich, dass Hanna mich fragend ansah. Sie schien auf eine Antwort zu warten. Ich wandte mich ihr zu. «Entschuldige, was hast du gesagt?»

Hanna kramte eine Zigarette aus ihrer Tasche und zündete sie an. Ihre Hände zitterten. «Was machen wir jetzt?»

Ich versuchte mich zu sammeln, aber es ging nicht. Ich konnte keinen klaren Gedanken fassen. «Es ist alles so … unwirklich, findest du nicht? Wie ein Albtraum. – Verdammt, wäre ich doch nie hergekommen!» Ich holte Luft. Wir durften nichts überstürzen! Wir mussten ganz in Ruhe nachdenken, überlegt handeln. Ich sah Hanna an. «Im Grunde wissen wir doch wirklich nicht, was am See geschehen ist. Fabienne hat nichts zugegeben, die Brandstiftung, noch die … die Sache mit Dorit.» Ich machte eine Pause. «Selbst, wenn wir mit Christian sprechen, ihm den Anhänger zeigen. Man wird ihr nichts beweisen können … und vielleicht … vielleicht hat sie ja nicht wirklich …»

Hanna nickte langsam. «Zumal es kein Motiv gibt …»

Ich sah sie überrascht an. «Aber natürlich gibt es das: Wenn wir erzählen, was damals passiert ist, was wir getan haben …»

«Genau», sagte Hanna leise. «*Wenn.*»

Jetzt verstand ich. Hanna und ich hatten es in der Hand. Nur sie und ich.

Ich zögerte. «Und du meinst, Dorit nutzt es sowieso nichts mehr, wenn wir jetzt darüber sprechen?», fing ich vorsichtig an.

Hanna stieß den Rauch ihrer Zigarette aus. «Es nutzt niemandem, Marie!»

Ich senkte den Blick. Hanna hatte recht. Was würde geschehen, wenn wir jetzt auspackten? Dorits Tod hatte alles noch schlimmer gemacht, als es ohnehin schon war! Die Folgen unserer damaligen Intrige waren fatal genug gewesen. Wenn jetzt alles wieder aufgerollt würde … Wenn bekannt würde, dass ein Mensch umgekommen war, als eine von uns versucht hatte, unsere Schuld zu vertuschen. Dann würden wir zweifellos noch mehr am Pranger stehen. Die Geschehnisse von damals würden eine neue Aktualität und Dramatik bekommen. Noch mehr, wenn Fabienne tatsächlich angeklagt würde. Eine Pastorin! Ein Mensch mit Vorbildfunktion, eine moralische Instanz …! Dazu Hanna als bekannte Autorin. Die Medien würden sich wie Hyänen auf die Geschichte stürzen. Es würde kein Entrinnen geben.

Thomas würde alles erfahren. Er, der mich immer für einen besonders ehrlichen, anständigen Menschen gehalten hatte. Und Lea … Ich mochte mir ihren Abscheu vor dem, was ihre Mutter getan hatte, als sie ähnlich alt war wie sie selber, gar nicht vorstellen. Nein, all das durfte nicht geschehen!

Ich sah Hanna an. Hatte sich in den letzten Minuten in ihrem Kopf ein ähnliches Szenario abgespielt wie bei mir? Ich konnte es nur hoffen, denn mit einem Mal wusste ich ganz genau, was ich wollte. Und vor allem, was *nicht*. «Ich … ich will nicht erklären müssen, was nicht zu erklären ist – und alles kaputt machen.» Ich schluckte, ja ich schämte mich für meine Schwäche, aber so war ich eben. Meine Stimme klang fast trotzig. «Ich will nach Hause, einfach nach Hause und mein Leben weiterleben. So wie es war. Und du?»

Ich mied Hannas Blick, während ich auf ihre Antwort wartete. Für einen Moment schien es völlig ruhig um uns herum zu werden.

Hanna drückte ihre Zigarette aus, nickte kurz und nahm meinen Arm. «Dann sind wir uns ja einig ...»

FABIENNE Ich war um neun Uhr mit Mirko vor der Werkstatt verabredet. Aber das sinnlose Gespräch mit Hanna und Marie hatte mir die Ruhe geraubt. Ich war nicht in der Stimmung, noch länger in Tante Hiltruds Vorgarten zu sitzen und auf den Morgen zu warten. Ich würde meinen Koffer nehmen, zur Werkstatt gehen und mir den Wagen holen. Es war sicher kein Problem, die Reparatur später per Überweisung zu bezahlen. Einer Pfarrerin würde ja wohl niemand unterstellen, sich vor dem Bezahlen drücken zu wollen.

Ich hatte Glück. Mirkos Freund hatte den Schlüssel im Zündschloss stecken lassen. Und so hinterließ ich eine kurze Notiz an der Tür der Werkstatt, setzte mich ans Steuer und fuhr vom Hof.

Als ich an der alten Post vorbeikam, hatte die Feuerwehr bereits ihre Schläuche eingerollt, und die Schaulustigen waren auf dem Rückzug. Es war ja auch nichts mehr zu sehen außer ein paar verkohlten Brettern und einem wassergetränkten Garten. Selbst für Beerenböker Verhältnisse war das kein wirkliches Ereignis. Neben dem Löschwagen stand Christian. Ich hielt kurz an und nickte ihm durch das offene Fenster zu.

«Was ist passiert?»

«Das Ruderboot ist abgebrannt», antwortete er, und in seiner Stimme schwang Verbitterung.

«Du liebe Güte», sagte ich. «Was hat das zu bedeuten?»

Er zuckte die Schultern.

«Tja, also dann …» Ich zögerte einen Moment, winkte ihm kurz zu und startete den Motor. Es war Zeit, nach Hause zu fahren, wo meine Arbeit schon viel zu lange liegen geblieben war.

Während im Osten die Sonne über die Backsteinhäuser Beerenböks stieg und einen neuen strahlenden Sommertag verkündete, ließ ich den Ort rasch hinter mir, ohne noch einmal in den Rückspiegel zu blicken. Was hat es für einen Sinn zurückzuschauen, wenn noch so viel vor einem liegt?

HANNA Es nutzt niemandem. Es nutzt niemandem. Es nutzt niemandem. Im Nachhinein hatte ich das Gefühl, die ganze Heimfahrt über nur um diesen einen Satz gekreist zu sein: Es nutzt niemandem, alles zu offenbaren.

Dorit war tot.

Wer war Fabienne? Hatte sie Dorits Tod geplant, oder war er ein Zufall gewesen? Glaubte sie an einen gnädigen Gott, der ihr alles verzeihen würde? War sie in der Lage, noch einmal zu töten? Und Marie? Würde sie ihr heiles Leben weiterleben? Bei netten Familienabenden die immer gleichen Gedanken beiseiteschieben, beim Kochen tief bereuen, auf ewig, ewig?

Ich hatte mich nicht von Christian verabschiedet. Wenn er sich je wieder bei mir melden würde …, könnte ich ihn wiedersehen?

Als ich endlich einen Parkplatz in der Nähe meiner Wohnung gefunden hatte, besorgte ich mir im Kiosk schnell noch

Zigaretten. In der Wohnung warf ich meine Reisetasche aufs Bett. Im Kühlschrank fand ich eine Flasche Weißwein. Ich setzte mich auf den Balkon, lauschte dem sommerlichen Lärm der Stadt, zündete mir eine Zigarette an und fragte mich, wie es weitergehen sollte. Nach dem zweiten Glas Wein erschien mir die katholische Lösung als die einfachste: büßen, beten, Gutes tun. Unbezahlte Sozialarbeit in einem Altersheim. Oder so. Ein ehrenwerter Gedanke, den ich sogleich wieder verwarf. Das bisschen Gott, an das ich noch glaubte, ließ sich nicht bestechen.

Es war ganz einfach. Ich musste durchatmen und vorwärtsgehen. Und den letzten Wein nicht vergeuden. Die zwei, drei Gläser, die noch in der Flasche waren, sollten für den Anfang reichen.

Ich ging in mein Arbeitszimmer, schaltete den Laptop ein, klickte auf Word. Und dann *Neues Dokument*.

MARIE Ich hatte schon immer aufgeatmet, wenn ich das Ortsausgangsschild von Beerenbök passiert hatte, aber nie so sehr wie heute. Weg hier, nur weg!

In der Nacht hatte mich Hanna bis zum Haus meiner Mutter begleitet und zum Abschied umarmt. Es war klar, dass wir keine Telefonnummern oder Adressen austauschen würden. Ich würde Hanna nie verzeihen können, dass durch ihr Buch alles ins Rollen gekommen war. Sie hatte Schicksal gespielt. Mit fatalen Folgen. Ich war sicher, dass sie daraus lernen würde.

Am liebsten wäre ich noch in der Nacht zurück nach Hamburg gefahren. Aber wie hätte ich diese überstürzte Abreise meiner Mutter erklären sollen? Oder Thomas? Also schlich ich mich in mein Zimmer und schaltete sofort den uralten Fernseher ein, der dort noch immer stand. Blind starrte ich auf die Mattscheibe, stundenlang, bis ich meine Mutter endlich unten in der Küche rumoren hörte.

«Du bist schon auf?» Mama schaute mir überrascht entgegen. «Du siehst aber gar nicht gut aus!» Das klang weniger besorgt als deutlich missbilligend. Es war mir egal.

Ich nickte nur. «Ich muss leider sofort los. Es gibt schrecklich viel zu tun im Moment, im Garten und auch in der Bücherei.» Ich nahm meine Reisetasche und wandte mich zur Tür. «Deswegen werde ich auch in nächster Zeit nicht kommen können.»

«Aber», Mama blickte mich ungläubig an, «ich brauche doch …»

«Ich bin sicher, Katharina hilft dir auch gerne», unterbrach ich sie. «Tschüs, Mama! Wir telefonieren.»

Ich ging zum Auto und wartete darauf, dass sie hinter mir herkam, um mich wütend zurückzubeordern. Aber es blieb still, nichts geschah.

Warum war ich nicht schon viel eher einfach gegangen? – Jetzt war es keine Genugtuung mehr. Nur pure Notwendigkeit. Ich konnte einfach nicht mehr. Auf der Rückfahrt hielt ich an einem einsamen Rastplatz, trank eine Flasche lauwarmes Wasser, das ich auf der Rückbank gefunden hatte, und versuchte, mich, so gut es ging, zu sammeln.

Thomas stand in der Tür, als ich nach Hause kam. Besorgt sah er mich an.

«War's sehr schlimm?»

Ich zuckte die Achseln. «Ach, eigentlich nicht so sehr. Es ist lange her.» Ich barg meinen Kopf an seiner Schulter, dann begann ich zu weinen. Ich weinte lange und fast tonlos. Thomas strich sanft über meinen Rücken.

«Ach Marie», sagte er leise, «so traurig wegen einer Freundin, die du seit Jahrzehnten nicht gesehen hattest?» Er zog mich fester an sich und küsste mich behutsam. «Du bist wirklich zu gut für diese Welt ...»

***

Frankfurter Neue Post

«Im Gespräch mit Menschen»

Lichtblick in der TV-Landschaft

Bekanntlich gelten Talk-Runden im deutschen Fernsehen nicht gerade als Mangelware. Als 3sat vor kurzem ein neues anspruchsvolles Talkshow-Format unter theologischer Leitung ankündigte, war die Skepsis daher groß. Zumal es laut Sender um nichts Geringeres als die «geistig-moralische Wende in Deutschland» gehen sollte. Gestern Abend jedoch wurden die Skeptiker eines Besseren belehrt. Fabienne Fahrenkrog, 43, medienerfahrene Pastorin aus Hamburg, überzeugte mit einem souveränen Debüt. Offensiv und charmant brachte sie ihre Gäste zum Reden, überraschte durch kluge Fragen und ließ Phrasen keine Chance. Kein Zweifel, diese Moderatorin ist erfrischend anders: nachdenklich, aufrichtig, menschlich, manchmal unbequem. Zumindest in der TV-Landschaft tatsächlich eine Wende.

Ostholsteiner Nachrichten

Ermittlungen eingestellt

Wie die Kriminalpolizei Malente gestern mitteilte, wird ein Zusammenhang zwischen dem Brand in Beerenbök, bei dem ein auf dem Lupiner See sichergestelltes Ruderboot ausbrannte, und dem Tod der vor drei Wochen im Lupiner See ertrunkenen Dorit S. ausgeschlossen. Die Polizei geht mittlerweile von randalierenden Jugendlichen als Brandstifter aus. Die Ermittlungen im Fall Dorit S. wurden eingestellt, da sich keine Hinweise auf ein Fremdverschulden ergeben hatten.

Buch aktuell

Hanna Nielsen schreibt Psychokrimi

Der neue Roman von Hanna Nielsen, die mit *Sommer der Sünde* in diesem Jahr überraschend die Bestsellerlisten stürmte, wird ein Psychokrimi sein. Das gab Nielsen nach einer Lesung auf der Frankfurter Buchmesse bekannt. Der Erfolg von *Sommer der Sünde* habe gezeigt, dass ihre Leser nach all den süßen literarischen Windbeuteln, die dem Bestseller vorangegangen waren, vielschichtigere Charaktere vorzögen. «Das Leben selbst zeigt uns, was für Abgründe sich in uns und unseren Mitmenschen auftun können, gerade dort, wo man es am wenigsten erwartet», so Nielsen.
Wir sind gespannt.

rowohlt
POLARIS

«Ein Roman, der zu Tränen rührt!»

(Daily Express)

Louisa Clark weiß, dass sie gerne als Kellnerin arbeitet
und dass sie ihren Freund Patrick nicht liebt.
Sie weiß nicht, dass sie schon bald ihren Job verlieren wird.

Will Traynor weiß, dass es nie wieder so sein wird,
wie vor dem Unfall. Und er weiß, dass er dieses neue
Leben nicht führen will.
Er weiß nicht, dass er schon bald Lou begegnen wird.

Eine Liebesgeschichte, anders als alle anderen.

rororo Polaris 26703

Ro 165/1 · Rowohlt online: www.rowohlt.de · www.facebook.com/rowohlt

Paul Auster

Ich glaubte, mein Vater sei Gott. *Wahre Geschichten aus Amerika.* rororo 23340

Das Buch der Illusionen
Roman. rororo 25789

Das rote Notizbuch
rororo 23040

Die Brooklyn-Revue
Roman. rororo 25792

Die Erfindung der Einsamkeit
rororo 13585

Die Kunst des Hungers
Essays und Interviews
rororo 22719

Die Musik des Zufalls
Roman. rororo 25790

Die New York-Trilogie
Roman. rororo 25809

Disappearances/ Vom Verschwinden
Gedichte/Poems
rororo 22721

Das Innenleben des Martin Frost.
Ein Film. rororo 24562

Im Land der letzten Dinge
Roman. rororo 13043

Leviathan
Roman. rororo 25791

Lulu on the Bridge
Ein Film. rororo 22426

Mein New York
rororo 23118

Mond über Manhattan
Roman. rororo 25793

Mr. Vertigo
Roman. rororo 22152

Nacht des Orakels.
Roman. rororo 23987

Smoke. Blue in the Face
Zwei Filme. rororo 13666

Timbuktu.
Roman. rororo 22882

Von der Hand in den Mund
Eine Chronik früher Fehlschläge
rororo 22634

Timbuktu.
Roman. rororo 22882

Reisen im Skriptorium
Roman. rororo 24341

Mann im Dunkel
rororo 24830

Unsichtbar
Roman. rororo 25257

Ro 003/1 · Rowohlt online: www.rowohlt.de · www.facebook.com/rowohlt

MIX
Papier aus verantwortungsvollen Quellen
FSC® C083411

Das für dieses Buch verwendete FSC®-zertifizierte Papier *Holmen Book Cream* liefert Holmen, Schweden.